을 유 세 계 문 학 전 집 · 4 2

오이디푸스 왕 외

오이디푸스 왕 외

ΑΝΤΙΓΟΝΗ · ΟΙΔΙΠΟΥΣ ΤΥΡΑΝΝΟΣ · ΟΙΔΙΠΟΥΣ ΕΠΙ ΚΟΛΩΝΩΙ

소포클레스 지음 · 김기영 옮김

◈ 을유문화사

옮긴이 **김기영**

연세대학교 철학과를 졸업하고, 서울대학교 협동과정 서양고전학에서 석사학위를 받았고 박사과정을 수료했다. 독일 베를린 자유대학 서양고전학과에서 소포클레스의 양분구성 드라마 연구로 박사학위를 받았다. 현재 서울대학교에 출강하며, 정암학당 연구원으로 활동 중이다. 주요 논문으로는 「아이스퀼로스의 아이아스 삼부작에서 소포클레스의 〈아이아스〉로」, 「오이디푸스 신화의 수용과 변형」, 「메데이아 신화의 재현과 그 연극성」 등이 있다.

을유세계문학전집 42
오이디푸스 왕 외

발행일·2011년 5월 20일 초판 1쇄 | 2021년 8월 20일 초판 8쇄
지은이·소포클레스 | 옮긴이·김기영
펴낸이·정무영 | 펴낸곳·(주)을유문화사
창립일·1945년 12월 1일 | 주소·서울시 마포구 서교동 469-48
전화·02-733-8153 | FAX·02-732-9154 | 홈페이지·www.eulyoo.co.kr
ISBN 978-89-324-0372-4 04890 978-89-324-0330-4(세트)

차례

라이오스, 오이디푸스, 에테오클레스

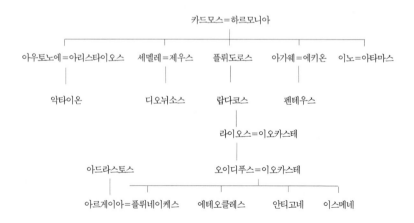

안티고네

등장인물

안티고네 오이디푸스의 딸, 폴뤼네이케스와 에테오클레스의 여동생

이스메네 안티고네의 여동생

크레온 테바이의 왕, 안티고네의 숙부, 하이몬의 아버지

파수꾼

하이몬 크레온의 아들, 안티고네의 약혼자

테이레시아스 테바이의 장님 예언자

사자

에우뤼디케 크레온의 부인, 하이몬의 어머니

코러스 테바이의 장로들

(무대는 테바이에 있는 궁전 앞. 안티고네와 이스메네가 왕궁
대문에서 나와 등장한다.)

안티고네   나와 같은 피를 나눈 사랑스런 동생 이스메네야,
　　　　알고 있니? 제우스 신이 오이디푸스에게서 비롯된 불행들 중……
　　　　아아, 어떤 불행을 우리 사는 동안 이루려 하지 않으실까?
　　　　내가 목격한, 너와 나의 불행은
　　　　모두 고통스럽고 파멸로 가득 차고　　　　　　　　　　　5
　　　　수치스럽고 불명예스러운 것들이었어.
　　　　이제는 그게 뭐야? 방금 전 크레온 장군이 무슨 포고령을
　　　　전 도시에 내렸다고 하잖니? 넌 뭔가 알고 있니, 뭘 좀 들었니?
　　　　아니면 적들이 낳은 재앙이 위협하며
　　　　친구들에게 다가오는 것을 알아보지 못했니?　　　　　　10
이스메네   아무 말도. 안티고네 언니, 친구들에 대해선

들은 게 없어, 그게 좋은 것이든 나쁜 것이든,

한날 서로의 손으로 서로를 살해한

두 오빠를 잃은 뒤로는.

15   지난밤 아르고스 군대가 떠난 후

더 이상 아는 게 없어.

내 운수가 더 나아지지도, 피해로 더 나빠지지도 않았으니까.*

안티고네   그럴 줄 알았다니까. 그래서 널 안마당 대문

밖으로 부른 거야, 너 혼자만 들을 수 있게.

20 **이스메네**   그게 뭔데? 언니는 무슨 말을 곰곰이 생각하는 게 분명해.

안티고네   정말 몰라? 매장 문제로 크레온이 두 오라버니 중

한 사람은 명예롭게 하고, 한 사람은 모욕한 거 말이야.

에테오클레스는 법도와 관습에 따라

지하의 시체들 사이에 명예롭게

25   땅에 묻어 주었다고 하더라.

반면 처참하게 죽은 폴뤼네이케스의 시신은

무덤 속에 숨기거나 통곡해서도 안 되고

애도의 소리도 듣지 못한 채 무덤도 없이,

먹이 찾아 두리번거리는 새들의 잔칫상으로

30   내버려 두라고 시민들에게 선포했다고 하더라.

그러한 포고령을 저 잘난 크레온이 너와 나에게―

감히 내게 말이야―내렸다고 하더군.

그걸 모르는 사람들에게 분명하게 공표하려고

그자가 이곳으로 오려고 한대. 이 일을 아무것도 아닌 걸로

어기지 않고, 조금이라도 포고령을 어기는 사는 35

사형으로 확정해 시민들이 돌로 쳐 죽이게* 한대.

지금 상황이 이러하니, 이제 네 본성이 고귀한지,

아니면 용맹한 선조의 비겁한 후손인지 당장 내게 보여 주렴.

이스메네 하지만, 가엾은 언니, 현재 상황이 그렇다면

매듭을 풀든 묶든 내가 무슨 보탬이 되겠어? 40

안티고네 나와 함께 수고하고, 함께 행동할 것인지 생각해 봐.

이스메네 무슨 위험한 짓을 하려고? 대체 무슨 생각을 하는 거야?

안티고네 바로 이 손을 도와 오빠의 시신을 들어 올릴 거니?*

이스메네 시신을 매장한다고? 도시가 포고령으로 금지했는데도.

안티고네 그래, 내 오빠를 묻을 거야. 네 오빠도, 네가 원치 않아도. 45

오빠를 배신했다고 붙잡히진 않을 테니까.

이스메네 무모한 사람! 크레온이 금지했는데도?

안티고네 그자가 내 것에서 날 떼어 놓을 권리는 없어.

이스메네 아아, 언니, 생각해 봐, 어떻게 우리 아버지가

잘못을 스스로 알아내 제 손으로 50

두 눈을 찌르고 나서

미움을 받으며 불명예스럽게 파멸했는지를.

그리고 이름이 둘인 사람, 엄마이자 아내가

꼬인 올가미로 자기 생명에 폭력을 가했는지를.

세 번째로, 두 오빠가 불쌍하게도 55

한날에 서로의 손으로

공동의 죽음을 낳았다고.

이제 잘 생각해 봐, 유일하게 살아남은 우리가

얼마나 비참하게 죽게 될지를, 만약 법을

60　무시하면서 왕의 결정이나 권력을 업신여긴다면.

아니, 명심해, 우리는 여자로 태어났으니

남자들에게 대항해 싸울 수 없다는 걸 말야.

다음으로 더 큰 권력을 가진 자의 지배를 받고 있으니

이러한 일에 복종해야 해, 아니, 이보다 더한 일에도.

65　그래서 나는 강제로 당하는 처지라서

이런 사정을 양해해 달라고 땅속에 계신 분들에게 간청하고

높은 자리에 계신 분들에겐 복종할 거야. 능력에서

벗어난 행동을 하는 건 정신 나간 짓이니까.

안티고네　그렇게 하라고 요구하지 않겠다. 결국 네가 그러길 바래도,

70　나와 함께 행동하는 것은 달갑지 않아.

네가 결심한 대로 그런 종류의 인간이나 되라지.

나는 오빠를 묻을 거야. 그런 일 하고 죽는 건 명예로운 일.

나는 오빠의 것이니까 경건한 범죄*를 저지르고 나서

오빠 곁에 누울 거야. 여기에 있는 자들보다

75　지하에 있는 자들을 만족시키는 일은 더 오랜 시간이 걸리니까.

난 그곳에서 영원히 누워 있을 테니까.

그게 네 맘에 든다면, 신들이 존중하는 것은 무시해버려.

이스메네　그런 것을 무시하는 게 아냐. 시민들의 의지를

거슬러서 행동하는 게 대책 없으니까.

80　**안티고네**　넌 그렇게 변명하라고. 난 가장 소중한

오빠를 위해 무덤을 쌓으러 가겠어.

이스메네 아아, 불행한 사람, 언니가 많이 걱정돼.

안티고네 내 걱정은 말고 네 운명의 길이나 똑바로 가렴.

이스메네 그러면 누구에게도 이 일을 미리 알려선 안 돼.

그걸 비밀 속에 숨겨. 나도 그렇게 할게.   85

안티고네 아니, 큰 소리로 말해. 만일 네가 침묵하고 모든 사람에게

널리 알리지 않으면, 널 더욱더 미워할 거야.

이스메네 차가운 것에 언니의 마음이 뜨겁게 타오르다니.

안티고네 아니, 가장 기쁘게 해 줘야 하는 사람을 기쁘게 하는걸

알 뿐.

이스메네 비록 그런 힘이 있다 해도, 언니는 불가능한 일을 바라   90

고 있어.

안티고네 힘이 모자라면 그때 가서 그만둘 거야.

이스메네 하지만 처음부터 불가능한 일을 사냥하는 것은 잘못이야.

안티고네 그렇게 하면 내 미움을 받게 될 것이고

죽은 자의 증오도 불러일으키게 될 거야.

나와 내 어리석음이 이런 끔찍한 일을   95

당하게 내버려 둬. 내 죽음이 명예롭지 않은,

그런 끔찍한 일은 당하지 않을 거야.

이스메네 그래, 그걸 바란다면, 가. 하지만 이것만은 알아 둬.

언니는 비록 어리석은 자로 그곳에 가지만 혈족에겐 참으로

소중한 존재야.

(안티고네와 이스메네가 퇴장한다. 테바이의 장로들인 코러스가 오케스트라*에 입장한다.)

(파로도스)*

100 **코러스** 햇살이여,   (좌 1)

　　　　황금처럼 빛나는 하루의 눈이여,

　　　　일찍이 일곱 성문의 테바이를 비춘

　　　　빛들 중에 가장 아름다운 빛이여,

　　　　당신께서 디르케 강*을 건너

105　　마침내 나타나셨구나.

　　　　당신께서 완전 무장한

　　　　아르고스 전사를

　　　　매서운 고삐로 재촉하여

　　　　도주하게 하셨다네,

110　　그는* 폴뤼네이케스*가 일으킨

　　　　말썽 많은 다툼으로

　　　　우리 땅에 대항해 일어나서는

　　　　말총 장식 투구 쓰고 많은 무기와 함께

　　　　눈같이 하얀 날개의 독수리처럼

115　　날카로운 소리를 질러 대며

　　　　날아왔으니.

그는 우리 궁전 위에 멈춰 서서 　　　　　　　　(우 1)

피에 굶주린 창으로

일곱 대문을 아귀처럼 휩쓸었지만

가 버렸다네, 　　　　　　　　　　　　　　　　120

그 주둥이가 우리의 흘린 피로 가득 차고*

소나무 횃불이 화환처럼 도시를 둘러싼 성벽을

살라 버리기 전에.

이처럼 전쟁의 소음이

아레스 신의 등 주위에서 울려 퍼지니 　　　　125

용의 적*이 정복하기엔 힘겨웠으리라.

제우스 신께선 오만한 혀가

뽐내는 걸 무척 싫어하시니,

그들이 눈부신 황금빛을 자랑하며

오만하게 밀물처럼 다가오는 걸 보시고 　　　　130

성벽 꼭대기에서 성급하게 승리를

외치려 하는 자에게* 불꽃을 날려

그를 내동댕이쳤다네.

그자는 비틀거리며 굳은 땅 위에 쓰러졌다네, 　　(좌 2)

횃불을 들고 미친 듯이 질주하며 　　　　　　　135

증오로 가득 찬 돌풍을

우리를 향해 불어넣었으니.

그러한 위협도 수포로 돌아갔다네.

우리 전사에 승리를 안겨 준 준마와 같은
140   전쟁의 신이 전사들을 부숴 버리고
그들에게 서로 다른 운명의 몫을 나눠 주었네.
일곱 장수들*이 일곱 성문 앞에서 일대일로 결투해,
전리품 챙기는 제우스 신에게
청동 무기들을 남겼으나, 예외로 불행한 두 전사*,
145   같은 아비와 같은 어미에서 태어난 두 사람은
강력한 창부리를 서로에게 겨누더니
함께 죽음을 맞고 말았구나.

저 영광스러운 이름, 승리의 여신께서   (우 2)
기쁘게 웃으시며
전차가 많은 고장 테바이에 오셨구나.
150   이 전쟁이 지나갔으니 이제는 잊어버리고
우리 모두 밤새 춤추며
모든 신전들을 찾아보세나.
테바이 땅을 뒤흔드는 박코스* 신께서
우리를 통치해 주소서.
155   여기 이 나라의 새로운 왕 메노이케오스의 아드님,
크레온께서 나오십니다.
신들이 낳은 새로운 상황에서
무슨 계획을 곰곰이 생각하시는가?
전체 공표로

장로들을 소환하여　　　　　　　　　　　　　　　160
장로 회의를 열자고 제안하셨습니다.

(크레온이 입장한다.)

크레온　여러분, 도시의 운명을 신들이 심하게 흔들어
요동치게 한 후 다시 안전하게 바로 세웠소이다.
모든 백성들 가운데 여러분을 소환하여
이곳에 오게 했는데, 여러분이 라이오스의 왕권을　　　165
항상 존중했다는 것을 잘 알고 있기 때문이오.
두 번째로 오이디푸스가 도시를 바로 세웠을 때,*
여러분은 그가 죽고 나서도 그의 자식들에게
변함없는 충성심을 보여 주었소.
두 사람이 한날 이중의 재앙으로　　　　　　　　　170
서로가 때리고 맞아 죽어서
제 손으로 심각한 오염을 낳았으니
나는 망자들과 가장 가까운 친척으로
모든 권력과 왕좌를 손에 넣게 되었소.
어떤 이가 통치와 법률에서 능력 있는 자로　　　　175
나타나기 전까진 그의 영혼과 생각과 판단을
완전하게 알 수 있는 방법이란 없소.
도시 전체를 이끌면서도 최선의 계획에
의지하지 않고 어떤 이를 두려워해

입을 꼭 닫고 있는 사는

예나 지금이나 가장 못난 자라고 생각하오.

자신의 조국보다 친구를 더 소중하게

여기는 자는 이 땅에 설 자리가 없소.

이 맹세는 항상 만물을 굽어보는 제우스 신이 알게 하시오.

나는 결코 침묵하지 않을 것이오,

우리 도시에 구원이 아니라 재앙이 다가오는 걸 보게 되면.

또 이 나라에 악의를 품은 인간을 결코 친구로

여기지 않을 것이오. 이 도시가 우리를 구원하는 배이고

이러한 배로 올바르게 항해하는 경우에만

친구도 만들 수 있다는 것을 알고 있기 때문이오.

이러한 원칙 아래 나는 이 도시를 위대하게 만들 것이오.

이에 따라 나는 오이디푸스의 두 아들과 관련해

시민들에게 포고령을 선포하였소.

에테오클레스는 전쟁에서 가장 탁월한 용사로

이 도시를 위해 싸우다가 전사했으니

최고의 선열에게 어울리는

모든 의식을 거행하여 그를 매장할 것이오.

그러나 그와 피를 나눈 자 폴뤼네이케스,

그자는 망명에서 돌아와 조국의 땅과 조상신을

머리에서 발끝까지 화염으로 살라 버리고

같은 종족의 피를 맛보고

백성들을 노예로 만들어 끌고 가려고 했소.

이 도시에는 다음과 같은 포고령이 내려져 있소이나.

그자를 누구도 매장해서도 죽음을 애도해서도 아니 되오.

매장하지 않고 내버려 둬 새들과 개들이 포식하게 하고 205

시신이 모욕당하는 것을 사람들이 보게 하시오.

이것이 바로 내 의지요. 정의롭지 못한 자가

정의로운 자보다 더 존경받지 못하게 할 것이오.

그러나 이 도시를 위해 충성하는 자는

죽어 있든 살아 있든 똑같이 존경받게 할 것이오. 210

코러스 메노이케오스의 아드님이시여, 이 도시의 적과 친구를

구분하여 그렇게 하시는 게 당신 마음에 드시는군요.

살아 있는 우리 모두는 물론, 심지어 죽은 자들에게도

모든 법을 마음껏 행사하는 특권을 당신은 가지고 계십니다.*

크레온 그래서 여러분이 내 포고령의 감시자가 되도록……. 215

코러스 그러한 임무는 더 젊은 사람이 짊어지게 하십시오.

크레온 하지만 이미 그 시체는 사람들이 감시하고 있소.

코러스 그렇다면 무슨 다른 명령을 내리려 하십니까?

크레온 내 명령을 어기는 자에게 복종해선 아니 되오.

코러스 누구도 죽는 것을 바랄 정도로 그렇게 어리석진 않습니다. 220

크레온 그게 바로 그 일에 대한 보상이오. 하지만 희망을 품고

이득을 바라면 그게 사람을 자주 망하게 하는 법이오.

(파수꾼이 입장한다.)

파수꾼 전하, 제가 가벼운 빌길음을 놀려 숨도 안 쉬고
달려왔다고 말하지는 않겠습니다요.

225 걱정으로 자주 멈춰 서고, 오는 길에 돌아갈 생각으로
이리저리 발걸음을 돌렸습죠.
마음이 저에게 여러 번 말했기 때문입죠.
"불쌍한 녀석, 뭐 하러 벌 받으러 가는 거냐?
가엾은 친구, 그러면 그냥 머물러 있지? 그런데 만약 왕이

230 다른 사람에게서 그 사실을 알게 되면 넌 어떻게 고통을
피할 건데?" 그런 생각을 이리저리 뒤집느라 천천히
걷다가 늦어져 짧은 길이 먼 길이 되고 말았습죠.
결국, 여기 전하에게 가는 편이 더 낫다는 생각이 든 거죠.
제가 아무것도 아닌 걸 말하더라도, 다 말해 버릴 것입니다요.

235 일말의 희망에 매달려 이곳까지 왔으니까요,
정해진 운명 이외에는 어떤 일도 겪지 않으리라고.

크레온 도대체 뭣 때문에 그렇게 겁을 먹고 있느냐?

파수꾼 우선 제 문제에 대해 말씀 올리고 싶습니다요. 그 일은
제가 하지도 않았고, 그 짓을 한 자가 누군지도 모릅니다요.

240 그러니 제가 무슨 해코지를 당하면 그건 결코 옳지 않습니다요.

크레온 네놈은 잘도 헤아리고 방어의 울타릴 쳐 대고 있구나.
뭔가 새로운 소식을 전하려는 게 분명해.

파수꾼 그렇습니다요. 심각한 문제라 많이 주저하게 되지요.

크레온 말하지 못할까, 아님 가 버리든가?

245 **파수꾼** 아, 아닙니다요. 당장 말하겠습니다. 방금 전 누군가

시신을 묻고 사라졌는데, 목마른 흙먼지를 살넝이에
뿌리고 필요한 장례도 치르고 나섭니다요.

크레온 무슨 말이냐? 감히 그런 짓을 한 자가 누구란 말이냐?

파수꾼 모르겠습니다요. 그곳엔 도끼로 치거나

곡괭이로 흙을 뒤집은 흔적이 없었기 때문입죠. 250

땅은 단단하고 건조하며, 한 번도 일군 적 없고 수레가 지나간

바퀴 자국도 없었고, 범인은 어떤 흔적도 남기지

않았습니다요. 낮 근무 시작한 파수꾼이 현장을 보여 주었을 때

우리는 깜짝 놀랐고 마음이 편치 못했습니다요.

시신은 사라졌고, 무덤 속에 매장하진 않았지만 255

오염을 피하려는 듯 고운 흙먼지가 덮여 있었습죠.

어떤 야수나 개가 와서 찢어발긴

흔적도 보이지 않았습니다요.*

우린 서로에게 욕을 퍼붓고 서로를 심문했는데,

주먹다짐까지도 했을겁니다요. 260

그곳에는 싸움을 말리려는 사람이 없었으니까요.

우리 각자가 그 짓을 한 자이지만 아무도 확실한

범인은 아니고, 저마다 모른다고 발뺌을 했습니다요.

우리는 벌겋게 달궈진 모루라도 손에 들고

불을 통과할 태세였습죠. 그 짓을 한 적 없고 265

그 일을 계획한 자는 물론 그 짓을 한 자도

모른다고 신들에게 맹세하려 했습죠.

탐문을 해도 결국 아무 소용이 없어

누군가가 한마디 했고, 우리는 너무나 두려워
270 땅바닥에 머리를 숙이고 말았습니다요.
무슨 대답을 해야 하고 또 어떻게 해야
처벌을 피할 수 있을지도 몰랐습니다요. 그 말은 이 사건을
숨기지 말고 왕에게 알려야 한다는 것이었습죠.
이 같은 의견이 우세해 제비를 뽑았더니
275 이 불쌍한 놈이 이런 특권을 누리게 되었지 뭡니까요.
그래서 제가 여기 있는 겁니다. 환영 못 받고 마지못해서,
그걸 잘 알고 있습죠.
아무도 나쁜 소식을 전하는 사자는 좋아하지 않기 때문입죠.

코러스 전하, 오랫동안 걱정하며 곰곰이 생각해 보니
이 일은 신께서 재촉하신 일이 아닐까 합니다.

280 **크레온** 그만두어라, 그대의 말에 내가 분노로 가득 차기 전에.
그대가 노인이고 어리석은 자로 보이지 않게 하라.
신들께서 이 시신을 염려하신다고 말하는데,
그 말은 더 이상 참을 수가 없구나.
기둥으로 에워싼 신전과 그곳에 바친 제물들을 불사르고
285 신들의 땅과 나라의 법을 산산조각 내려고 온 자를
은인으로 높이 받들어
신들께서 시신을 감추었단 말이냐?
아니면 신들께서 악한 자들을 존중한다고 보는 것이냐?
그렇지 않다. 오래전부터 이 도시엔
290 날 참지 못하는 자들이 있는데,

그늘은 고개를 저으며 어둠 속에서 불평하고, 정의롭게
목에 멍에를 매려 하지 않고 그저 날 견딜 따름이오.
그러하니 여기 이 작자가 그들에게서
뇌물을 받아 그런 짓을 한다는 것을 잘 알고 있소.
인간들에게 돈보다도 더 해로운 제도는 없소.   295
돈이란 놈은 도시를 파괴하고
가정에서 사람들을 몰아내 버리오.
돈은 고상한 마음을 비뚤어지게 하고
부끄러운 짓을 저지르라고 가르치는 놈이오.
돈이란 놈은 온갖 악행을 저지르는 방법을   300
보여 주고, 뭘 하든지 불경함을 알게 하오.
하지만 돈을 벌려고 머리를 써서
그런 짓을 한 자는 언젠가 벌을 받게 되어 있소.
제우스 신께서 아직도 내 왕권에 의해 존경받으신다면
네놈은 이 점을 명심하라. 이렇게 맹세하여 너에게 말하노라.   305
만약 너희들이 무덤을 손수 만든 범인을 찾아내
내 두 눈앞에 보여 주지 않는다면
너희들은 죽는 걸로 충분치 않을 것이다.
먼저 산 채로 목을 매달아 범법 행위를 전시할 것이다.
앞으로는 어디에서 이익을 챙겨야 할지 알고 나서   310
약탈하게 될 것이다. 또 모든 곳에서 돈을 챙기는
버릇을 들여서도 안 된다는 것을 알게 될 것이다.
많은 사람들이 수치스러운 이득을 노려

구원받지 못하고 파멸하는 것을 보게 될 테니까.

315 **파수꾼** 뭘 좀 말씀드려도 될까요? 아니면 등을 돌려 이렇게 가
버릴깝쇼?

크레온 네놈은 모르느냐? 이젠 정말로 네놈의 말엔 진절머리가
나는구나.

파수꾼 아프신 데가 귀이십니까요, 아니면 마음이십니까요?

크레온 왜 너는 내가 아픈 곳을 꼭 집으려 하느냐?

파수꾼 전하의 마음은 범인이, 귀는 제가 아프게 하는 것입죠.

320 **크레온** 아이고, 네놈은 정말 타고난 수다쟁이로구나.

파수꾼 저는 결코 그 짓만은 한 적이 없습니다요.

크레온 네놈이 했지. 돈에 눈이 멀어 목숨까지도 넘긴 셈이지.

파수꾼 아아, 그렇게 믿는 분께서 거짓을 믿으시면 위험합니다요.

크레온 아니, '믿는다'는 말 가지고 장난이나 치려무나.

325 하지만 내게 범인들을 보여 주지 않으면 이익에 대한
저열한 욕망이 고통의 원인이란 것을 입증할 것이다.

(크레온이 퇴장한다.)

파수꾼 무슨 수를 써서라도 그자를 찾아야겠구먼.
하지만 찾든 찾지 못하든, 그건 운에 달려 있는 게지.
왕은 내가 이곳에 다시 오는 것을 보지 못할 거야.

330 지금 예상 밖으로, 내 판단과는 달리 목숨은 구했구먼.
신들에게 많은 빚을 졌어.

24

(파수꾼이 퇴장한다.)

(제1스타시몬)*

코러스 놀랍고 두려운 것들이 많지만 (좌1)
 인간보다 더 놀랍고 두려운 존재는 없다네.
 인간은 겨울 남풍이
 휘몰아칠 때 335
 회색빛 바다를 항해하고
 그를 뒤덮는 너울 밑을 지나고
 인간은 신들 가운데 가장 존엄한 대지의 여신,
 저 불멸하고 다함이 없는 신을 지치게 만들고
 해마다 노새의 도움으로 340
 앞뒤로 쟁기를 끌어 땅을 뒤엎는다네.

 잘 짜인 그물망을 던져 (우1)
 경솔한 새의 종족과
 사나운 짐승 집단과
 바닷속 종족을 잡는다네. 345
 두루 재능이 많기도 하구나.
 산속 짐승들을
 도구를 사용해 제압하고
 목에 멍에를 채워

350   갈기 덥수룩한 말과
        지칠 줄 모르는 수소를
        길들인다네.

        인간은   (좌 2)
        언어와, 바람처럼 빠른 생각을
355   스스로 가르치고
        도시를 세워 다스리는 성향도 가르치며
        거주할 수 없는 언덕에서 노출되지 않고
        뾰족한 화살 같은 비를 피할 줄도 안다네.
        수단이 많기도 하구나.
360   앞으로도 인간은 어떤 일이든
        언제나 방도를 찾아내리라.
        그러나 죽음의 신만은 피할 방법이 없구나,
        대책 없던 질병을 피하는 방법은 고안했건만.

        기술로 만든 발명품은   (우 2)
365   기대 이상으로 교묘하기에
        인간은 때때로 피해를 주고
        때때로 이익을 주는구나.
        나라의 법과, 신들에게 맹세한 정의*를
        잘 조화시키는 자는
370   도시에서 뛰어난 자 되지만,

26

무모함으로 수치스러운 일과

벗하는 자는 도시에서 추방되리라.

그런 짓을 한 자는

나와 함께 화롯가에 앉지도 말고

나와 함께 생각을 나누지도 말기를.* 375

(파수꾼이 안티고네를 데리고 등장한다.)

의심스럽구나. 저것은 어떤 신이 보낸 환영*인가?

그 소녀가 안티고네임이 분명하구나.

이를 어찌 부정할 수 있을까?

오 불행한 사람,

불행한 아버지 오이디푸스의 아이여, 380

이게 도대체 무슨 일인가?

그대가 왕의 법에 복종하지 않고 어리석은 짓을 하다가

붙잡혀 이곳으로 끌려오는 건 아니겠지?

파수꾼 여기 이 여자아이가 바로 그 짓을 했구먼요. 시체를 매장한

장본인을 붙잡았습죠. 근데 전하는 어디에 계신가요? 385

코러스 때마침 그분께서 집에서 다시 나오십니다.

(크레온이 등장한다.)

크레온 무슨 일이냐? 무슨 일에 때마침 등장했단 말이냐?

파수꾼 전하, 인간에겐 불가능하다 맹세할 일이란 없습죠.

다시 생각해 보니 제 판단이 틀렸더라고요.

390 전하께서 그때 저에게 위협하시며 몰아치셨기에
다시 여기에 오게 되리라곤 생각지도 못했습니다요.
하지만 염원하던 기쁨이 뜻밖에 찾아와
다른 즐거움과도 비교할 수 없기에
비록 오지 않겠다고 맹세했지만 이곳에 다시 왔습니다요.

395 이 여자아이를 데리고 왔는데, 그녀는 무덤을 꾸미다가
붙잡혔습니다요. 이번엔 제비를 뽑지 않았지만
이 행운의 선물은 다른 이가 아닌, 오로지 제 것입니다.
전하, 이제는 바라시는 대로 이 여자아이를 잡아
심문해 판결을 내려 주십시오. 소인은 이제 자유의 몸이고

400 이런 노고에서 벗어나는 것은 정당합니다요.

크레온 이 여자아이를 어떻게 잡아 어디에서 데려왔느냐?

파수꾼 그녀 혼자 그 사내를 묻었습니다요. 이제 모든 걸 아시겠죠.

크레온 알고 있느냐? 네가 하는 말이 모두 정말이냐?

파수꾼 전하께서 매장을 금지한 시체를 이 여자아이가
묻는 것을 보았습니다요. 제 말이 분명하고 정확한가요?

405 **크레온** 어떻게 그녀를 발견해 현행범으로 붙잡았느냐?

파수꾼 그 일은 다음과 같습니다요. 전하께서 심한 말로
위협하시고 나서, 전 그리로 돌아가
시체를 덮고 있던 흙먼지를 쓸어내려

410 썩어 가는 시신을 잘 보이게끔 드러내고 나서
언덕 꼭대기 옆에서 바람을 등지고 앉아

시신에서 풍겨 온 악취를 피했습니다요.

누군가 그 임무를 게을리 하는 경우엔

우리는 서로에게 험한 말을 하며 서로를 일깨웠습죠.

그렇게 지냈습니다요, 태양의 둥근 빛이   415

하늘 가운데 서서 정오의 열기로 볶아 댈 때까지.

그때 갑자기 땅에서 소용돌이 바람이

폭풍을 일으켜 하늘의 고통을 알리더니

땅을 덮은 숲 속의 모든 잎을 괴롭히며

들판을 꽉 채우고, 광대한 하늘이 가득 차자   420

우리는 두 눈을 감고 신이 보낸 질병을 견뎌 냈죠.

오랜 시간이 흘러 폭풍이 지나간 뒤

이 여자아이가 보였고, 그녀가 소리 높여 통곡하는데,

마치 제 새끼를 약탈당해 텅 빈 둥지를

보고 날카롭게 우짖는 새처럼,   425

벌거벗은 시체를 보자 통곡하며 울부짖고

그 짓을 한 자들에게 무시무시한

저주를 퍼부었습니다요.*

그녀는 곧 메마른 흙먼지를 양손에 담아 와서

잘 만든 청동 항아리를 들고   430

시체 위에 제삿술을 세 번 부었습니다요.

우리는 그 광경을 보고 당장 서둘러 붙잡았는데,

그녀는 아무런 놀란 기색도 보이지 않았습니다요.

지금의 행동과 이전의 행동을 따지며 꾸짖자

435	그녀는 아무것도 부정하지 않았고,
	소인은 기쁘면서도 슬펐습니다요.
	자기가 곤경에서 벗어나는 것은 가장 즐거운 일이지만
	한 가족*을 위험 속으로 몰아넣는 것은
	고통스러운 일이니까요.
440	하지만 무엇보다도 내 안전이 내겐 가장 중요합죠.

크레온 거기 너, 땅에 머리를 숙이고 있는 너 말이다.

그 짓을 했다고 시인하느냐, 아니면 부인하느냐?

안티고네 그 일을 했다고 시인합니다. 부인하지 않습니다.

크레온 (파수꾼에게) 너는 무거운 혐의를 벗고 자유의 몸이니

445   어디로든 원하는 곳으로 가도 좋다. (파수꾼이 퇴장한다.)

(안티고네에게) 장황하지 않게 간단히 말하라. 매장 금지하는

포고령이 공표되었다는 사실을 알고 있었느냐?

안티고네 알고 있었습니다. 어찌 모를까? 모두에게 분명히 알려졌거늘.

크레온 그런데 감히 법을 위반하려 했단 말이냐?

450 **안티고네** 그렇습니다. 그 법을 공표한 자, 제우스 신도 아니고

하계의 신들과 함께 사는 정의의 여신도

사람들에게 그런 법을 제정한 적이 없기 때문입니다.

죽어야 하는 인간에게 속한 당신의 포고령이,

쓰인 적 없고 절대 확실한 신들의 법을

455   압도할 만큼 강력하다고 생각하지 않습니다.

신들의 법은 어제와 오늘만 아니라 영원히 살고 있으니

그 법이 얼마나 오래전에 생겨났는지 아무도 알지 못합니다.

때문에 고작 한 인간의 의지 따위를 두려워한 나머지
신들 앞에서 벌을 받고 싶진 않습니다.
죽는다는 걸 잘 알고 있었습니다. 어찌 모르겠습니까?   460
당신이 포고령을 선포하지 않았더라도.
그런데 운명이 정한 때보다 먼저 죽으면, 나는
오히려 그게 이득이라 생각합니다. 나처럼 많은 불행 속에
살고 있는 자에게 죽는 것이 왜 이득이 되지 않겠습니까?
그렇게 죽음을 맞는 것은 아무런 고통도   465
되지 않습니다. 하지만 내 어머니의 아들이
죽고 나서 매장되지 않고 내버려져 있다면
그것은 고통이 될 겁니다. 반면 죽는 것은 고통이 아닙니다.
만일 당신이 내 행동을 어리석다고 생각한다면
그것은 바보에게서 멍청하다는 비난을 듣는 것과 같습니다.   470

코러스   이 여자아이의 성미가 그녀의 아비와 마찬가지로
정말 사납구나. 불행 앞에서도 굽힐 줄 모르니.*

크레온   그러니 알아 두어라. 지나치게 완강한 의지는
넘어지기 쉽고, 불에 달궈 너무 단단해진 쇠는
금이 가고 부서지기 마련이라는 것을   475
알게 될 것이오.
분노해 날뛰는 말도 작은 재갈로
쉽게 길들일 수 있다는 것을 잘 알고 있소.
주위 사람들의 노예인 자*는 누구든
자신이 잘났다고 생각해선 안 되니까.

480 이 여자아이는 정해진 법을 위반하면서도

어떻게 오만하게 구는지 잘도 알고 있구나.

그런 짓을 하고 나서도 제가 한 일을 잘했다고 뽐내고

그 생각에 웃기까지 하다니, 바로 두 번째 오만함이로구나.

만약 그녀가 벌 받지 않고 계속 이런 특권을 누린다면

485 정말로 내가 사내가 아니라 이 아이가 사내일 것이다.*

그녀가 내 누이의 자식이거나, 가정을 돌보는 제우스 신*이

맺어 주신 가족보다 더 가깝다 해도

그녀와 여동생*은 가장 참혹한 죽음을

피하지 못할 것이다. 그렇소. 그녀도 똑같이

490 이 매장을 계획한 죄로 고발하는 바이오.

그러니 이스메네도 소환하라. 방금 전 집 안에서

그녀가 제정신을 잃고 미쳐 날뛰는 꼴을 보았으니까.

어둠 속에서 올바르지 못한 일을 꾸밀 때

도둑질한 마음이 가장 먼저 들키는 법이오.

495 그런데 나쁜 짓을 하다가 잡히고 나서도

제가 한 짓에 토를 달려고 하는 자도 증오하오.

안티고네 날 잡아 죽이는 것 말고 뭘 더 바랍니까?

크레온 다른 건 바라는 게 없다. 그걸 가지면 다 가진 셈이니까.

안티고네 그렇다면 뭘 더 기다립니까? 당신 말에 나는 결코

500 기뻐하지 않으니 — 결코 그런 일 없기를 —

마찬가지로 내 태도가 당신 마음에 들지 않을 겁니다.

그런데 내 핏줄인 오라버니를 무덤 속에 묻었으니

나는 가장 큰 명성을 얻지 않을까요?

여기 모든 사람이 내 말을 인정할 것입니다,

만약 공포가 그들의 입을 봉하지 않는다면.   505

왕권은 여러 방식으로 행운을 누리지만

특히 바라는 것을 말하고 행동할 권력이 있습니다.

크레온   테바이인들 중에서 너 혼자만이 그걸 알고 있구나.

안티고네   사람들도 압니다. 당신을 위해 입에 재갈을 무는 겁니다.

크레온   그들과 다른 생각을 하면서 너는 부끄럽지도 않단 말이냐?   510

안티고네   같은 배의 혈육을 존중하는 것은 결코 부끄럽지 않습니다.

크레온   반대편에서 싸우다 죽은 사람도 너와 같은 핏줄 아니더냐?

안티고네   한 어미와 한 아비에게서 태어난 같은 핏줄입니다.

크레온   그러면 어떻게 그에게 불경스러운 공물을 바친단 말이냐?

안티고네   죽은 시체*는 그 증거를 제시할 수 없습니다.   515

크레온   할 수 있다, 저 불경한 자를 그분과 똑같이 존중한다면.

안티고네   그는 노예가 아니라 내 오라버니로 죽었습니다.

크레온   그자는 우리 땅을 파괴하려 했지만 그분은 이 땅을 위해 맞섰지.

안티고네   그러나 하계의 신 하데스는 이러한 관습을 요구합니다.

크레온   하지만 애국자가 배신자와 같은 몫을 차지할 순 없는 법.   520

안티고네   이런 행위가 하계에선 정결한 관습일지 누가 압니까?

크레온   비록 죽었다 해도 적은 결코 친구가 될 수 없는 법이다.

안티고네   서로 미움이 아니라 함께 사랑이 내 본성입니다.*

크레온   그러면 당장 하계로 내려가서, 사랑해야 하면 그들이나

사랑하라고. 내 살아 있는 한 여자가 지배하진 못할 거다.   525

코러스 보십시오. 여기 문 앞에 이스메네가
　　　　언니를 사랑해 눈물을 흘리고 있구나.
　　　　이마를 덮은 구름이
530　　상기된 얼굴을 망가뜨리고
　　　　비를 내려 어여쁜 볼을 적시는구나.

(이스메네가 등장한다.)

크레온 네 이년, 집에 숨어서 나도 모르게
　　　　독사처럼 내 피를 빨아 먹었구나. 내 왕권을 노리는
　　　　두 재앙을 기르고 있는 줄도 몰랐다니.
　　　　자, 내게 말하라. 이 매장에 가담했다는 것을
535　　인정하느냐, 아니면 아무것도 모른다고 맹세하느냐?
이스메네 저도 그 일을 했습니다. 언니가 동의한다면,
　　　　함께 죗값을 나누어 치르겠습니다.
안티고네 하지만 정의가 허락하지 않을 거다. 넌 그 일을
　　　　거절했고 나도 너와 함께 하지 않았으니까.*
540 **이스메네** 하지만 언니가 곤경에 처해 있는 마당에
　　　　동료 선원으로 함께 고통을 나누는 것은 부끄럽지 않아.
안티고네 그 일을 누가 했는지는 하데스와 망자들이 알고 있다.
　　　　말로만 사랑하는 혈육을 나는 견딜 수가 없어.
이스메네 언니, 날 무시하지 마. 언니와 함께 죽고
545　　그 망자를 공경하는 것을 허락해 줘.

안티고네 너는 함께 죽으려 하지 마라. 손대지도 않은 것을

네 것이라고 주장하지도 마. 나 혼자 죽는 걸로 족해.

이스메네 언니가 날 떠나면 삶에 무슨 미련이 있겠어?

안티고네 크레온에게나 물어봐라. 넌 그를 염려하고 돌보니까.

이스메네 왜 날 괴롭히는 거야? 아무런 도움도 안 되는데.   550

안티고네 지금 널 조롱한다면, 그렇게 하는 게 고통스러워.

이스메네 내가 지금 언니를 어떻게 도울 수 있을까?

안티고네 너 자신이나 구해. 네가 피하더라도 이해하니까.

이스메네 아아, 불쌍한 내 신세, 언니와 함께 죽지 못하는 거야?

안티고네 너는 사는 것을, 나는 죽는 것을 택했으니까.   555

이스메네 하지만 적어도 내가 할 말을 하지 못한 건 아니야.

안티고네 너는 이분에게, 나는 저분에게 지혜 있는 걸로 보이겠지.

이스메네 그러니까 우리 모두 똑같이 잘못한 거야.

안티고네 자 그럼, 힘내려무나. 너는 살아 있지만 내 영혼은

죽은 지 이미 오래되었어. 그래서 망자들을 돕는 거야.   560

크레온 둘 중 한 아이는 지금 제정신이 아니군.

그런데 한 아이는 태어날 때부터 그랬지.

이스메네 그래요. 왕이시여, 사람이 불행을 당하면 타고난

정신도 남아 있지 않고 어디론가 가 버리고 말아요.

크레온 그렇게 된 것이다, 사악한 자들과 못된 짓을 결심했으니.

이스메네 언니 없이 나 혼자 어떻게 살아갈 수 있을까?   565

크레온 하지만 그녀는…… 말하지 마라. 더 이상 존재하지 않으니.

이스메네 하지만 아드님*의 약혼녀를 죽일 작정이신가요?

크레온   그렇다. 다른 자들의 밭을 갈면 되니까.*

570   **이스메네**   언니와 그분만큼 잘 어울리는 한 쌍은 없어요.

크레온   아들을 위해 내가 사악한 여자를 미워하는 것이다.

이스메네   아, 경애하는 하이몬, 아버님이 정말 당신을 모욕하고 있어요.

크레온   아들아, 너와 네 결혼 때문에 내 마음이 너무 아프구나.

이스메네   언니에게서 아드님을 빼앗을 작정이세요?

575   **크레온**   하데스 신이 날 위해 이 결혼을 막아 주실 것이다.

이스메네   언니가 죽는다는 것이 결정된 것 같군요.

크레온   너와 나에 의해 그러하구나. 여봐라, 더 이상 시간

끌지 말고 그녀를 데리고 들어가라. 이 두 아이는 지금부터

여자가 되어야 하므로 풀어 놓아선 안 되느니라.

580   그렇지, 용맹한 자들도 죽음이 목숨 가까이

다가오는 걸 보면 도망치려고 하니까.

(제2스타시몬)*

코러스   행복하구나,   (좌 1)

살아가며 고통을 맛보지 않은 자는.

신들이 가문을 흔들어 놓으면

585   재앙*은 가족 전체를 향해 전진하니 한 치 모자람도 없구나.

마치 깊은 바닷속 물결처럼

지하 세계 어둠이

바다 밑에 퍼질 때,

물결은 트라케*의 돌풍에 이끌려

검은 모래를   590

바닥에서 굴려 올리고

바람에 시달린 바닷가는

받은 충격을 되울린다네.

보고 있다네, 예부터 랍다코스* 가문의 망자들이 겪은 (우 1)

많은 불행을. 이제는 또 다른 불행이 더해져 쌓이고 있구나.   595

한 세대가 다른 세대를

놓아주지 않고

어떤 신이 그들을 부숴 버리니

재난에서 벗어날 방법이 없구나.

지금 빛이 오이디푸스 가문의   600

마지막 뿌리* 위에 드리워져 있으니

지하 세계 신의 피 묻은 낫이 그 뿌리를 베어 버리리라,

말의 어리석음*과 마음속 복수심.*

제우스 신이시여, 어떤 인간의 오만함이   (좌 2)

당신의 권능을 제한할 수 있으리오?   605

만물을 정복하는 잠도

신들이 관장하는 지치지 않는 달들도

당신의 권능을 물리칠 수 없으리라.

당신께선 시간에 의해 늙지 않는 통치자로

610 휘황잔란한 올림포스의 빛 속에 살고 계시나이다.

이 법은, 현재는 물론 미래와 과거에도

언제나 지속되리라.

누구에게나 엄청난 부유함은

재앙과 함께 찾아오는 법이라네.

615 널리 떠도는 희망은 (우 2)

어떤 이에겐 이득이지만

어떤 이에겐 경박한 욕망에서 생겨난 속임수가 되는구나.

그것이 다가올 때 전혀 알지 못하는 자,

결국 타오르는 불길 속에 제 발을 데리라.

620 지혜 담긴 유명한 속담에 이르길

어떤 이가 악을 선이라고 생각하자

그 마음을 신이 사로잡아

재앙으로 인도하신다고 하네.

하지만 소인은 일생 동안

625 재앙 없이 잘 살아가는 법이라네.*

코러스 여기에 전하의 막내아드님,

하이몬이 도착했습니다.

그는 결혼의 희망이 사라져 마음 아프고

약혼녀 안티고네의 운명에

630 분노한 것일까요?

(하이몬이 등장한다.)

크레온 예언자의 말보다 더 잘 알 수 있을 것이오.

아들아, 네 약혼녀에 대한 정당한 판결을 듣고서도

아비에게 광분하여 이곳에 온 건 아니겠지?

내가 뭘 하든 우린 한 가족이지?

하이몬 아버님, 저는 아버님의 것입니다. 쓸모 있는 판단을 내리시면   635

아버님은 저를 똑바로 인도하실 겁니다. 그런 판단은

따르겠습니다. 저에게 결혼 따위는 아버님이 올바르게

이끌어 주시는 일에 비하면 중요하지 않습니다.

크레온 그래, 아들아. 그게 바로 네가 지녀야 할 마음가짐이니라.

어느 것도 아버지의 판단보단 중요하지 않다고 생각하여라.   640

때문에 사람들은 집에서 순종하는 자식을 낳아

기른다고 자랑하며 뽐내는 것이란다.

그래서 자식들이 아버지의 적에겐 보복하지만

아버지의 친구는 아버지와 마찬가지로 존경한단다.

그러나 쓸모없는 자식을 낳은 사람에게는   645

자기에게도 골칫거리여서 적들에게 큰 웃음거리가

되었다는 말 이외에 무슨 말을 할 수 있겠니?

아들아, 여자가 주는 쾌락 때문에 이성을

잃지 마라. 여자란 것이 포옹하긴 좋지만

결국엔 차가워진다는 것을 명심하여라.   650

그것이 바로 집에서 너와 한 침대를 쓸 악녀란다,
악한 가족만큼이나 더 큰 상처가 뭐가 있겠니?
그러하니 이 아이를 적이라 여겨 뱉어 내고
하데스의 아무개와 결혼하게 내버려 두어라.

655 시민 중에서 유독 그 아이만이
공개적으로 복종하지 않아 내가 그녀를 붙잡았으니
나는 우리 도시에 거짓된 사람이 되지 않고
그녀를 죽일 것이다. 이걸 두고 그녀가 혈족의 신
제우스 신을 마음껏 노래하게 하려무나.

660 내가 양육하는 가족이 제멋대로 행동하면
가족 바깥사람들도 그렇게 행동할 것이고
가족 문제와 관련해 올바르게 행동하는 자가
국정에서도 분명 정의로운 자로 나타날 것이다.
〔법을 위반해 짓밟거나, 통치자에게 명령하려

665 드는 자는 그가 누구든 나는 칭찬할 수 없단다.
그러나 도시가 임명한 사람의 말은 그게 사소하든
정의롭든 그와 정반대이건 복종해야만 한단다.〕*
올바르게 통치하고 올바르게 통치되는
사람을 나는 격려하고 고무할 것이다.

670 그런 사람은 전쟁의 폭풍 속에서도
전열을 사수하는 정의롭고 용감한 전우이니라.
그러나 불복종보다 더 커다란 악은 없단다.
그게 바로 도시를 파괴하고 가정을 뒤엎고

동맹군의 창을 부러뜨려

용사들을 도망치게 하지만 복종은   675

올바른 사람의 목숨을 구한단다.

이렇게 사회 질서를 바로잡아야 하고

결코 여자에게 제압당해선 안 된단다. 꼭 그래야 한다면

차라리 남자의 손에 제압당하는 게 더 낫겠지.

그러면 우리는 여자보다 열등한 존재로 불리진 않을 것이다.   680

코러스   노령으로 길을 헤매는 게 아니라면

지금 전하의 말씀은 우리에게 매우 분별 있어 보입니다.

하이몬   아버님, 신들께서 인간에게 지성을 심어 주셨는데,

그것이 모든 재산 중에 가장 소중한 것입니다.

저는 아버님 말씀이 옳지 않다고   685

말할 수도 없고, 그렇게 말할 줄도 모릅니다.

〔그러나 다른 견해가 옳을 수도 있습니다.〕

하지만 아버님은 사람들의 말, 행동, 비판의 대상

모두를 꿰뚫어 볼 수는 없습니다.

아버님의 안색이 너무나도 무서워서 시민들은   690

아버님이 듣기 싫어하는 말은 할 수 없으니까요.

하지만 저는 모든 시민들이 그 소녀를 위해

슬퍼하는 소리를 몰래 들을 수 있습니다.

"모든 여자 가운데 가장 칭찬받아야 할 여자가

가장 명예로운 행동 때문에 가장 비참하게 죽어 가다니.   695

그녀는 제 오라버니가 살육되어 쓰러지자

사나운 개들이나 새들의 먹이가 되게 하지도

매장하지 않은 채 내버려 두지도 않았는데,

그녀야말로 황금 같은 명예를 상으로 받을 만하지 않은가?"

700 이런 소문이 어둠 속에서 은밀하게 퍼져 가고 있습니다.

아버님, 저에겐 아버님의 행복보다 더 소중한

재산은 없습니다. 아버님이 훌륭한 명성을 누리는 것보다

자식에게 더 큰 명예가 무엇이 있을까요?

아버님에게도 아들이 그렇게 하는 것보다 더 큰 명예는 없겠지요?

705 이제 한 가지 사고방식만을 고집하지 마십시오.

오로지 당신 자신의 말만 옳다고 생각하시니까요.

자신만이 지각 있고, 언변과 지성을 가지고 있다고

믿는 자는 누구든지 한번 속내가 드러나면

텅 비어 있다는 것을 보여 주게 됩니다.

710 반면 어떤 이가 비록 현명하다 하더라도

자주 배우고 너무 저항하지 않으면 그건 수치가 아닙니다.

보시다시피 겨울에 강물이 불었을 때

홍수에 굽히는 나무들은 가지들을 보전하지만,

저항하는 나무들은 뿌리째 뽑혀 죽기 마련입니다.

715 마찬가지로 배를 운항하며 밧줄을 늦추지 않고

팽팽하게 잡아당기는 자는 배를 전복시키고 나서

갑판이 뒤집힌 채 항해하게 됩니다.

그러하니 분노를 삼가고 생각을 바꾸십시오.

저도 비록 젊지만 판단해 보면

어버이가 모든 면에서 지식을   720
가지고 있다면 그게 최선입니다.

그렇지 않다면 — 그렇게 되긴 힘든 법이니까 —

좋은 조언 하는 사람에게 배우는 것도 훌륭한 일입니다.

코러스   전하, 그의 말이 핵심을 찌른다면 배우셔야 합니다.

하이몬, 그대도 그렇게 하시오. 양편 모두 바른말을 했으니까요.   725

크레온   이 나이에 너처럼 어린 자식에게서

분별을 배우란 말이냐?

하이몬   옳지 않은 건 아무것도요. 비록 제가 어려도

제 나이보단 제 장점을 보셔야 해요.

크레온   질서를 파괴한 자를 존중하는 게 장점이더냐?   730

하이몬   사악한 자를 존중하라고 말씀드린 건 아닙니다.

크레온   그녀가 그런 질병에 감염된 것이 아니더냐?

하이몬   도시 공동체 테바이의 백성들은 그렇게 말하지 않아요.

크레온   무슨 명령을 내려야 할지 시민들에게 들어야 하느냐?

하이몬   아버님 말씀은 너무 유치해요. 그걸 아세요?   735

크레온   나 아닌 다른 사람을 위해 이 땅을 통치해야 하느냐?

하이몬   한 사람에게 속한 도시는 없어요!

크레온   도시가 통치자에게 속한다고 생각하지 않느냐?

하이몬   혼자서 텅 빈 도시를 잘도 통치하시겠군요.

크레온   이 녀석이 그 계집과 한편이 되어 나와 싸우고 있구나.   740

하이몬   아버님이 계집이라면 제가 염려하는 사람은 아버님이죠.

크레온   이런 악독한 녀석, 아비와 말싸움을 하려 드느냐?

하이몬 정의를 거슬러 아버님이 잘못한다고 생각하니까요.

크레온 정당하게 내 직무를 다하는데도 잘못한다고?

745 **하이몬** 신들에게 속한 명예를 짓밟고 있을 땐 그런 게 아니에요.

크레온 이런, 계집보다 못난 놈, 저놈의 성질에 구역질이 나는구나.

하이몬 수치스러운 일에 굴복하는 자식을 보지 못할 거예요.

크레온 그 계집을 위해선 무슨 말이든 다 지껄이고 있구나.

하이몬 아버님과 저, 그리고 하계의 신을 위해서예요.

750 **크레온** 그 계집이 살아 있는 한 결혼하지 못할 것이다.

하이몬 그러면 그녀가 죽고 그 죽음은 누군가도 죽이겠지요.*

크레온 무엄하게 아비를 위협하며 대드는 것이냐?

하이몬 무슨 위협이란 말이죠? 아버님에게 제 결심을 말하는 게.

크레온 아무것도 모르는 게 아비를 가르치려 들다니, 후회할 거다.

755 **하이몬** 만약 아버지가 아니라면 제정신이 아니라고 말하겠어요.

크레온 계집의 종놈 같은 녀석, 감언으로 속이려 들지 마라.

하이몬 뭐든 말하고 싶어 하고 다른 사람 말은 듣지도 않으세요?

크레온 정말이냐? 올림포스 신들에게 맹세코, 명심해라.

벌 받지 않고 그렇게 비난하며 날 매도하진 못할 것이다.

760 그 가증스러운 계집을 데려오너라. 그래서 여기 약혼자가

보는 앞에서 그녀가 죽게 말이다.*

하이몬 제 옆에선 아닙니다. 상상하지도 마세요.

제 옆에서 그녀가 죽지는 않을 거예요.

아버지는 더 이상 제 얼굴을 보지 못할 테니까요.

765 그래서 그런 말을 견디는 친구들과 함께 광분하겠지요.*

44

(하이몬이 퇴장한다.)

코러스　전하, 아드님이 분노하며 급하게 가 버렸습니다.

　　저 나이 때 마음은 고통을 겪으면 심각한 병이 됩니다.

크레온　그러라고 하라. 가서 인간 이상으로 우쭐대라고 하라.

　　하지만 두 여자아이를 죽음에서 구해 내진 못할 것이다.

코러스　그러면 두 여자아이 모두 죽일 작정이십니까?　　　　770

크레온　그 시체에 손을 대지 않은 아이는 아니오. 자네 말이 맞네.

코러스　그리고 어떤 방식으로 그 아이를 죽일 작정이십니까?

크레온　아무도 다니지 않는 곳에 데려가 아직 살아 있는 그녀를

　　암석 동굴에 가둬 숨길 것이오. 오염을 피할 수 있을 만큼의

　　음식은 넣어 줄 것이오.* 그래서 도시 전체가　　　　775

　　오염을 피할 수 있도록.* 그곳에서

　　그녀는 자신이 모시는 유일한 신 하데스에게

　　기도하고 아마도 죽음을 피할 수 있을 것이오.

　　그렇지 않다면 비록 늦었지만, 하데스에 속한 것을

　　경배하는 일이 얼마나 헛된 노력인지 배울 것이오.*　　　　780

(제3스타시몬)*

코러스　전쟁에서 정복할 수 없는 에로스 신이시여,　　　　(좌)

　　에로스 신이시여, 당신께선 재산을 덮치고*

　　소녀의 보드라운 뺨에서

밤을 보내고
785 바다 위를 넘어
야생 거주자의 움막을 두루 거쳐
돌아다니시는구나.
불멸의 신도 당신을 피할 수 없고
하루살이 인간도 그러하며
790 당신에게 사로잡힌 자, 미쳐 버린다네.

당신께선 폭행으로 정의로운 자의   (우)
마음을 정의에서 멀어지게 하시네.
가족 간에 싸움을 선동하는 장본인도
당신이로구나.
795 아리따운 신부의 눈에서 빛나는*
욕망*에게
승리가 돌아가기 마련,
욕망이 강력한 율법*의 옆자리를 차지하시니.
아프로디테 여신이 데리고 노시면
800 아무도 저항하지 못하리라.*
(파수병이 안티고네를 데리고 궁전에서 입장한다.)

이제 눈앞 광경을
바라보니 나조차 법도를 넘어서는구려.*
흘러내리는 눈물을 억제할 수 없구나.

안티고네가 이웃을 지나 만물이 휴식하는

신방으로 가는 것을 보고 있구나.   805

안티고네   날 보세요, 내 조국 땅 시민들이여.   (좌 1)

마지막 여행길에 올라

마지막 태양 빛을

보고 있어요.

더 이상은 아니에요, 만물을   810

잠재우는 하데스 신이 이끌고 있으니

아직 살아 있는 나를

아케론*의 강기슭으로.

결혼의 몫도 받지 못하고

결혼식 축가도 듣지 못한 채.   815

하지만 아케론의 신부가 될 거예요.*

코러스   그대는 망자의 동굴로 떠나지만

영광되고 칭찬받으며 아닌가?

파괴적인 질병의 매를 맞지도 않고

칼의 대가를 지불하지도 않으며   820

자기 의지로 인간들 가운데 혼자서

아직도 숨 쉬며 하데스로 내려가고 있구나.

안티고네   프뤼기아 이방인 탄탈로스의 딸*이   (우 1)

저 높은 시퓔로스 산* 근처에서

가장 슬프게 죽었다는 이야기를 들었어요.   825

마치 달라붙는 담쟁이처럼

돌이 자라서 그녀를 덮어 버렸다더군요.

사람들 소문에 이르길,

그녀가 야위어 갈 때

830   눈과 비가 그녀를 떠나지 않고

두 눈에선 눈물이 하염없이 흘러나와

산등성이를 적셨다더군요.

나도 그녀와 똑같이 어떤 신께서 날 잠재우는군요.

코러스   그러나 니오베는 여신이고 신들의 자식이었소.

835   우리는 인간이고 죽을 운명이라오.

하지만 떠나는 자가 삶과 죽음에서 모두

신과 같은 존재의 운명을 몫으로 받는다면

그것만으로도 대단한 일.

안티고네   아아, 조롱당하는구나. 내가 가지 않고   (좌 2)

840   아직 눈에 보이는데 선조의 신들 앞에서

왜 나를 모욕하는 것이오?

아아, 도시여,

아아, 도시의 부자들*이여,

아아, 디르케의 샘물이여,

845   훌륭한 전차로 유명한 테바이의 숲이여,

당신만을 증인으로 부르고 있답니다.*

어떻게 친구들이 울어 주지도 않고

어떤 법에 의해, 돌로 싸인 감옥,

괴상한 무덤으로 가는지 보십시오.

아아, 불쌍한 신세, 산 자들과 망자늘 사이에서　　　　　850
살지 못하는 존재로구나.*
산 자들과도 망자들과도 아니로구나.

코러스　어린 소녀여, 무모함의 꼭대기까지 올라가
저 높은 정의의 제단에 발이 채어 넘어졌구나.*
하지만 그대는 아버지에게서 물려받은　　　　　855
어떤 죗값을 치르고 있는 게지.

안티고네　내가 가장 근심하는　　　　　　　　(우 2)
부분을 건드렸군요.
아버지의 운명,
우리의 전체 운명,　　　　　860
저 유명한 랍다코스 자손의 운명,
이처럼 삼중으로 얽힌 운명이에요.
아아, 어머니와 결혼해 생겨난 재앙,
불운한 어머니와 내 아버지가
근친상간으로 짝짓기를 했어요.　　　　　865
불쌍한 자여, 난 어떤 부모에게서 태어났나요.
그들에게로 가요.
그들과 함께 살기 위해 저주받아 결혼도 하지 못하고!
아아, 운명적으로
결혼한 오라버니*는　　　　　870
죽어서도 아직 살아 있는 나를 죽였어요.*

코러스　그대가 보여 준 경건함도 어딘가 경건하지만,

권력자의 입장에서 보면

권력은 결코 침범해선 안 되는 법.

875 고집 센 자기 성깔이 그대를 파멸시켰구나.

안티고네 아무도 울지 않고 친구도 없이 결혼도 못한 채   (종가)

불행한 자로 내 앞에 놓인 길을 따라

끌려가고 있어요.

가엾은 사람, 빛나는 태양의 성스러운 눈을

880 더 이상 쳐다보는 게 허락되지 않아요.*

어떤 친구도 울며 통곡하지 않으니*

그게 내 운명이에요.*

(크레온이 등장한다.)

크레온 알지 못하느냐? 누구라도 죽음 앞에 서면

계속 노래를 쏟아 내고 통곡한다는 것을, 비록 그게 필요해도.

885 이 여자아이를 어서 빨리 끌고 가지 못할까?

내가 명령한 대로, 지붕 있는 무덤 속에 가두고

고립된 채 혼자 있게 내버려 두어라.

그녀가 죽기를 바라든, 아니면 그러한 집에 갇혀 살든.

그녀와 관련해 우리는 정결하니까. 여기 땅 위에

890 우리와 함께 사는 그녀의 거주지는 박탈할 것이다.

안티고네 오 무덤이여, 오 신방이여, 오 깊이 파인 집,

영원한 감옥이여, 그곳으로 내 핏줄을 만나러 갑니다.

그들 대부분은 이미 페르세파사*의

영접을 받아 망자들 사이에 계시는군요.

마지막으로 내려가니 나는 너무나도 슬퍼요,　　　　　895

수명이 다하기도 전에.

하지만 그곳에 갔을 때 정말로 소망해요.

아버지에게 사랑받고, 어머니, 당신에게서 사랑받으며,

사랑하는 오라버니, 당신이 사랑해 주리라고.

당신이 죽었을 때 내가 이 두 손으로 씻고　　　　　900

수의를 입히고 당신의 무덤에 제주를 부어

드렸어요. 지금은, 폴뤼네이케스여, 당신의 시신을

매장하였다고 이와 같은 보답을 받았군요.

하지만 현인들이 보기엔 당신을 존중한 건 옳았지요.

내가 낳은 자식들이나 내 남편이 죽어 그곳에서　　　　　905

썩고 있다 하더라도 시민들의 의지를 거슬러

그런 수고를 무릅쓰진 않았겠지요.

어떤 관습에 근거해 이런 말을 하는 거지?

남편이 죽으면 다른 남자를 남편으로 삼고,

아이를 잃으면 다른 남자와 만들면 되지만　　　　　910

지금 아버지와 어머니는 하데스에 숨어 계시니

과거에 태어난 오라버니는 더 이상 없는 거지요.*

그러한 관습으로 내가 오라버니를 존중한 거예요.

하지만 크레온이 보기엔 내가 잘못해서

엄청난 짓을 저지른 것이지요, 사랑하는 오라버니여.　　　　　915

지금 그가 이렇게 내 손을 잡아끌고 가요.

결혼식도 못 올리고 축가도 듣지 못하고,

부부 생활의 몫도 없고 자식 기르는 재미도 못 보고

친구들에게서 버림받아 불쌍한 신세 되어

920 산 채로 망자들의 동굴로 가고 있어요.*

도대체 신들의 무슨 정의를 어겼다는 건가요?

내가 불쌍한 신세로 아직도 신들을 쳐다보아야 할까요?

동맹자들 가운데 누구에게 말을 걸어야 하나요?

경건하게 행동하고 불경죄로 선고받았으니.

925 그러나 이런 내 모습을 신들이 좋게 보신다면

고통을 겪고 나서 잘못을 깨닫게 되겠지요.

하지만 그들이 잘못한 경우라면, 그들이 부당하게

내게 가한 불행만큼 고통을 겪게 되기를.

코러스 아직도 영혼 안에서 똑같은 광풍이

930 몰아치며 그녀를 사로잡고 있구나.

크레온 그래서 그녀를 호송하는 자들은

너무 느려서 고생깨나 하겠소.

안티고네 아아, 이제야말로

죽음 가까이 도착했구나.

935 **크레온** 아무런 희망도 줄 수가 없구나.

사형 선고는 그렇게 집행할 것이다.

안티고네 오, 테바이 땅의 옛 도시여,

내 선조의 신들이여,

나는 끌려가요. 더 이상 지체하지 않을 서예요.

테바이의 지배자들이여,*   940

왕가의 마지막 후손을 보십시오,

경건한 일에 경건함을 보인 사람이

어떤 자들에게 어떤 수모를 당하고 있는지.*

(안티고네는 끌려가며 퇴장한다.)

(제4스타시몬)*

코러스 다나에*도 청동 빗장 걸린 방에서   (좌 1)

하늘의 빛을 등지고 인내하며   945

죄수처럼, 무덤 같은

침실 안에 감금되었도다.

하지만 그녀는 유명한 가문 출신이라,

아이여, 아이여, 제우스가 황금 빗물로 뿌린

씨를 받아서 품었다네.   950

운명의 힘은 놀랍게도 무시무시하니

재산, 용맹과 성벽,

굉음으로 바다를 가르는 검은 배도

운명을 피할 수 없구나.

에도노스 종족*의 왕, 성마른 드뤼아스의 아들*도   (우 1) 955

길들여졌도다. 그가 미쳐 날뛰며 소통하사

디오뉘소스 신은

바위 감옥 속에 그를 감금했다네.

그렇게 무섭게 타오른 풍성한 광기도 시들어 갔고

960　　그자는 미쳐서 신에게

조롱하는 혀로 손댄 것을

늦게야 깨달았구나,

신을 품은 여자들*과

박코스의 횃불*을 막으려다

965　　그들의 피리* 음악을 성나게 했으니.

두 바다* 검은 물에서　　　　　　　　　　　　　(좌 2)

태어난 보스포러스,

그 옆에 트라키아 땅

살뮈데소스가 놓여 있고

970　　근처 도시에 사는 아레스 신이* 보았다네,

피네우스*의 잔인한 부인이

그의 두 아들에게 가한 저주스런 상처를.

그녀가 그들의 눈을 앗아 가

두 눈은 복수해 달라고 울부짖는구나,

975　　그녀의 피비린 손이

두 눈을 실패의 날카로운 침으로

찢어 버렸으니.

아이들은 여위어 가며   (우 2)

슬프게 고통을 노래했다네,

불행한 결혼에서 생겨난, 불행한 어미*의 자식들.   980

그녀는 에레크테우스*의 아들을 낳은

옛 가문의 공주로 태어났지만 먼 곳 동굴 속에서

아버지의 폭풍들과 함께 자랐다네.

북풍의 딸이고 신들의 자식이라

말처럼 빠르게 가파른 산을 타고 넘었다네.   985

그러나 오래 사는 운명의 여신들이

그녀마저도 제압했구나, 아이여!

(눈먼 예언자 테이레시아스가 한 소년에 이끌려 등장한다.)

테이레시아스   테바이의 왕들이여, 우리가 한 쌍의 눈으로

두 사람이 함께 여행하여 왔소이다. 이러한 방식으로

장님들은 길잡이와 함께 여행한다오.   990

크레온   노인장 테이레시아스여, 무슨 새로운 소식이 있소?

테이레시아스   내 설명하겠소. 예언자의 말에 복종하시오.

크레온   과거에 그대의 조언에서 벗어난 적은 없었소.

테이레시아스   그래서 이 도시라는 배를 올바르게 인도한 것이오.

크레온   경험으로 그대 조언이 유익하다고 입증할 수 있소.   995

테이레시아스   생각해 보시오, 지금 또다시 면도날 위에 서 있소.

크레온 무슨 일이오? 그대의 말에 내 마음이 몹시 떨리는군.

테이레시아스 곧 알게 될 것이오, 내 예언의 전조를 들으면.

온갖 새들의 항구, 새들을 관찰하는

1000 태고의 자리에 앉자 새들의 이상한 소리를

들었소. 새들은 흉측하고 이해할 수 없는

광기에 사로잡혀 비명을 질렀고

피 묻은 발톱으로 서로를 찢어 죽인다는 것을 알아보았소.

윙윙거리는 날개 소리가 또렷했기 때문이오.

1005 무서워 곧장 불을 피운 제단에서

타 버린 제물들을 시험해 보았소. 그러나 제물에선

더 이상 불길이 일어나지 않고 재 위에서는

축축한 점액이 넓적다리뼈에서 스며 나왔는데,

담즙은 공중에 사방으로 흩어지고

1010 넓적다리들이 액체로 흘러내리며

감싸고 있던 기름을 벗어 버렸소.*

이 아이에게 배웠소, 희생 제의가 아무 전조도

드러내지 않아 예언 의식이 실패로 끝났다는 것을.

나에겐 그가, 다른 이들에겐 내가 길잡이이기 때문이오.

1015 바로 당신의 의지로 인해 도시가 병들었소이다.

우리 제단과 화덕 전체는, 개와 새들이,

쓰러진 오이디푸스의 불행한 아들을 물어뜯어

조각난 고기들로 가득 차 있기 때문이오.

그래서 신들께서 더 이상 희생 제의에 따르는 기도도

넓적다리를 태우는 불길도 받지 않으시고   1020
새들이 괴성을 지를 뿐 아무 전조도 보여 주지 않는데,
망자의 피와 섞인 기름 덩어리를 개와 새가 먹어 치웠기 때문이오.
내 아들이여, 잘 생각해 보시오.
사람은 누구나 실수하기 마련이오.
어떤 이가 실수해 곤경에 빠지고 나서   1025
잘못을 고치고 마음을 움직이면
그는 어리석거나 복이 없는 자가 아니라오.
계속해서 고집을 부리면 얼간이란 소리를 듣게 될 것이오.
자, 망자에게 복종하시오. 망자를 계속 찌르지 마시오.
죽은 자를 또다시 죽이는 게 무슨 용맹이란 말이오?   1030
그대에게 선의로 말하는 것이오. 좋은 조언자에게서
배우는 것은 기쁨이라오, 만일 그게 이득이 된다면.

크레온 노인장, 당신들 모두 과녁을 겨냥하는 궁수처럼
이 사람을 쏘았구려. 하지만 당신 예언 따위에는 상처가
나지 않소이다. 오래전부터 당신 종족은   1035
나를 팔러 다니고 수출까지 하였구려.
이득이나 챙기시오. 바라는 대로
사르데스에선 호박을, 인도에선 금을 수입하시오.
그러나 무덤 안에 그자를 숨기지는 못할 것이오,
제우스의 독수리들이 그 시신을 낚아채   1040
주인의 왕좌로 가져가길 원하더라도.
그러한 오염도 두려워하지 않으니

나는 그자의 매장을 허락하진 않을 것이오.

잘 알고 있소, 어떤 인간도 신들을 더럽힐 수 없다는 것을.

1045 연로한 테이레시아스여, 여러 방면에서 뛰어난 자들조차

수치스럽게 몰락하는 경우가 있소. 어떤 이득을 좇아

수치스러운 말을 교묘하게 꾸밀 때 말이오.

테이레시아스 아아, 대체 누가 뭘 알고 누가 이해한단 말인가?

크레온 무엇을? 지금 무슨 일반적인 진술을 하는 것이오?

1050 **테이레시아스** 지혜가 모든 재산 가운데 얼마나 가장 으뜸인가?

크레온 내 생각엔, 어리석음이 가장 큰 재앙인 만큼이오.

테이레시아스 하지만 그게 바로 당신이 걸린 질병이라오.

크레온 예언자에겐 무례하게 대답하고 싶지 않소.

테이레시아스 그렇게 말한 거나 다름없소, 내 예언이 거짓이라 하니.

1055 **크레온** 그래, 너희 예언자들은 모두 돈을 밝히는 종족이로구나.

테이레시아스 왕들의 종족도 부끄러운 이득을 탐하기 쉽소.

크레온 지금 통치자를 비방한다는 것을 알고 있느냐?

테이레시아스 알고 있소. 바로 내 덕분에 이 도시를 구했으니.

크레온 당신은 영험한 예언자지만 불의를 바라고 있소.

1060 **테이레시아스** 내 마음속에 숨긴 것을 말하게 자극하는구려.

크레온 그렇게 하시오. 다만 이득을 위해서 말하진 마시오.

테이레시아스 당신 이익과 관련해선 이미 그렇게 말한 것 같소.

크레온 내 생각은 결코 거래할 수 없다는 것을 아시오.

테이레시아스 그러면 잘 알아 두시오. 태양이

1065 여러 번 경주로를 완주하기 전에

자신의 배에서 나온 시신 하나를

다른 시신들과 교환하게 될 것이오.

땅 위에 사는 자를 아래로 내던져

산 자를 무덤 속에 거주하게 해 모독하고,

아래 신들의 몫인 시신을 매장하지 않으며   1070

불경하게 여기에 붙잡아 놓은 것에 대한 보답이오.

당신은 물론 위에 계신 신들도 시신에 대한

몫이 없지만, 그런 일을 강제한 자는 바로 당신이오.

때문에 마침내 해악으로 파멸시키는 자, 하데스와

신들이 보낸 복수의 여신들이 당신을 기다리며 잠복해서   1075

이와 같은 재앙 속에 붙잡혀 있게 될 것이오.

잘 숙고해 보시오, 정말 내가 매수되어 이런 말을 하는지.

오래지 않아 당신 집에선

남자들과 여자들이 통곡하게 될 것이오.

또 모든 도시들이 서로 적대하며 동요할 것이오.   1080

개들과 맹수들, 몇몇 새들이 시신을 찢고

토막 내 그것을 신성하게 하고*

불경한 냄새를 피워 도시의 화덕에 퍼뜨릴 것이오.

이런 말들은, 날 자극하자 분노해 마치 궁수처럼

당신의 심장에 명중시킨 화살들이오.   1085

당신은 그 찔린 아픔을 피하지 못할 것이오.

아이야, 날 집으로 데려가거라.

여기 이 사람은 더 젊은 사람에게 분노하게 하라지.

더 조용히 입을 놀리고 현재의 지력보다

1090   더 분별 있는 정신을 갖는 것을 배우도록 말이다.

코러스   전하, 그분은 무시무시한 예언을 하고

가 버렸습니다. 한때 검었던 머리가 지금 이렇게

하얗게 셀 때까지 그분이 도시에

거짓말한 적이 없다는 것을 저는 잘 알고 있습니다.

1095 **크레온**   그건 나도 잘 알고 있소. 내 마음이 혼란스럽구나!

복종하는 게 두려우니까. 하지만 저항하면 내 의지는

파멸이 쳐 놓은 그물 속으로 돌진할 것이오.

코러스   메노이케오스의 아들이여, 좋은 조언이 필요한 땝니다.

크레온   어떻게 해야 하지? 말해 보라. 나는 네 말을 듣겠다.

1100 **코러스**   가서서 지하 감옥에 가둔 여자아이를 석방하고

저기 누워 있는 자에게 무덤을 만들어 주십시오.*

크레온   그게 동의하는 것이냐? 양보해야 한다고 생각하느냐?

코러스   전하, 가능한 빨리! 신들이 보낸 복수의 정령들은

발 빠르게 잘못 생각한 자를 잘라내 버린답니다.

1105 **크레온**   아아, 힘들지만 내 마음의 고집에서 벗어나

행동할 것이오. 필연적인 힘과는 싸울 수 없으니까.

코러스   그러면 가서 그리 하시고, 타인에게 맡기지 마십시오.

크레온   내 결심한 대로 하리다. 오라, 오라,

하인들아, 너희들은 이곳에 있든 없든

1110   곡괭이를 들고 눈에 보이는 언덕 위로 달려가거라.

이처럼 결심이 바뀌었으니 감금한 내가

식접 그곳에 가서 그 아이를 풀어 줄 섯이나.

정해진 법에 복종하여 삶을 마치는 것이

최선이 될까 봐 두렵기만 하구나.[*]

(제5스타시몬)[*]

코러스 많은 이름을 가진 분[*]이시여,   (좌 1)   1115

신부[*]의 자랑이자

천둥소리 울리는 제우스의 아드님이시여,

저 유명한 이탈리아를 지배하시고

모든 이에게 열린,

엘레우시스 데메테르 여신의 계곡에서 통치하십니다.[*]   1120

아아, 박코스 신이시여,

당신께선 사나운 용의 이빨이 뿌려진[*] 곳,

이스메노스의 강줄기 옆에 위치한,

박코스 여신도들의 어머니

도시 테바이에 살고 계십니다.   1125

당신께서 두 개의 바위 봉우리를 넘어   (우 1)

연기를 피우며 빛나는

불꽃 속에 보이시니[*]

그곳에는 코뤼키아의

박코스 요정들이 거닐고   1130

카스탈리아* 샘물이 흐른다네.

뉘사*의 언덕에 담쟁이로 뒤덮인 비탈과

많은 포도송이로 덮인 초록빛 바닷가*가

당신을 이곳으로 보냈구나,

1135   테바이 거리를 방문하실 때

신들린 목소리가 "에우호이"*라 외치는 동안.

당신께선   (좌 2)

번개 맞아 숨진 어머니*와 함께

모든 도시 가운데 테바이를 가장 존경하시나이다.

1140   지금, 전 도시가 역병의 공격으로

병에 걸려 있으니

파르나소스* 산비탈이나

메아리치는 해협*을 건너

정화하는 발걸음으로*

1145'   오소서.

아아, 불길 뿜는 별들의 춤을   (우 2)

지휘하는 분이시여, 밤에 울려 퍼지는 목소리를

감독하는 분이시여, 제우스의 아드님이시여,

나타나소서,

1150   아아, 왕이시여,

신들려서

주인님 이악코스*를 숭배하며

밤새도록 춤추는

여신도들*과 함께.

(사자가 등장한다.)

사자　카드모스와 암피온* 가문의 이웃들이여,　　　　　　　1155

인간의 삶이 어떤 상태에 놓여 있든

그 삶을 칭찬하거나 비난하고 싶지 않습니다.

운명은 운 좋은 사람이나 불운한 사람을

언제나 일으켜 세우고 넘어뜨리기 때문입니다.

어느 예언자도 인간에게 정해진 운명을 말할 수 없습니다.　　1160

내가 보기에 크레온 왕은 한때 선망의 대상이었고

적들에게서 카드모스의 나라를 구해

막강한 절대 왕권을 얻었으며

고귀한 혈통의 자식들로 번성하며 나라를 이끌었습니다.

지금은 모든 게 사라져 버렸습니다. 사람에게서 삶의 즐거움이　1165

방출되고 나면, 그 사람은 살아 있는 존재가 아니라

살아 있는 것 같은 시체에 불과합니다.

원하면 집에 엄청난 부를 쌓아 놓고

왕처럼 과시하며 살아 보십시오. 그러나 이런 것들로

기쁘지 않다면, 즐거움과 비교하면 연기의 그림자에　　　　1170

불과한 모든 다른 것들을 구입하지 않을 것입니다.

코러스   그대가 가져온, 왕들에게 새 부담 되는 소식이란 뭐요?

사자   그들은 죽었습니다. 산 자가 그들의 죽음에 책임이 있습니다.

코러스   누가 살인자요? 누가 누워 있소? 말해 보시오.

1175   **사자**   하이몬이 죽었습니다. 제 손으로 피를 뿌렸습니다.

코러스   아버지의 손인가요, 그 자신의 손인가요?

사자   제 손으로. 살인 때문에 아버지에게 분노한 것입니다.

코러스   오 예언자여, 정말로 올바른 말씀을 하셨습니다.

사자   상황이 이러하니 다른 조언이 필요합니다.

1180   **코러스**   가까이에 크레온의 부인, 불행한 에우뤼디케가

보입니다. 집에서 나오시는데, 우연이거나

아들에 대한 소식을 들었기 때문일 것이오.

(에우뤼디케가 등장한다.)

에우뤼디케   모든 시민들이여, 소식을 들었어요.

팔라스* 여신에게 기도해 간청하려고

1185   집 문밖을 나서려고 할 때 말예요.

문을 열려고 빗장을 느슨히 하자

집 안의 불행을 알리는 소리가

내 귓전을 때렸고 공포에 사로잡혀

하인들의 팔 안에 쓰러져 실신했답니다.

1190   하지만 그 소식이 무엇이든 다시 말해 주세요.

불행을 겪어 본 적 있으니 들으려는 거예요.

사자 친애하는 어주인이여, 제가 그곳에 있었으니

진실은 하나도 빼놓지 않고 말하겠습니다.

왜 제가 지금 당신을 위로해 나중에 거짓말쟁이가

되려 하겠습니까? 진실이 항상 최선입니다.   1195

저는 당신 남편을 모시고 평원 꼭대기로

걸어갔습니다. 그곳에는 동정받지 못한 폴뤼네이케스의

시체가 개에게 찢긴 채 누워 있었습니다.

우리는 교차로의 여신*과 플루토 신*에게

자비롭게 분노를 누르시라고 기도하면서   1200

정결한 물로 그 시체를 씻고 나머지는 모두

갓 꺾은 나뭇가지 사이에 놓고 태우고 나서

우리 땅의 흙으로 무덤을 쌓아 올렸습니다.

그리고 나서 처녀의 침실, 우묵하고 돌 마루 깔린

죽음의 신방으로 다가갔습니다.   1205

누군가가 불경스러운 신방 주위에서 새어 나온

울부짖음을 조금 떨어져 듣고서

주인님 크레온에게 그 사실을 알렸습니다.

우리가 가까이 다가가자 분명하지 않지만

처량하게 우는 소리가 주위를 에워쌌고   1210

크레온은 한숨을 내쉬며 울먹였습니다.

"아, 불행한 내 신세, 예언자인가? 과거에 간 모든 길들 중에서

가장 불행한 길을 가는 것인가?

아들의 목소리가 반기는구나! 하인들아,

1215 오너라! 빨리 가까이 오너라! 무덤 옆에 서라!

돌을 걷어 내어 생긴 틈 사이로 들어가,

살펴보아라! 하이몬의 목소리를 들었는지

신들에게 속았는지."

낙심한 주인님은 그렇게 명령하고

1220 우리는 다음 장면을 보았습니다. 무덤 바닥에

그녀가 아마포 천으로 엮은 올가미에

목을 맨 것. 옆에는 하이몬이 양손으로 그녀의 허리를

감싸고 누워 있는데, 지하 세계에서 신부의 죽음,

아버지의 행동, 처참한 결혼식을

1225 목 놓아 통곡하고 있었습니다.

크레온이 그를 발견하자 고통스레 신음 소리를 내며

안으로 들어가 아들에게 다가가서 울먹이는 소리로 불렀습니다.

"가여운 녀석, 무슨 짓이냐? 정신이 있는 게냐?

무슨 재앙으로 이성을 잃었느냐?

1230 아들아, 나오너라. 너에게 탄원자로 간청하는구나."

하지만 아들은 광포한 눈빛으로 그를 쏘아보고

노려보더니 그의 얼굴에 침을 뱉고 아무런 대답도 없이

양날 칼을 뽑았습니다. 아버지가 쏜살같이 물러나 칼을 피하자

그는 빗맞혔습니다. 그러고 나서 불행하게도

1235 곧장 자신에게 분노해 칼을 향해

제 몸을 밀어 넣어 그의 옆구리를 절반이나

꿰뚫었습니다. 그는 아직도 숨을 헐떡이며

히악힌 팔 안쪽으로 처녀를 잡아당겨 포옹하더니

핏방울을 날카롭게 분출시켜 그녀의 하얀 뺨을 더럽혔습니다.

그는 시체로 시체를 감싸고 누워 있습니다. 1240

가엾은 친구는 하데스의 집에서

그렇게 결혼식을 마쳤습니다. 어리석음이 얼마나

나쁜 불행인지 인간들에게 보여 주었습니다.

(에우뤼디케가 퇴장한다.)

코러스   어떻게 생각하오? 부인께선 떠나고 없습니다,

좋건 나쁘건 말 한마디도 하지 않으시고. 1245

사자   나 또한 두렵습니다. 하지만 희망하고 있답니다,

그분께서 아들의 불행을 듣고 시민들에게

도시 안에서 통곡하라고 요구하지 않고

집 안에서 사적으로 슬픔을 애도하라고 명령하시기를.

그분은 과오를 범할 정도로 판단력이 미숙하진 않으니까요. 1250

코러스   알 수 없소. 너무 지나치게 침묵하거나

너무 심하게 통곡하면 그건 내게 위험해 보이오.

사자   글쎄요, 알게 될 것입니다. 그녀가 집 안으로 들어가

격앙된 마음속에 무슨 비밀스러운 의도를

숨기고 있을지 말입니다. 그래요, 잘 말했습니다. 1255

너무 지나친 침묵도 위험하긴 합니다.

(사자가 퇴장한다. 옆쪽에서 크레온이 아들 하이몬의 시신을
들고 등장한다.)

코러스   왕께서 몸소 두 팔 안에 너무나도 분명한 징표*를

품고서 이곳으로 오시는구나. 말해도 된다면

그분의 파멸은 다른 사람이 아니라,

1260   자신의 과실로 생겨났다네.

크레온   아아, 내 어리석음이 저지른 잘못이여,   (좌 1)

완고하고 죽음으로 가득 찬 것이로구나.

가족 사이에서 살해하고 살해당한 이들을

보고 있구나.

1265   아아, 내 결정으로 일어난 재앙이여.

아아, 아들아, 젊은 나이에 죽은 지도 얼마 되지 않았구나.

아이고 아이고,

너는 죽었구나. 잘렸구나,

네가 아니라, 내 어리석음으로.

1270 **코러스**   아아, 당신께선 너무 늦게 정의를 알아보신 것 같습니다.

크레온   아아,

불행하게도 뒤늦게 깨닫고 말았구나.

어떤 신이 육중한 무게로 내 머리를 내려쳤구나.

날 잔혹한 길에다 내동댕이치고

1275   즐거움을 뒤집어 발로 짓밟아 버렸구나.

아이고, 아이고, 슬픔에 찬 인간의 고난이여.

68

(시지기 등장한다.)

사자   주인님이여, 당신께선

  이 불행을 가지고, 아니 소유하고서

  양팔로 나르고 계십니다. 집 안에 들어가시면

  아마도 다른 불행들도 보시게 될 것입니다.   1280

크레온   재앙에 더 큰 재앙이 닥쳐오다니, 그게 뭐란 말이냐?

사자   부인께서 사망하셨습니다. 이 죽은 사람의 어머니

  말입니다. 불행하신 분, 방금 전에 상처를 입었기에.

크레온   아아,   (우 1)

  달랠 길 없는 하데스의 항구여,   1285

  왜 날, 왜 날 파괴하십니까? 불행으로 가득 찬

  나쁜 소식을 전하는 자여, 무슨 말을 하려느냐?

  아이고, 넌 죽은 자를 두 번이나 죽였구나!

  아들아, 넌 무슨 말을 하느냐? 지금 무슨 새로운,

  아이고, 아이고,   1290

  피비린내 나는 죽음,

  아내의 죽음이 아들의 죽음 위에 쌓여 날 에워싸는 것이냐?

코러스   볼 수 있습니다. 더 이상 궁전 안에 숨어 있지 않기에.

크레온   아아,

  또 다른 두 번째 재앙을 보는구나, 불행한 자여.   1295

  어떤 운명이,

  도대체 어떤 운명이 아직도 날 기다리고 있는가?

불행하게도 시금 잉선에 아이를 붙잡고

내 앞에 그녀를, 그녀의 시체를 보고 있구나.

1300   아아, 불쌍한 어미, 아아, 내 아들.

사자   그녀는 제단 옆에서 예리한 칼 위로 쓰러져

어두워지는 두 눈을 감고

메가레우스*가 없는 텅 빈 결혼 침대를 슬퍼하며,

다시 하이몬을 위해 통곡하셨습니다. 마지막으로

1305   아들을 살해한 당신에게 저주의 노래를 불렀습니다.

크레온   아이고, 아이고,   (좌 2)

내 마음은 공포로 두근거리는구나.

왜 아무도 양날 칼로

내 심장을 찌르지 않는단 말이냐?

1310   아이고, 아이고,

나는 비참하구나, 비참한 재앙 속에 섞이고 말았구나.

사자   당신께서 두 아들을 죽인 죄를

지었다고 그녀가 비난하셨습니다.

크레온   그녀는 어떤 방식으로 최후를 맞았는가?

1315   **사자**   자기 손으로 간 아랫부분을 찌르셨습니다.

그래서 아들의 고통을 듣고 비명 소리로 애도한 것입니다.

크레온   아아, 내 죄를 누구에게도

돌릴 수가 없구나.

내가 너를, 내가 너를 죽였으니, 불행한 자여.

1320   내가, 진실을 말하노라.

어봐라, 하인들이어,

당장 나를 끌고 가라,

나를 길에서

몰아내라.

아무것도 아닌 나를. 1325

코러스 유익한 조언입니다. 불행 속에도 뭔가 유익한 게 있다면.

불행과 직면하려면 가장 빨리 하는 게 최선입니다.

크레온 오게 하라, 오게 하라. 나타나게 하라.   (우 2)

내 마지막 날을 알리며 가장 훌륭한 죽음이

나를 위해서 오게 하라. 모든 것 중에서 최선의 운명이여. 1330

오게 하라,

오게 하라,

더 이상 또 다른 날을 보지 못하게.

코러스 그건 나중 일입니다. 하지만 지금은 당면한 과제에

집중해야 합니다. 앞으로의 일은 관련자가 염려해야 합니다. 1335

크레온 내가 바라는 것, 바로 그것을 위해 이미 기도했다네.

코러스 더 이상 기도하지 마십시오. 운명이 정한

재앙에서 벗어날 방법은 없습니다.

크레온 길 밖으로 날 데려가라, 난 쓸모없는 인간이로구나.

아들아, 1340

본의 아니게 널 죽였구나.

불쌍한 자여,

여기 당신도 죽였구나.

어느 쪽을 바라보아야 할지 모르겠구나.

1345 　어떤 쪽으로 기대야 할지. 내 손안 모든 게 비뚤어져 버렸구나.

다루기 힘든 운명이 내 머리 위로 덮쳤구나.*

(크레온과 그의 시종들이 퇴장한다.)

코러스 　양식(良識)이

행복의 가장 중요한 부분이라네.

신들에게 불경을 범해서는 안 되는 법이라오.

1350 　뽐내며 허풍을 떨면

언제나 큰 매를 벌기 마련.

나이를 먹으며

지혜를 배우게 되는구나.*

오이디푸스 왕

등장인물

오이디푸스 테바이의 왕

사제

크레온 이오카스테의 남동생

테이레시아스 테바이의 예언자

이오카스테 오이디푸스의 부인

사자

라이오스의 목자

두 번째 사자

안티고네, 이스메네 오이디푸스의 두 딸

코러스 테바이의 장로들

(제우스의 사제와 많은 어린이들로 이루어진 한 무리가 오이
디푸스 궁전 앞 제단 근처에 탄원자로 앉아 있다. 오이디푸스가
궁전에서 등장해 그들에게 말을 건다.)

오이디푸스 아이들아, 저 옛 카드모스에서 새로 태어난 종족이여,
　　　도대체 왜 탄원자의 화환*을 두르고
　　　내 앞에 이렇게 앉아 있는 것이오?
　　　도시 전체가 제단에서 피운 연기와 함께
　　　치유 노래와 통곡 소리로 가득 차 있구나.
　　　아이들아, 타인의 입을 통해 소식을 듣는 게　　　　　　　　5
　　　옳지 않다 생각하여 이렇게 몸소 이곳에 왔도다.
　　　내가 모든 사람에게 널리 알려진 오이디푸스요.*
　　　자, 노인장, 말해 보시오. 여기 사람들을 대신해 말하는 게
　　　적당하니까. 무슨 일로 이곳에 앉아 있는 것이오?　　　　10

누려워하는 것이오, 아니면 무슨 부탁이 있는 것이오？

알아 두시오. 내 기꺼이 온갖 종류의 도움을 베풀 것이오.

나는 감정이 메마른 사람일 것이오, 이런 탄원을 동정하지 않으면.

사제 그러하시군요. 우리 땅을 다스리는 오이디푸스 왕이시여,

15   당신의 제단*에 우리가 다양한 연령별로 앉아 있는 것을

보시겠지요. 일부는 아직 멀리 날 수 없는

아이들이고, 일부는 노령으로 몸이 무거운 노인들입니다.

저는 제우스의 사제고, 이들은 총각들 중에서 선발한

사람들입니다. 한편 다른 무리들은 화환을 두르고

20   시장과 팔라스*의 두 사원과

이스메노스의 예언하는 잿더미*에 앉아 있습니다.

당신도 보시듯 이 도시는 이미 폭풍으로 심하게

요동치고 물마루 사이 죽음의 골에서

아직도 제 머리를 들지 못하고 있습니다.

25   대지에는 열매 맺는 새싹이 메말라 죽어 가고

풀을 뜯는 소 떼도 쓰러지고 여자들도

유산의 고통으로 죽어 가고 있습니다.

더구나 횃불을 든 신, 가장 혐오스러운 역병이

도시를 덮쳐 약탈하고 카드모스의 집을 비우게 합니다.

30   검은 하데스는 신음과 울음으로 가득 차 부유합니다.*

저는 물론, 여기 당신의 화롯가에 앉아 있는 아이들도

비록 당신이 신과 같은 존재는 아니지만

삶의 중대한 사건과, 신들과 관계하는 일에서

가장 으뜸이라고 생각합니다. 당신은
카드모스의 도시에 와서, 우리가 잔인한 여가수에게   35
바치는 공물에서 벗어나게 했습니다.*
더구나 우리에게서 무슨 특별한 지식을 전수받거나
특별한 지시도 받지 않고 어떤 신의 도움으로
당신이 우리 삶을 바로잡았노라 말하고 또 그렇게 믿습니다.
이제 모두가 보기에 가장 강력한 오이디푸스여,   40
우리 탄원자를 위해 방책을 찾아 주시기를
당신에게 간청하나이다.* 신의 음성을 듣거나
어디선가 누구에게 알아내든 말입니다.
경험 있는 사람이 숙고한 결과를 모두 종합하면
그것이 가장 큰 효과를 낳는다는 걸 알기 때문입니다.   45
자, 산 자들 중 가장 뛰어난 이여, 도시를 바로 세워 주십시오.
자, 주의하십시오. 지금 이 나라는 과거에 보여 준
열정 때문에 당신을 구원자라 부르고 있습니다.
당신의 통치에 대해서, 처음에는 일어섰지만
나중에는 쓰러졌다고 기억하지 않도록   50
이 도시를 군건한 토대 위에 다시 세워 주십시오.
상서로운 전조와 함께 우리에게 행운을 선사했으니
지금도 그런 분이 되어 주십시오.
지금 통치하시는 것처럼 이 땅을 통치하시길
바라신다면, 텅 빈 땅보다는 사람들이 사는 땅을   55
통치하는 것이 더 낫습니다. 성벽이나 배나 그 안에

사람이 살지 않으면 아무 쓸모가 없기 때문입니다.

오이디푸스 가여운 아이들아, 나는 알고 있소. 모르는 게 아니오,

그대들이 무엇을 원해 이곳에 왔는지를.

모두가 병에 걸려 있다는 것을 잘 알고 있으니까.

비록 병들어 있지만 그대들 누구도 나만큼 병들지는 않았소.

그대들의 고통은 타인이 아닌 각자 자신에게 미치지만

내 영혼은 도시와 나 자신과 그대들 모두를 위해

똑같이 애통해하고 있소이다.

그러하니 잠자는 나를 깨운 게 아니오.

내가 정말 많은 눈물을 흘리고

생각의 방황으로 많은 길을 헤맸다는 것을 아시오.

두루 잘 살펴서 유일한 치료*라고 생각한 것을

이미 실행에 옮겼소이다. 메노이케오스의 아들,

내 처남 크레온을 퓌토에 있는

포이보스의 집으로 보냈소,

어떤 행동과 말로 이 도시를 방어할 수 있을지 알아내도록.

그를 보내고 지난날 헤아려 보니 그가 뭘 하고 있는지

궁금해 마음이 괴롭소. 예상 밖으로

정해진 시일을 훌쩍 넘겨 출타 중이니까.

하지만 그가 도착하고 나서 신께서 드러내신 모든 것을

실행하지 않는다면 나는 쓸모없는 인간이 될 것이오.

사제 때마침 당신께서 잘 말씀하셨습니다. 방금 전 사람들이

크레온이 다가오고 있다는 신호를 보냈습니다.

오이디푸스 오 아폴론 왕이시여, 그의 낯이 밝아 보이니   80
　　　　그가 구원의 행운과 함께 오기를.

사제 짐작하건대 좋은 소식인 것 같습니다. 그렇지 않으면
　　　　머리에 열매가 무성한 월계관을 쓰고 오진 않을 겁니다.

오이디푸스 곧 알게 될 것이오. 소식을 듣기에 적당한 거리요.
　　　　왕이여,* 내 처남 메노이케오스의 아들이여,   85
　　　　신에게서 무슨 말씀을 우리에게 가지고 왔소이까?

　　　　(크레온이 등장한다.)

크레온 좋은 말씀이오. 어떤 일이 견디기 어려워도
　　　　잘 마무리하면 전체적으로 행운이 된다고 말하겠소.

오이디푸스 그 신탁의 내용이 무엇이오? 그대의 말에
　　　　대담해지지도 미리 겁먹지도 않을 것이오.   90

크레온 여기 사람들이 있는 곳에서 듣고 싶다면
　　　　말하겠소. 그렇지 않으면 안으로 들어갑시다.

오이디푸스 모든 이가 있는 곳에서 말하시오. 내 목숨보다
　　　　여기 사람들을 위해 슬픔을 견디고 있소이다.

크레온 신에게서 들은 것을 말하겠소.   95
　　　　왕이여, 포이보스 왕께서 우리에게 분명히 명령하셨소,
　　　　이 땅에서 양육된 오염*을 몰아내고
　　　　더 이상 치유할 수 없을 때까지 기르지 말라고.

오이디푸스 어떤 정화 의식으로? 그 재앙의 본성은 무엇이오?

크레온 추방하거나 살인을 살인으로 갚으시오.

바로 그 유혈이 도시에 폭풍을 몰아치게 한 것이니까.

오이디푸스 어떤 자의 운명을 신께서 드러내시는 것이오?

크레온 왕이여, 당신께서 이 도시를 바로잡기 전에

우리에게는 라이오스가 이 땅의 통치자였소.

105 **오이디푸스** 들어서 잘 알지만 그분은 결코 본 적이 없소.

크레온 그분은 살해되었소. 그래서 지금 신께서 살인자들을,

그들이 누구든, 폭력으로 보복하라 분명 명령하는 것이오.

오이디푸스 그들이 이 땅 어디에 있단 말인가? 도대체 어디에서

오랜 범죄의 이해하기 어려운 흔적을 찾아낼 수 있을까?

110 **크레온** 이 땅에서라고 말하셨소. 탐색하면

포획할 수 있지만 간과하면 도망가 버리는 법.

오이디푸스 라이오스가 이런 살인을 만난 것은 집 안에서요,

들판에서요, 이국 땅에서요?

크레온 그가 말한 것처럼 델포이를 향해 떠났지만, 그러고 나선

115 끝내 집으로 돌아오지 못했소이다.

오이디푸스 어떤 전령도 없었소? 동행자가 목격하지 않았소?

그자에게서 정보를 얻어 활용할 수 있었을 텐데.

크레온 그들은 죽었습니다. 한 사람만 빼곤. 그는 무서워서

도망쳤는데 한 가지만 분명하게 전할 수 있었소.

120 **오이디푸스** 그게 무엇이오? 한 가지를 들으면 많은 것을

찾아내는 법, 희망의 작은 단초라도 잡으면 말이오.

크레온 그들이 마주친 도둑들이* 죽였다고, 한 명의 힘이 아니라

많은 사람의 폭력으로 라이오스 왕은 살해된 것이오.

오이디푸스 어떻게 그 도둑이 그렇게 대담한 짓을 한단 말인가?

이곳에서 그자가 돈으로 매수되지 않았다면 모를까.　　　125

크레온 사람들도 그렇게 추측했지만 라이오스 왕이 죽고 나서

불행에 처한 우리에게 구원자가 나타나지 않았소.

오이디푸스 하지만 왕이 그렇게 쓰러졌는데도. 대체 무슨

어려운 사정으로 그것을 알아내지 못했다는 것이오?

크레온 수수께끼 같은 노래 부르는 스핑크스가 찾아와　　　130

불분명한 일은 놔두고 발 앞에 닥친 과제를 돌봐야 했소이다.

오이디푸스 그러면 나는 그 불분명한 일을 처음부터 다시

밝혀내겠소. 정당하게 포이보스께서도, 정당하게 그대도

고인을 위하여 이러한 관심을 보여 주었소.

그래서 이 땅과 신을 위한 동맹자로　　　135

내가 응징하는 것을 보게 될 것이오.

먼 곳에 있는 친구가 아니라 바로 나 자신을 위해

이러한 오염을 몰아낼 것이오.

선왕을 살해한 자는 — 그자가 누구이든 간에 —

같은 손으로 내게도 보복하려 들 것이오.　　　140

그러므로 선왕을 돕는 것은 나 자신도 이롭게 하는 일이오.*

자, 아이들아, 너희들은 탄원자의

나뭇가지를 들고 계단에서 일어나라.

카드모스의 다른 백성을 이곳에 모이게 하시오.

나는 무슨 일이든 다 할 것이다. 우리는 신의 도움으로　　　145

성공하거나 실패하게 될 것이오.

사제 아이들아, 일어나라. 이분께서 선언하신 것 때문에

　　　우리가 이곳에 온 것이다.

　　　이러한 신탁을 보낸 포이보스께서

150　구원자로 오셔서 역병을 막아 주시기를 비나이다.

（사제와 아이들이 제단을 떠난다. 오이디푸스와 크레온도 퇴장한다. 장로들로 이루어진 코러스가 오케스트라에 입장하면서 노래를 부른다.）

（파로도스）*

코러스 달콤하게 말하는 제우스의 신탁이여,　　　　　（좌 1）

　　　황금 많은 퓌토*에서 빛나는 테바이에 가져온 소식은 무엇인가요?

　　　제 몸은 당겨져 있고 제 마음은 공포로 떨고 있나이다.

　　　비명 소리로 기도드리는 델로스 섬의 치유자*시여,

155　당신을 경외하며 궁금해하나이다.

　　　저에게 무슨 일을 이루고자 하시나이까?

　　　새로운 일, 아니면 시간 돌고 돌아 찾아오는 일입니까?

　　　말해 주소서, 금빛 얼굴 환한 희망의 따님, 불멸의 신탁이시여.

　　　당신을 부르나이다. 제우스의 따님, 불멸의 아테나시여. （우 1）

160　당신의 자매, 우리 땅을 수호하고

시상 가운데 저 유명한 원형 옥좌에 앉은 아르테미스 여신과,

화살 멀리 쏘는 포이보스*에게

간청하나이다.

세 분 모두, 저에게 나타나 죽음을 막아 주소서.

과거에도 재앙이 도시를 덮쳤을 때

여러분은 파멸의 불길을 도시 바깥으로 몰아내셨으니   165

지금도 와 주소서.

아아, 무수한 불행을 견디고 있구나.   (좌 2)

모든 백성이 병들어 있지만   170

이 재앙을 막아 낼 방책이란 무기가 없구나.

영광스런 땅에선 열매가 자라지 않고

여자들은 아이를 낳으며 고통의 비명 소리에서

벗어나지 못하는구나.

바라보고 있습니다,   175

여기저기 사람들이 파괴의 불길보다

더 맹렬하게 일어나, 신들이 사는 서쪽* 바닷가로

마치 힘차게 날갯짓하는 새처럼 날아가는 것을.

그들의 무수한 죽음으로 도시가 멸망하고 있구나.   (우 2)

비정하게도 자식들은 죽음을 퍼뜨려 전염시키고   180

통곡 소리도 듣지 못한 채

바닥에 누워 있구나.

처녀들과 백발의 어머니들도

제단 구석 여기저기 잇달아

185 불행한 수고로 탄원하고 통곡하니

치유의 기도가 탄식과 섞여 우렁차게 울려 퍼지는구나.

제우스의 황금빛 딸*이시여,

이 사람들을 위해

밝은 얼굴을 비추어 막아 주소서.

190 저 맹렬한 아레스*가   (좌 3)

지금 청동 방패도 없이

고함을 지르며 공격하고

날 불태우니

등을 돌려 우리 땅을 떠나기를,

195 순풍 타고 암피트리테의 큰 침실*이나

항구 없는 트라키아의

파도 속으로.

밤이 놓아둔 것을

낮이 찾아와 이루는 법이니.

200 오 아버지 제우스이시여,

번개로 권력 휘두르는 신이시여,

벼락을 내려 아레스를 사라지게 하소서.

뤼키아*의 왕*이시여,   (우 3)

앞장서서 저를 도와주시고

정복할 수 없는 화살들을 205

금실로 꼰 활시위에서 쏘아 주소서.

아르테미스 여신께서

뤼키아 언덕 위를 질주하며 휘두르는

화염 뿜는 횃불들도 빛나게 하소서.

포도주 빛 얼굴로 머리에 황금 띠를 매시고 210

이 땅의 이름으로 불리시며

"에우호이"라고 외치는 여신도들*의 동료이신

박코스 신을 부르나이다.

부디 밝게 불타는 횃불로

신들 중 가장 명예 없는 저 신*에게 대항하시길 비나이다. 215

(궁전에서 오이디푸스가 입장한다.)

오이디푸스 그대는 탄원하고 있구나. 탄원과 관련해

그대가 내 말을 들어 이해하고 질병을 치유하기 바란다면

재앙을 덜거나 막는 방책을 가지리라.

그 이야기엔 낯선 자이자 그 사건과 무관한 이방인으로

선언하는 것이오. 만일 어떤 실마리도 없다면 220

더 이상 그것을 추적할 수 없으니까.

하지만 사정이 이러하니 — 나중에 나는 시민으로

이름을 올렸으니까* — 그대들 카드모스의 후손

모두에게 다음과 같이 선포하노라.

225   그대들 가운데 어느 누구든 랍다코스의 아들 라이오스가
      누구에게 살해되었는지 아는 자는 모든 것을 내게 알리시오.
      그가 도시가 고발한 죄를 벗고서도
      사형을 당할까 봐 두려워한다면, 그는 어떤 달갑지 않은
      형벌을 받지 않고 무사히 이 땅을 떠나게 될 것이오.

230   그런데 만약 누군가가 다른 살인자나 다른 땅에서 온
      살인자를 알고 있다면, 그는 침묵해서는 아니 되오.
      그에게는 내가 보상금을 내리고 고맙다는 말도 잊지 않으리다.
      그러나 그대들이 침묵한다면, 어떤 이가 두려워하거나
      어떤 친구가 무서워서 이 명령을 무시한다면,

235   그 때문에 뭘 하려는지 내 말을 잘 새겨들으시오.
      그자가 누구든 내가 왕좌에 앉아 있고
      권력을 쥐고 있는 이 땅에서는 어느 누구도
      그를 손님으로 맞이하거나 말을 걸어서는 아니 되오.
      또 신들에게 기도하며 제물을 바칠 때 참여하는 것도

240   성수(聖水)를 함께 나누는 것도 아니 되오.
      우리가 오염되어 있으니 모든 사람은 집에서
      그자를 몰아내야만 하오. 퓌토의 신탁이
      방금 전 내게 분명히 드러낸 것처럼.
      그래서 나는 이렇게 신(神)은 물론 고인과도

245   동맹자가 되어 싸울 것이오.
      그 짓을 한 자에게 저주를 내리노라. 그가 혼자서 몰래 했든

페기리와 함께했는 간에 불행한 자로
불쌍하지만 비참한 생명을 닮아 없앨 것이다.
알고서도 그자를 손님으로 내 집에 모신다면
방금 저주로 묶은 운명을   250
내가 당하게 되리라. 나 자신을 위해서,
신을 위해서, 그리고 신의 도움 없이
열매를 맺지 못한 이 땅을 위해서
그대들에게 이 모든 것을 이행하라고 명령하는 것이오.
이러한 일을 신들이 재촉하지 않았다 하더라도   255
왕이자 가장 뛰어난 인물이 비명에 가셨는데도
그대들이 그 죄를 정화하지 않고 내버려 둔 것은
옳은 일이 아니오. 아니, 마땅히 그 죄를 찾아내야만 했소.
하지만 지금, 그분이 잡았던 권력을 가지고
침대와 여자를 물려받아 함께 씨를 뿌렸소.   260
만약 그분에게 자식 복이라도 있었다면
공동의 자식이란 공동의 재산이 있을 텐데.
하지만 그분의 머리 위에 운명이 내려 덮쳤으니
때문에 나는 그분이 내 아버지인 양 싸우고
모든 방법을 강구해 랍다코스의 아들을   265
살해한 작자를 찾아낼 것이오. 랍다코스는 폴뤼보스에게서
태어났고 폴뤼보스는 카드모스에게서 태어났으며
카드모스는 저 옛날 아게노르에게서 태어났소.
따라서 내 명령을 따르지 않는 자에게는

270   신들께서 어떤 곡식도 땅에서 자라지 않고

　여자들도 아이를 낳지 못하게 하시고

　지금 처한 운명, 아니 더 심한 재앙으로 망하라고 저주하노라.

　그러나 이 명령에 만족하는 그대들 다른 카드모스인들에게는

　동맹군인 정의의 여신과 모든 신들이

275   동맹군으로 늘 함께하시기를 비나이다.

코러스　전하, 저주로 저를 묶으시니 말하겠습니다.

　저는 그분을 살해하지도 않았고 그 살인자를 지목할 수도

　없습니다. 그 문제와 관련해서는 신탁을 보내신 포이보스께서

　말씀하셔야 합니다, 그런 짓을 한 자가 누구인지를.

280 **오이디푸스**　옳은 말이오. 하지만 어느 누구도 신들에게 원하지 않는

　일을 하라고 강요할 수는 없는 노릇이오.

코러스　그래서 두 번째로 좋다고 생각한 걸 말하고 싶습니다.

오이디푸스　세 번째 것도 있다면, 그것도 빼놓지 않고 말하게나.

코러스　테이레시아스 주인님은 포이보스 주인님이 보는 것과

　가장 가까운 것을 본다고 알고 있습니다.

285   전하, 그분에게 물어서 탐구하면 가장 분명하게 배우실 겁니다.

오이디푸스　아니오, 그 문제는 게을리 하지 않았소.

　크레온의 조언에 따라 두 번이나 사자(使者)를 보냈으니까.

　왜 그가 도착하지 않는지 오랫동안 궁금하던 차요.

코러스　모든 다른 것은 분명 오래되고 희미한 소문일 따름입니다.

290 **오이디푸스**　그게 무엇이오? 나는 모든 말을 검토하고 있소.

코러스　그분이 어떤 나그네들*에 의해 살해되었다고 합니다.

오이디푸스   나도 들었소. 하지만 그 짓 한 자는 아무도 보지 못했소.

코러스   만약 그자에게 조금이라도 두려움이 있다면

그렇게 심한 저주를 듣고 나서 견디지 못할 겁니다.   295

오이디푸스   두려움 없이 행동하는 자라면 말 따윈 겁내지 않을 거요.

코러스   하지만 그자의 유죄를 입증할 분이 바로 여기에 계십니다.

신과 같은 예언자를 사람들이 이리로 모셔 오고 있는데,

진리가 인간들 가운데 오직 그분에게만 심겨 있습니다.

(장님 예언자 테이레시아스가 한 소년에 인도되어 등장한다.)

오이디푸스   오, 만물 이치 통달한 테이레시아스여, 가르치는 것이든   300

말할 수 없는 것이든, 하늘의 일이든 땅 위의 일이든 말이오.

비록 그대가 앞을 보지는 못해도 도시가

어떤 질병에 걸려 있는지 잘 알고 있을 것이오.

오, 주인이시여, 그대야말로 유일한 투사고 구원자요.

포이보스께서는 — 그대가 사자의 말을 듣지 못한 경우라면 —   305

우리가 사절을 파견하자 답변하셨소.

라이오스를 살해한 자들을 분명히 알아내

그들을 죽이거나 이 땅에서 추방해야만

우리가 이 질병에서 벗어날 수 있다는 것이오.

그러하니 그대는 새들에게서 소식을 듣거나   310

어떤 다른 예언도 마다하지 마시고

그대 자신과 도시를 구하시오. 그리고 나를 구하시오.

그리고 고인에게서 생겨난 온갖 오염에서 우리를 구하시오.
모든 것이 그대의 손에 달려 있소. 자질과 능력 갖춘 자가
도와주는 일이 가장 훌륭한 노고인 것이오.

315 **테이레시아스** 아아, 안다는 것은 얼마나 끔찍한 일인가, 앎이
아는 자에게 아무 이득도 되지 않는다면. 내가 그걸 잘 알면서도
잊고 있었다니! 그렇지 않다면 이곳에 오지도 않았을 텐데.

오이디푸스 무슨 일이오? 도착해서 왜 그리 낙담하는 것이오.

320 **테이레시아스** 날 집으로 보내 주시오. 당신은 당신의 운명, 나는 내
운명을 견디는 것이 가장 손쉬운 일이오, 내 말을 들으신다면.

오이디푸스 그대의 말은 정당하지도 않고 그대를 양육한 이 도시
에도 호의적이지 않군. 이 전갈을 보내지 않다니.

테이레시아스 당신 말도 과녁을 빗나갔음을 알기에,

325 그래서 나 역시 똑같은 일을 겪지 않으려고…….

오이디푸스 그대가 뭔가를 알고 있다면 제발 등을 돌리지 마시오.
우리 모두 탄원자로 그대의 발밑에 엎드려 있으니까.

테이레시아스 당신들 모두 모르고 있소. 나는 당신의 불행은커녕
내 불행도 결코 드러내지 않을 것이오.

330 **오이디푸스** 무슨 말을 하는 것이냐? 잘 알면서도 말하지 않겠다니.
우리를 배반하고 도시도 망하게 할 작정이더냐?

테이레시아스 나는 나 자신도 당신도 괴롭히지 않을 것이오.
왜 그런 질문으로 헛수고하는 거요? 내게 알아내지 못할 테니.

오이디푸스 안 된다고? 악한 자들 가운데 가장 악한 자여,

335 너란 놈, 돌덩이조차 화나게 할 거다. 정말 모두 말하지 않고

그토록 완고하게 끝까지 버티려 하느냐?

테이레시아스 내 기질만을 나무라지만 함께 거주하는 당신 것은

보지도 못하고 나만 탓하고 있구려.

오이디푸스 그따위 말을 듣고 누가 분노하지 않겠나?

네가 지금 그런 말로 우리 도시를 무시하고 있으니. 340

테이레시아스 그것은 저절로 드러날 테니까, 내가 침묵으로 감싸도.

오이디푸스 어차피 드러날 것, 내게 말할 필요가 없는 거냐?

테이레시아스 더 이상 말하지 않겠소. 그럼에도 원한다면

사나운 성질머리대로 마음껏 화내시구려.

오이디푸스 그래, 정말로 화가 났으니 내가 이해한 것을 345

빼놓지 않고 말하겠다. 잘 알아들어라. 내 생각에는

네가 그 짓을 공모했고, 아니 그 짓을 했다고.

네 손으로 살해하지 않았을 뿐, 만약 두 눈이 달렸더라면

네놈 혼자서 자행했다고 말하겠다.

테이레시아스 정말로? 그럼 방금 전 공표한 포고령을 지키라고 350

당신에게 요구하겠소. 오늘부터 나는 물론

다른 사람에게도 말을 걸어서는 아니 되오.

당신이 바로 이 나라를 오염하는 불경스러운 자이니까.

오이디푸스 그따위 말로 자극하다니, 어찌 그리 뻔뻔할 수 있느냐?

그러고도 어떻게 벌을 피할 수 있다고 생각하느냐? 355

테이레시아스 벌써 피했소이다. 내가 양육하는 진실은 강력하니까.

오이디푸스 누가 가르쳤느냐? 그따위 예언으로는 아닐 테니까.

테이레시아스 당신이, 바로 당신이 내 의지 거슬러 말하게 했으니까.

오이디푸스 무슨 말이냐? 다시 말해라, 내가 더 잘 이해하도록.

360 **테이레시아스** 전에 이해하지 않았소? 말로 날 시험하는 것이오?

오이디푸스 그걸 안다고 말할 정도는 아니니 다시 말해 보라.

테이레시아스 당신이 찾는 그분의 살인자가 바로 당신이라 말하겠소.

오이디푸스 두 번이나 그런 재앙을 떠벌리다니 무사하지 못할 거다.

테이레시아스 다른 것도 말해 볼까요? 더욱더 분노하게.

365 **오이디푸스** 네놈이 원하는 만큼. 말해 봐야 허튼소리니까.

테이레시아스 당신은 자신도 모르게 가장 가까운 이들과 매우
수치스런 관계 맺고 살며 어떤 곤경에 빠져 있는지 볼 수 없소.

오이디푸스 벌 받지 않고 그따위 말 계속 지껄일 수 있다 믿는 거냐?

테이레시아스 그렇소, 진실에 어떤 힘이 존재한다면.

370 **오이디푸스** 존재하고말고. 하지만 너는 빼고. 너에겐 없는 것이지.
네놈은 귀도 정신도 두 눈도 모두 멀었으니까.

테이레시아스 당신은 불행한 사람이군요, 그런 말로 비난하다니.
그런 말로 당장 모든 사람들이 당신을 비난할 것이오.

오이디푸스 너는 끝없는 밤이 양육하고 있으니, 나는 물론

375 빛을 보는 다른 이도 해치지 못할 것이다.

테이레시아스 당신은 내 손에 쓰러질 운명이 아니오. 아폴론
신만으로 충분할 것이오. 신께서 그것을 이루려 하시니까.

오이디푸스 크레온이냐, 누구냐? 그러한 이야기를 꾸며 낸 자.

테이레시아스 크레온이 당신에게 재앙이 아니라, 당신이 당신 자
신에게요.

380 **오이디푸스** 오오 부(富)여, 왕권이여, 질투로 가득 찬 삶에서

보는 다른 능력을 능가하는 능력이여,

너희들에게 얼마나 많은 시기심이 파수를 보고 있느냐?

애써 구하지 않았지만 이 도시가 내 손에

선물로 쥐여 준 왕권 때문에

처음엔 친구인 저 충성스러운 크레온이 385

밑에 몰래 기어 들어와 날 쫓아내려 하고

계략을 짜는 마술사고

오직 이득에만 눈을 번득이고 예언엔

까막눈인 교활한 거지를 부추겼으니 말이다.

자, 말해 봐라. 어떻게 네가 참된 예언자란 말이냐? 390

시를 짓는 사냥개가 이곳에 나타났을 때

어째서 이곳 시민들을 해방하는 몇 마디 말을 하지 않았더냐?

그런데 그 수수께끼는 아무나 풀 수 있는 것이 아니었고

정말로 예언의 도움이 절실하게 필요했던 것이다.

너는 전조의 새들이나 어떤 신에게서 비롯된 지식을 395

가지고 있지 않은 것으로 드러났구나. 그러나 내가 와서는

아무것도 모르는 오이디푸스가 전조의 새들에게 배우지 않고

타고난 지력으로 과녁을 명중시켜 그녀 노래를 멈추게 한 것이다.

크레온의 왕좌 가까이에 바짝 다가가려는 생각으로

네놈이 그런 나를 내쫓으려 하다니 400

너와 이런 계획을 공모한 자는 이 저주를 몰아내려고

시도했지만 후회하게 되리라. 만약 네가 노인이 아니라면

네 생각이 얼마나 위험한지 고초를 통해 배우게 될 것이다.

코러스 우리가 판단하기에, 오이디푸스여, 두 분 모두

405 분노한 나머지 함부로 말하시는 것 같습니다.

그런 말싸움은 필요하지 않습니다. 하지만 어떻게 신의 예언을

가장 잘 해결할 수 있을지 숙고해야 합니다.

테이레시아스 비록 당신이 왕이라 하더라도, 말에 말로 응수함에

우리는 동등해야 하오. 내게도 그럴 권리가 있으니까.

410 당신의 노예가 아니라 록시아스*의 종이니까.

그러하니 내 보호자로 크레온의 이름이 올라 있는 게 아니오.

말하겠소, 내가 눈이 멀었다고 비난하니까.

당신은 눈을 뜨고 있지만 어떤 불행 속에 빠져 있는지도

지금 어디에 살고 있는지도 누구와 함께 거주하는지도

415 볼 수 없소. 누구의 자식인지는 알고나 있소? 자신도 모르게

지상과 지하에 있는 가족을 적대하고

언젠가 아비와 어미의 저주가 이중의 채찍을 갈기며

무서운 발걸음으로 다가와 당신을 이 땅에서 몰아낼 것이오.

지금은 똑바로 보지만 나중엔 어둠만을 바라보게 될 것이오.

420 당신의 울부짖는 소리가 헬리콘 산과

키타이론 산 곳곳에 메아리로 울려 퍼질 것이오,

순풍(順風)을 만나 집에서 결혼이란 위험한 항구로

미끄러져 들어가고 나서야 그 결혼의 진상을 알게 될 때.

게다가 또 다른 재앙들이 쌓인 더미도 알지 못하고 있소.

425 그것이 당신 자식들과 함께 당신을 지워 버릴 것이오.

그럼에도 크레온과 내 말을 마음껏 조롱하며

노욕하시오. 인간들 가운데 누구도 당신보다

더 비참하게 뿌리가 뽑히진 않을 것이오.

오이디푸스 이따위 인간에게 이런 말 듣다니 참을 수 있나?

멸망의 나락으로 떨어져라! 당장 등을 돌려   430

이 집에서 사라지지 못할까?

테이레시아스 부르지 않았다면 나도 이곳에 오지 않았을 것이오.

오이디푸스 그렇게 멍청한 말을 하리라곤 미처 몰랐으니까.

그렇지 않다면 너를 내 집으로 소환하지도 않았을 게다.

테이레시아스 당신 생각에 따르면 나는 그렇게 타고난 바보겠지요.   435

하지만 당신을 낳은 부모에겐 지혜 있는 사람이었소.

오이디푸스 어떤 부모라고? 기다려라! 누가 날 낳았느냐?

테이레시아스 오늘 하루가 당신을 태어나게 하고 죽일 것이오.

오이디푸스 네 말은 모두 수수께끼처럼 분명하지 않구나.

테이레시아스 당신은 그런 수수께끼 풀기에 가장 뛰어나지 않소?   440

오이디푸스 그런 말로 비난하다니, 날 위대하다 여길 그런 말로.

테이레시아스 바로 그 행운이 당신을 파멸시킨 것이오.

오이디푸스 내가 이 도시를 구했다면 그건 아무래도 상관없다.

테이레시아스 그러면 나는 가겠소. 아이야, 날 데려가거라!

오이디푸스 그래, 어서 데려가거라. 네가 여기 있으면 성가시게   445

방해나 되겠지. 떠나고 나면 더 이상 괴롭히지 못할 것이다.

(오이디푸스가 등을 돌리고 궁전 문을 향해 걸어간다.)

테이레시아스　말하고 나서 가겠소. 내가 이곳에 온 이유가 있고

　　　　　당신 얼굴 두렵지 않으니. 날 파멸시킬 일 없으니까.

　　　　　당신에게 말하겠소. 그 사람, 포고령으로 위협하며

450　　　오랫동안 찾고 있는 라이오스의 살인자,

　　　　　그자가 이곳에 있소이다.

　　　　　말로는, 그가 이주한 이방인이지만 나중엔

　　　　　테바이 출신이라는 사실이 드러나고 그러한 발견을

　　　　　기뻐하지 않을 것이오. 두 눈으로 보는 대신 장님이 되고

455　　　부자 대신 거지가 되어 단장으로 앞을 더듬으며

　　　　　낯선 땅을 헤매게 될 것이오.

　　　　　형제이자 부친으로 제 자식들과 버젓이 살고

　　　　　제 부인에게서 태어난 아들이자 그녀의 남편이며

　　　　　아비와 함께 씨를 뿌리고 아비를 죽인 살인자라는

460　　　사실이 훤히 드러날 것이오.

　　　　　집안에 들어가 잘 생각해보시오. 내 예언이 거짓이라

　　　　　발견하면 내가 정말 예언에 무지하다고 알려도 좋소이다.

(테이레시아스가 퇴장한다.)

(제1스타시몬)*

코러스　누구란 말인가? 델포이의 예언하는　　　　　(좌 1)

　　　　바위가 알고 있는 자는,

96

차마 입에 담지 못할 범죄를   465
피에 젖은 두 손으로 저지른 자는.
지금 폭풍처럼 질주하는 말들보다
더 힘차게 발을 굴려 도망쳐야 할 시간이리라,
화염과 번개로 무장한 제우스의 아드님이
그자를 덮치려 하고   470
무시무시하고 실수하지 않는
죽음의 여신들도 뒤따르고 있으니.

눈 덮인 파르나소스 산에서   (우 1)
지금 막 한 줄기 빛처럼
예언이 울려 퍼졌다네,   475
비밀에 싸인 자를 모두가 뒤쫓으라고.
그자는 마치 황소처럼
불쌍하게도 혼자서 발을 절뚝거리며
세상의 배꼽이 말한 예언에서 멀리 벗어나려고
야생 숲과 동굴 속과 바위 너머로 헤매고 있다네.   480
예언은 늘 힘차게
그자 주위를 맴돌고 있구나.

지금 무섭게, 정말로 무섭게   (좌 2)
현명한 예언자가 내 마음을 어지럽히는구나.
그 말을 믿을 수도 부정할 수도 없으니   485

무슨 말 해야 할시 모르겠구나.

현재도 미래도 알지 못해

불길한 예감으로 퍼덕거리는구나,

랍다코스의 아들과 폴뤼보스의 아들이

490 무슨 일로 다투었는지

예나 지금이나 아는 바 없으니.

의문스럽게 살해당한

랍다코스의 아들을 돕기 위해

누구에게서 증거를 수집하고

495 그 말을 검증하여

오이디푸스의 소문난 명성을

공격할 수 있을지 모르겠네.

제우스와 아폴론께서는 명철하시니　　　　　　(우 2)

인간사를 잘 알고 계신다네. 하지만 인간 세계에선

500 예언자가 나보다 더 영향력 있다는 말은

올바른 판단이 아니리라,

사람은 지혜로써

지혜를 앞지를 수 있으니.

그 말이 올바르게 입증되기 전까지는

505 나는 그분을 비난하는 사람들에게

결코 동조할 수 없구나.

날개 달린 계집*이 그에게 다가갔을 때

98

모든 사람들의 눈에

그는 지혜 있는 자로 나타났고

시험을 치러 도시에 호의를 입증했으니.   510

판단하건대 그분은 결코

유죄 판결을 받지 않으리라.

(크레온이 등장한다.)

크레온 시민 여러분, 오이디푸스 왕이 무시무시한 말로

나를 고소했다는 걸 알고 도저히 참을 수 없어

여기 왔소이다. 지금처럼 어려운 때에   515

만일 왕이 내 말이나 행동으로

어떤 피해를 당했다고 믿는다면

그런 험담을 견디면서 오래 살고 싶은 마음은

추호도 없소이다. 그런 비난이 낳을

손해는 간단하지 않고 실로 엄청날 것이오,   520

만일 내가 도시의 배신자고

그대와 친구들 사이에서도 배신자라 불리게 된다면.

코러스 글쎄요, 그 비난은 정신으로 숙고하기보다는

분노에 사로잡혀 그렇게 한 것으로 보입니다.

크레온 하지만 왕이 공개적으로 말한 것이오?   525

예언자가 내 조언에 설득당해 그런 거짓말을 했다고.

코러스 분명 그렇게 말하셨소. 하지만 ㄱ 말은 숙고않은 것이죠.

크레온 그런데 눈빛을 똑바로 하고 올바른 정신을
가지고 그가 나를 고발한 것이오?

530 **코러스** 모르겠습니다. 통치자가 하는 일이란 판단할 수 없으니.
〔그분께서 몸소 집에서 나오고 있습니다.〕

(갑자기 오이디푸스가 등장한다.)

오이디푸스 거기 자네! 어떻게 감히 이곳에 왔느냐?
그렇게 뻔뻔한 얼굴로 내 집에 왔느냐?
너는 선왕의 살해자고 내 왕권까지

535 넘보는 도둑임이 틀림없는데도.
자, 바라건대 말해 보아라. 내게서 무슨 어리석음이나
약점을 보았기에 그런 짓을 하려고 계획했느냐?
나를 해치려 몰래 기어 올 때 네놈의 그런 짓을 알아보지
못한다고? 그걸 알고도 막아 내지 못할거라 생각했느냐?

540 네 기도(企圖)가 얼마나 어리석은지 알고 있느냐?
재산도 친구도 없이 감히, 많은 지지자와 돈으로
얻을 수 있는 왕권을 사냥하려 들다니.

크레온 어떻게 해야 할지 아시오? 당신이 그렇게 말했으니
똑같이 내 말도 들어 보시오. 직접 듣고 나서 판단하시오.

545 **오이디푸스** 그래 말재주가 기막히게 좋구나. 하지만 나는 네 말을
듣는 게 서투르지. 네가 위험한 적이라는 것을 알았으니까.

크레온 이 말만은. 우선 내가 하려는 말을 들으시오.

오이디푸스 그 말만은. 배신자가 아니라고 밀하지 마라.

크레온 정신이 빠진 고집을 무슨 재산이라고 생각한다면

그것은 올바른 생각이 아니오.　　　　　　　　　　550

오이디푸스 가족을 해치고 벌을 피할 수 있다고 생각한다면

그것은 올바른 생각이 아니다.

크레온 당신 말이 정당하다고 인정하오.

그런데 도대체 무슨 해를 입었는지 말해 주시오.

오이디푸스 날 설득했느냐, 설득하지 않았느냐? 그 존경받는　　555

예언자를 불러오기 위해 내가 사람을 보내야 한다고.

크레온 지금도 그렇게 조언할 생각이오.

오이디푸스 그럼 얼마나 오래되었느냐? 선왕 라이오스께서…….

크레온 무슨 일을 했다고요? 이해할 수 없군요.

오이디푸스 치명적 폭행으로 눈앞에서 사라졌느냐?　　　　560

크레온 길고 오랜 시간을 헤아려 거슬러 올라가야 할 것이오.

오이디푸스 당시에도 그자가 예언에 종사했느냐?

크레온 지혜로운 예언자로 그때도 똑같이 존경받았소.

오이디푸스 그러면 당시 나에 대해 뭔가를 말했느냐?

크레온 그분 곁에 있는 동안에는 아무런 언급도 없었소.　　565

오이디푸스 하지만 그 살인자에 대한 수사를 진행하지 않았는가?

크레온 했소. 왜 하지 않았겠소? 그러나 아무것도 듣지 못했소.

오이디푸스 그러면 어찌하여 그때 현자가 그런 말 하지 않았지?

크레온 모르는 일이오. 알지 못하는 문제는 침묵하겠소.

오이디푸스 그만큼 너는 알고 있고, 정직하다면 말할 수 있을 것이다.　570

크레온　무얼 밟입니까? 알고 있다면 부인하지 않을 것이오.

오이디푸스　그것 말이다. 만약 그자가 너와 공모하지 않았다면
　　　　내가 라이오스 왕을 살해했다고 말하지 않았을 것이다.

크레온　만약 그가 그렇게 말했다면 당신 자신이 알아야 하오.
575　　당신이 날 심문하듯이 나도 당신을 심문할 권리가 있소.

오이디푸스　이제 모두 알았다. 나는 결코 살인자로 잡히지 않을 거다.

크레온　무슨 말이오? 내 누이와 결혼했소?

오이디푸스　그 질문엔 아니라고 대답할 수 없구나.

크레온　그녀와 함께 땅을 똑같이 나눠 통치하고 있소?

580　**오이디푸스**　그녀가 바라는 모든 것은 내게서 얻고 있다.

크레온　나는 당신 두 분과 함께 몫을 나눈 3인자가 아니오?

오이디푸스　바로 그래서 친척이지만 배신자로 나타난 것이다.

크레온　아니요. 당신도 나처럼 그 문제를 숙고하면 알 수 있소.
　　　　우선, 이 점을 생각해 보시오. 권력이 똑같은데도
585　　도대체 어떤 자가 두려움 없이 잠을 자며
　　　　통치하기보다 늘 공포에 떨며 통치하기를 원하겠소?
　　　　따라서 나라는 사람은 왕처럼 행세하는 걸로 충분하지
　　　　실제로 왕이 되기를 열망하진 않소.
　　　　분별 있게 생각할 줄 안다면 누구나 그렇게 할 것이오.
590　　현재, 나는 공포 없이 당신에게서 모든 것을 얻고 있지만
　　　　나 자신이 통치한다면 많은 일을 마지못해 해야 할 것이오.
　　　　실제로 왕이 되는 것이 걱정 없이 왕권을 나누고
　　　　권세를 누리는 것보다 어찌 나에게 더 즐겁겠소?

이익과 함께한 명예 이외에 다른 무엇을 바랄 정도로

그렇게 착각 속에 빠져 있지 않소이다. 595

지금 모든 이가 나에게 경례하고 인사말을 건네며

내게서 뭔가를 원하는 사람들이 정답게 날 부르고 있소.

그렇게 할 때 그들에게 모든 일이 잘 풀리기 때문이오.

어찌 내가 이 좋은 것들 마다하고 다른 걸 손에 넣으려 하겠소?

〔분별 있게 생각하는 정신은 사악할 수가 없소.〕 600

그런데 나는 그런 생각을 사랑하지도 않고

다른 이와 그런 짓을 벌일 만큼 대범하지도 않소.

이에 대한 증거로, 우선 직접 퓌토에 가서 물어보시오.

신탁의 내용이 무엇이고 신탁을 분명하게 당신에게 알렸는지.

다음으로, 만약 내가 그 점성가와 뭔가를 공모했다는 605

증거를 잡으면 한 표가 아니라 당신과 나 두 표를 가지고

날 붙잡아 처형하시오.

하지만 분명치 않은 추측으로 나를 고발하진 마시오.

악한 사람은 좋고 선한 사람은 나쁘다고

헛되게 믿는 것은 정당하지 않으니까요. 610

〔좋은 친구를 쫓아내면 그것은 자신에게 가장 소중한

생명을 앗아 가는 것과 똑같다고 생각하오.〕

하지만 시간이 지나면 이 점을 분명히 알게 될 것이오,

오로지 시간만이 정의로운 사람을 드러내지만

배신자는 단 하루 만에 알아볼 수 있다는 것을. 615

코러스 전하, 실족을 조심하는 사람의 입장에서 잘 말했습니다.

속단하는 자의 생각은 안전하지 않기 때문입니다.

오이디푸스 몰래 음모 꾸미는 자가 재빨리 다가올 때

나도 빨리 계획을 세워야겠지.

620 만약 여유를 부리며 그자를 기다리다간

그의 계획은 성공하고 내 계획은 실패하겠지.

크레온 대체 바라는 게 뭐요? 이 땅에서 날 추방하려는 거요?

오이디푸스 그게 아니다. 네 죽음을 바라지, 추방은 아니다.

　　　　　*

크레온 시기(猜忌)가 무엇인지 당신이 보여 줄 때

625 **오이디푸스** 내게 복종하지도, 날 믿지도 않겠다는 것이냐?

크레온 당신이 제정신이 아니라는 걸 알 수 있소.

오이디푸스 적어도 내 일에선 그렇다.

크레온 그러면 내 일에도 똑같이 그래야만 하오.

오이디푸스 하지만 넌 배신자다.

크레온 그러나 아무것도 이해하지 못한다면.

오이디푸스 그럼에도 다스려야겠지.

크레온 그건 아니오. 만약 잘못 다스린다면.

오이디푸스 아, 도시여, 도시여!

630 **크레온** 하지만 도시엔 내 몫도 있소. 당신 혼자만은 아니오.

코러스 왕들이여, 그만두십시오. 때마침 이오카스테가 집에서

나오시는 게 보입니다. 그녀의 도움으로

지금 두 분의 싸움을 끝내야 합니다.

(이오카스테가 등장한다.)

이오카스테 가여운 분들, 어째서 어리석은 말싸움을 벌이세요?

나라가 이렇게 병들어 있는데 사사로운 불행을   635

일삼고 있다니 부끄럽지도 않으세요?

당신은 집 안으로 드세요. 크레온, 너는 네 집으로 가지 않겠니?

아무것도 아닌 일을 골칫거리로 키우려 하세요?

크레온 누이여, 당신 남편 오이디푸스가 내게 끔찍한 일을

저지르겠다고 위협하고 있소. 고향 땅에서 추방하든지 아니면   640

잡아 죽이든지, 둘 중 하나를 선택해서 말이오.

오이디푸스 그렇소. 부인, 그가 사악한 계략으로

나를 해치려고 해서 그를 붙잡은 것이오.

크레온 내가 아무 이득도 없이 저주받아 죽어 버리기를,

만약 당신이 고발한 그런 짓을 당신에게 조금이라도 했다면.   645

이오카스테 오이디푸스여, 제발 그의 말을 믿으세요.

우선 그가 신들 앞에서 말한 맹세를 존중하세요.

그리고 나서 나와 여기 있는 사람들도 그렇게 하세요.

코러스 전하, 숙고하여 자발적으로   (좌)

동의하시길 간청하나이다.   650

오이디푸스 내가 양보하길 바라느냐?

코러스 과거에도 어리석지 않았고

지금은 맹세로 강력해진 분을 존중하십시오.

오이디푸스 그렇다면 바라는 게 무엇인지 알고 있느냐?

655 **코러스** 알고 있습니다.

오이디푸스 그렇다면 말해 보아라. 무슨 말이냐?

코러스 맹세하여 경건해진 당신 친구를 의심스러운 고발로
공격하지도 발언권을 빼앗지도 마십시오.

오이디푸스 잘 알아 두어라. 그렇다면 내가 죽거나 이 땅에서
추방당하는 것을 요구하는 것이다.

660 **코러스** 아닙니다, 신들 중에서 가장 으뜸인
태양신에게 맹세합니다.
그런 생각을 한다면
신들과 친구들에게 버림받아
가장 비참하게 죽기를 바랍니다.

665 하지만 슬프게도 이 땅이 시들어 가고 있기에
제 마음은 찢어지고 있답니다,
만약 지금의 불행에
두 분이 낳을 불행을 더한다면.

오이디푸스 그러면 그자는 가게 하라, 내가 죽거나

670 아무 명예도 없이 이 땅에서 강제로 추방돼도 좋다면.
그의 말이 아니라 그대가 애처로운 말로 동정하니까.
하지만 그는 어디에 있든 미움받게 될 것이다.

크레온 양보할 때도 증오하는 게 분명하군요. 그리고 지나치게
분노할 때는 너무나 무섭군요. 그러한 성격은 자신이

675 가장 견디기 힘들어 하는 법이오.

오이디푸스 나를 두고 어서 가지 않느냐?

크레온 가겠소, 당신이 이해하지 못한다는 걸 알았으니.

하지만 여기 이 분들이 날 구했소이다.

(크레온이 퇴장한다.)

코러스 부인이시여, 당신께선 왜 이분을 집 안으로   (우)

모시지 않고 주저하십니까?

이오카스테 무슨 일인지 알고 나서 그렇게 하겠소.   680

코러스 말로 다투다가 무지하게 추측하고

부당한 고발로 자극했답니다.

이오카스테 양쪽에서 그랬나요?

코러스 그렇습니다.

이오카스테 무슨 말인가요?

코러스 저로선 이걸로 충분합니다. 충분하고말고요. 이 땅의 안녕을   685

염려하기에, 말싸움이 멈춘 곳에 그대로 머물러 있어야 합니다.

오이디푸스 그대는 판단력이 좋긴 하지만

어느 지경에 이르렀는지 아느냐?

내 관심을 무시하고 내 열정을 무디게 하였구나.

코러스 전하, 한 번만 말한 게 아닙니다.   690

만약 당신을 멀리하고자 했다면

저라는 인간이 아무 대책 없는 생각으로

정신 나간 놈이라고 아십시오. 당신께서

내 사랑하는 나라가 곤경의 바다에서 헤맬 때

695   이 나라에 순풍을 불어 주셨기에 이제 다시

이 나라를 안전하게 이끌어 주시길 바랍니다.*

이오카스테 왕이여, 제발 내게도 가르쳐 주세요.

도대체 무슨 일로 그렇게 분노했나요?

오이디푸스 부인, 말하겠소, 여기 누구보다도 더 당신을 존중하기에.

700   크레온 때문이오. 그가 음모를 꾸몄소.

이오카스테 말해 주세요, 고발로 생겨난 싸움을 밝힐 수 있다면.

오이디푸스 내가 라이오스의 살인자라고, 그자가 말했소.

이오카스테 그 자신이 알아선가요, 아니면 다른 이에게 들어선가요?

705 **오이디푸스** 그가 악랄한 예언자를 내게 보내고 나서

자신과 관련된 고발은 모두 입을 씻어 버렸소.

이오카스테 지금 말한 문제에 대해선 마음을 편하게 가지세요.

내 말을 듣고 배우세요, 유한한 존재는

어느 누구도 예언할 수 없다는 것을.

710   이에 대한 간단한 증거를 제시할게요.

라이오스에게 신탁이 내린 적이 있는데

포이보스 자신이 아니라 그의 수행원에게서 나온 신탁 말예요.

그것에 따르면, 라이오스는 나와의 사이에서 태어난

자식의 손에 죽을 운명이었어요.

715   떠도는 소문*에는 마차가 다니는 삼거리에서

어느 날 이방의 도적들이 그를 살해했다고 해요.

그런데 아이가 태어난 지 사흘이 되기도 전에

그는 아이의 발목을 묶고 타인의 손을 빌려

인적이 드문 산에 내다 버렸어요.

그러므로 아폴론은, 그 아이가 아버지의 살인자가　　　720

되리라는 신탁은 물론, 라이오스 자신이 두려워한 것,

자식의 손에 죽임을 당한다는 신탁도 이루지 못했어요.

예언의 소리가 그렇게 결정했어요. 그에 대해 당신은

더 이상 신경 쓰지 마세요. 신이 뭔가 필요해 찾으려 하면

직접 그것을 쉽게 드러내는 법이니까요.　　　725

오이디푸스　부인, 방금 전 당신 말을 듣고 나니

내 정신이 방황하고 내 마음이 동요하는구려.

이오카스테　무슨 걱정으로 그렇게 몸서리치며 말하세요?

오이디푸스　그 말은 당신에게 들은 것 같은데, 라이오스가

'마차가 다니는 삼거리'에서 도살되었다고.　　　730

이오카스테　그런 말이 있으니까요. 그 소문은 아직도 멈추지 않네요.

오이디푸스　그 사건이 발생한 장소가 어디란 말이오?

이오카스테　그 땅은 포키스라고 불러요. 그곳에서 길이 갈라지는데,

델포이와 다울리스에서 같은 장소에 이르게 되지요.

오이디푸스　그 일이 일어나고 얼마나 많은 시간이 흘렀소?　　　735

이오카스테　당신이 이 땅의 왕권을 차지하기 얼마 전에

그런 소식이 도시에 전해졌어요.

오이디푸스　아, 제우스 신이여, 저에게 무슨 일을 계획하셨습니까?

이오카스테　오이디푸스여, 무엇 때문에 당신 마음이 무거워졌나요?

오이디푸스　아직은 묻지 마시오. 말해 주시오. 라이오스가　　　740

어떤 모습인지, 남자로서 어느 연배에 도달했는지.

이오카스테 그는 피부가 검고 머리는 흰머리가 막 덮이기

시작하고 그의 외모는 당신과 별다르지 않아요.

오이디푸스 아아, 불쌍한 사람, 조금 전 무지하게도

745 나 자신에게 엄청난 저주를 퍼부은 것 같구나.

이오카스테 무슨 말이에요? 왕이여, 당신을 바라보기가 무서워요.

오이디푸스 그 예언자가 볼 수 있는 자일까 심히 두렵소이다.

한 가지만 더 말하면 보다 분명히 보여 주게 될 것이오.

이오카스테 글쎄요, 두려워요. 뭘 물어보든 잘 듣고 대답할게요.

750 **오이디푸스** 그가 적은 수의 수행원과 여행했소, 아니면

마치 왕처럼 많은 경호원과 함께였소?

이오카스테 모두 다섯 명이었어요. 그들 중엔 전령이 있었고

라이오스는 마차를 타고 갔어요.

오이디푸스 아아, 이제 모든 게 분명해졌구나.

755 누가 당신에게 그렇게 말했소, 부인?

이오카스테 노예였어요. 그 혼자서 살아 돌아왔어요.

오이디푸스 그가 지금 여기 집에 머물고 있소?

이오카스테 아니에요. 그는 그곳에서 돌아와

당신이 권력을 잡고 라이오스가 죽었음을

760 알고 나서 내 손을 잡고 간청했어요,

이 도시에서 가능한 멀리 떠나 눈에 띄지 않게

자신을 시골 목장으로 보내 달라고.

그래서 나는 그를 그곳으로 보냈어요. 그는 노예로서

그보다 더 큰 보상을 받아 마땅했으니까요.

오이니뿌스 그자가 당장 이곳에 올 수 있소? /65

이오카스테 그건 가능해요, 하지만 왜 그걸 요구하세요?

오이디푸스 부인, 너무 많은 것을 말한 게 아닐까 두렵소.

그것이 바로 그자를 보려고 하는 이유요.

이오카스테 그는 올 거예요. 그런데 왕이여, 당신이 무엇 때문에

걱정하는지 나도 알 자격이 있어요. 770

오이디푸스

당신이 그 일을 몰라야 할 이유가 없소. 이처럼 내가 불길한 예감에

빠지고 말았으니 말이오. 이런 운명을 지나 가는 마당에

당신 말고 누구에게 말하는 게 더 적당하겠소?

내 아버지는 코린토스의 폴뤼보스고 내 어머니는

도리아의 메로페였소. 나는 그곳 시민들 가운데 775

가장 신분 높은 자로 자랐소, 적어도 내게 그런 일이

일어나기 전까지는. 그 일은 놀랄 만하지만

내가 염려할 만한 것은 아니었소.

저녁 연회장에서 술에 취한 어떤 자가

내가 아버지의 아들이 아니라고 비난했소. 780

나는 매우 분노했지만 그날은 겨우 참았고

다음 날 아버지와 어머니에게 직접 가서 물어보자

두 분께서는 기분이 매우 언짢아 그런 말을 내뱉은

자에게 벌을 내렸소. 두 분과 관련해선

내 마음이 놓였지만 그 말은 늘 나를 괴롭혔는데, 785

그 말이 자주 떠올랐기 때문이었소.

아버지와 어머니 모르게 퓌토에 갔지만

포이보스께서는 내가 온 용건을 무시하고

나를 내쫓으며 이 불쌍한 사람에게

790   무섭고 비참한 운명을 말하며 드러냈소.

내가 어머니와 몸을 섞어 차마 바라볼 수 없는

자손을 인간들에게 보여 주고

낳아 주신 아버지의 살인자가 되리라는 것이었소.

그 말을 듣고 나서 나는 별들을 관찰하며

795   위치를 추정해 코린토스 땅을 피해 떠났소.

내게 내린 사악한 신탁의 비난이 실현되는 것을

결코 볼 수 없는 곳으로 말이오.

길을 가다가, 그 선왕께서 살해되었다고

당신이 말한 장소에 도착했소.

800   부인, 당신에게 모든 진실을 낱낱이 말하겠소.

세 길이 만나는 곳 근처를 걷고 있을 때

그곳에서 나는 한 전령과, 당신이 말한 대로

마차를 탄 사내와 마주치게 되었고

그 길에서 전령과 나이 든 자가 직접

805   나를 강제로 몰아내려 했소.

나는 화가 나서 날 밀어내는

마부를 때렸소. 이를 보고 있던 연장자는

내가 마차 옆을 지나갈 때까지 기다렸다가

양끝이 뾰족한 단장으로 내 정수리를 내려쳤소.

_나가 똑같은 대가를 지불한 것은 아니오.

요약하면 그 사람은 내가 손에 쥔 단장에

얻어맞아 마차 한가운데서 벌렁 나자빠져

곧장 굴러 떨어졌소. 내가 모두 다 죽였소이다.

바로 그 낯선 자가 라이오스와 친척 간이라면

누가 지금 나보다 더 비참하고

누가 더 신들에게 미움받는 자가 되겠소?

어떤 이방인이나 시민도 나를 집 안에 들이지 못하고

어떤 사람도 내게 말을 건네지 못하며

나를 집에서 쫓아내야 하기 때문이오. 그러한 저주를

내린 사람이 다른 이가 아닌 나 자신이란 말이오.

그분을 죽인 이 손으로 고인의 침대를

더럽히고 있소. 내가 죄를 지은 자요?

완전히 불경스러운 인간이 아니겠소? 만일 내가 추방된다면

나는 도망자로 내 가족을 보지도

고향 땅에 발을 내딛지도 못하고

어머니와 결혼하고 나를 낳아 주고 키워 주신

아버지 폴뤼보스를 죽여야만 하오.

이런 모든 일, 어떤 잔인한 신에 의해 생겨나 날 덮친 것이오.

그렇게 판단하면 내 운명에 대해 옳은 말을 한 게 아니겠소?

오, 신들의 정결한 경건함이여,

결코, 결코 그날을 보지 않기를. 재앙에서 비롯된

그러한 오염이 내 몸에 닿는 것을 보기 전에

눈에 띄지 않게 사람들에게서 사라져 버리기를.

코러스 전하, 우리도 그게 두렵습니다. 하지만 현장의
835   목격자에게서 모든 걸 알아내기 전까지는 희망을 가지십시오.

오이디푸스 그렇소. 내게 남은 희망이란 오로지
    그 목자를 기다리는 일뿐이오.

이오카스테 하지만 그가 나타났을 때 바라는 게 무언가요?

오이디푸스 내가 설명하겠소. 만일 당신이 말한 대로 그자가
840   말한다면, 나는 그 재앙을 피하게 될 것이오.

이오카스테 무슨 특별한 말을 내게서 들었단 말인가요?

오이디푸스 목자가 말하길, 도적들이 그분을 죽였다고
    당신이 말했소. 만일 그가 아직도 같은 수를
    말하면 내가 죽인 것이 아니오.
845   하나는 여럿과 같을 수 없으니까.
    하지만 만일 살인자가 한 여행자라고 분명히 말한다면
    그때는 저울이 내 쪽으로 기울 것이오.

이오카스테 그가 그렇게 분명히 말했다는 것을 아세요.
    그가 그 말을 다시 번복할 수는 없어요.
850   모든 시민이 들었으니까요, 나 혼자만이 아니에요.
    만일 그가 과거의 진술에서 어느 정도 벗어난다 하더라도
    왕이여, 라이오스가 신탁의 예언대로 살해되었다는 것을
    증명하지는 못할 거예요. 그가 내 자식의 손에 죽는다고
    록시아스께서 분명히 말했으니까요.
855   그런데 내 불쌍한 아이는 그를 죽이지 않았고

사신이 먼저 숙어 버렸답니다.

그러므로 나는 앞으로 예언 따위와 관련해서는

이쪽으로도 저쪽으로도 쳐다보지 않겠어요.

오이디푸스　당신 생각이 옳소. 하지만 사람을 보내

그 목자를 소환하시오. 그 일을 소홀히 하지 마시오.　　860

이오카스테　서둘러 그자를 소환할게요. 자, 이제 우리 집으로 드세요.

당신이 바라지 않는 일은 결코 하지 않을 거예요.

(오이디푸스와 이오카스테가 퇴장한다.)

(제2스타시몬)*

코러스　모든 말과 행동에서 법(法)이 정한 대로　　　　(좌 1)

경건한 정결을 지키는 일이

제 운명이 되기를 바라옵니다.　　　　　　　　　　865

높은 발걸음을 옮기는 법(法)은

천상의 맑은 대기에서 태어났으니

올림포스만이 그의 아버지라네.

유한한 인간 본성이

법을 낳은 적 없고　　　　　　　　　　　　　　870

망각도 결코 잠들게 하지 못하리라.

신은 이러한 법에서 위대하시니 나이를 먹지 않는다네.

휘브리스*는 폭군을 낳는 법. 휘브리스란 놈은   (우 1)

적당하지도 이롭지도 않은 재산으로

875   배를 헛되이 채우고

높은 정상으로 올라가 갑자기

툭 끊어지듯 필연의 나락으로, 발을 놀려도

아무 소용 없는 곳으로 곤두박질치고 만다네.*

그러나 우리 도시를 이롭게 하는 노력,

880   선수들이 서로 맞잡고 싸우는 노력은 풀지 마시라고

신에게 기도하나이다.

언제나 신을 우리의 수호자로 여기겠나이다.

정의의 여신을 두려워하지도   (좌 2)

신들의 자리를 경배하지도 않고

885   어떤 이가 말과 행동에서

거만한 낯빛으로 걷는다면

불운한 교만 탓에

그자를 사악한 운명이 잡아가기를 비나이다,

정당한 방식으로 이익을 취하지도

890   불경한 일에서 손을 떼지도 않고

어리석은 말을 지껄이며

범해선 안 되는 것에 손을 댄다면.

분노의 화살이 영혼을 공격할 때

누가 그것을 막아 낼 수 있겠는가?

그런 행동이 존경 받는다면   895
왜 우리가 신을 위해 춤을 춰야 하는가?*

대지의 신성한 배꼽*에   (우 2)
다가가서 더 이상
경배하지 않으리라,
아바이*의 사원은 물론   900
올림피아에도 결코 가지 않으리라,
신탁이 진실과 부합하지 않아 모두가 손가락질하면.
하지만 옳게 부른 이름으로 만물의 통치자시여,
제우스 신이시여, 이러한 일이 당신 시아에서 벗어나지 않고
불멸의 권력도 피하지 못하기를 비나이다.   905
오래전 라이오스의 신탁이
희미해져 지워지고 있으니
어디에도 아폴론이
영괭 속에서 빛나지 않고
신들의 권세가 사라지고 있구나.   910

(이오카스테가 등장한다. 그녀는 무대 위에 있는 아폴론 신상
에 바칠 제물들을 나르고 있다.)

이오카스테 이 땅의 주인들이여, 이렇게 향과 화환을
　　손에 들고 신들의 사원에 가야겠다는

생각이 들었습니다. 오이디푸스가 온갖 걱정으로
제 마음을 너무 지나치게 자극하고 있답니다.
915 그는 합리적인 사람처럼 옛 사건에 비추어
새로운 사건을 추론하지 못하고
누군가 두려운 일에 대해 말하면 그 말에 좌우되고 있으니
그에게 조언해도 더 이상 아무런 도움이 되지 못해
뤼케이오스 아폴론이여, 이렇게 기도 용구를 들고
920 탄원자로 당신 가까이 왔습니다,
당신께서 우리에게 정화하는 해결*을 내려 주시도록.
우리 배의 선장인 그가 넋이 나간 모습을 바라보며
지금 우리 모두는 두려움에 떨고 있답니다.

(사자가 등장한다.)

사자 이방인들이여, 여러분들에게서 알고 싶습니다,
925 어디에 오이디푸스 왕의 집이 있는지.
어디에 그분이 계신지 아시면 말해 주시오.
코러스 여기가 그분의 집입니다. 집 안에 계십니다, 이방인이여.
여기 계신 부인이 그분의, 자식들의, 어머니입니다.
사자 그러시다면 그녀가 늘 행복하시고 늘 행복이
930 함께하길 빕니다. 오이디푸스 왕의 정실부인이시니.
이오카스테 이방인이여, 그대도 그러하길. 덕담을 하였으니
그런 말을 들어 마땅하오. 그런데 무엇을 바라서 왔고

118

무슨 소식을 전하려 하는지 말하여라.

사자　그대의 가정과 남편에게 좋은 소식을, 부인이여.

이오카스테　무슨 소식이냐? 누구에게서 왔느냐?　　　　　935

사자　코린토스에섭니다. 제 말에 부인께선 당장 기뻐하실 겁니다.

　　왜 아니겠습니까? 하지만 슬퍼하실 수도 있습니다.

이오카스테　그게 뭐냐? 어떻게 그런 이중의 힘을 가지고 있느냐?

사자　이스티미아 땅*의 주민들이 오이디푸스를 왕으로

　　추대하려 합니다. 그곳 사람들이 그렇게 말하고 있습니다.　　940

이오카스테　뭐라? 연로한 폴뤼보스가 아직 왕권을 잡고 있지 않은가?

사자　아닙니다. 죽음이 그분을 무덤 속에 가두어 놓았습니다.

이오카스테　뭐라 했느냐? 오이디푸스의 아버님이 돌아가셨다고?

사자　제가 거짓말을 한다면 죽어 마땅합니다.

이오카스테　여봐라, 너는 당장 가서 이 소식을　　　　　945

　　주인님에게 알려라. 오, 신들의 예언들이여,

　　너희들은 어디 있느냐? 오이디푸스가

　　그를 숙이는 게 두려워 피해 왔거늘.

　　지금 그는 오이디푸스의 손이 아니라 노환으로 돌아가셨구나.

(오이디푸스가 등장한다.)

오이디푸스　내 가장 소중한 부인 이오카스테여,　　　　　950

　　무엇 때문에 집에서 나를 이곳으로 불러냈소?

이오카스테　여기 이 사람의 말을 들어 보세요. 신들의

존경받는 예언이 어느 지경에 처했는지 물어보세요.

오이디푸스 그는 누구요? 내게 무슨 말을 하려는 것이오?

955 **이오카스테** 코린토스에서 온 사자예요. 당신 아버지 폴뤼보스가

더 이상 살아 있지 않고 죽었다고 보고하네요.

오이디푸스 무슨 말이냐, 이방인이여? 직접 내게 말하여라.

사자 제가 우선 분명히 전해야 한다면

그분께서 돌아가셨다는 사실을 잘 알아 두십시오.

960 **오이디푸스** 음모냐, 아니면 질병에 걸려서냐?

사자 가벼운 충격에도 늙은 몸은 기울어져 잠들기 쉽습니다.

오이디푸스 가엾은 분께서 질병으로 돌아가신 것 같구나!

사자 그리고 고인께서 헤아리신 오랜 세월로.

오이디푸스 아아, 부인, 도대체 뭐 하러 우리가

965 퓌토에 있는 예언의 화덕이나 우리 머리 위에서

울부짖는 새들을 살펴봐야 하는 거요? 그 전조에 따르면

내가 아버질 죽인다 하지 않았소? 그러나 그분은 돌아가셔서

땅 밑에 숨어 계시다오. 하지만 칼에 손을 댄 적 없는

나는 여기에 있소. 만약 아버지가 날 그리워한 나머지

970 죽었다면, 그렇다면 그는 내가 죽인 게 될 것이오.

폴뤼보스는 이제 아무 쓸모 없는 신탁들을

데리고 내려가서 지금 하데스에 누워 계신 것이오.

이오카스테 내가 전에도 당신에게 그렇게 말하지 않았던가요?

오이디푸스 내게 말했지. 하지만 난 공포에 질질 끌려다녔소.

975 **이오카스테** 그러면 이제 그런 일은 더 이상 걱정하지 마세요.

오이디푸스 하지만 내 어찌 어머니와의 결혼을 두려워하지 않겠소?

이오카스테 하지만 우리 인간이 뭘 두려워해야 하나요? 인간에겐

우연한 사건들이 지배하고 어느 일에도 분명한 예지가 없으니

되는대로 아무렇게나 사는 게 최선이지요.*

당신은 어머니와의 결혼을 두려워하지 마세요.　　　　　　980

많은 사람들이 꿈속에서도 어머니 곁에 누웠으니까요.*

그런 일 따위 아무렇지도 않게 생각해야만

인생을 가장 잘 견디는 법이랍니다.

오이디푸스 당신이 한 말은 모두 옳소, 만약 어머니가 더 이상 살아

있지 않다면. 하지만 지금 그녀가 살아 있으니　　　　　　985

비록 당신 말이 옳다 해도, 나는 두려울 수밖에 없소.

이오카스테 하지만 아버지의 무덤은 광명(光明)과 같은 위안이지요.

오이디푸스 그렇소, 잘 알고 있소. 하지만 그녀가 아직 살아 있어 두렵소.

사자 그런데 당신께서 두려워하시는 여자 분이 누구십니까?

오이디푸스 노인장, 메로페요, 폴뤼보스의 아내.　　　　　　　990

사자 당신께서 그녀를 두려워하시는 이유는 무엇입니까?

오이디푸스 신들이 전한 무시무시한 신탁 때문이지, 이방인이여.

사자 말할 수 있습니까? 아니면 타인이 아는 게 적법하지 않나요?

오이디푸스 말할 수 있소. 과거에 록시아스께서 말씀하셨으니까.

내가 내 어머니와 살을 섞고 내 손으로　　　　　　　　995

내 아버지의 피를 흘리게 할 운명이라고.

때문에 나는 오랫동안 코린토스에서 멀리 떨어져

살아온 것이오. 운이 좋았다고 하지만

부모님의 얼굴을 보는 게 가장 커다란 기쁨이오.

사자 그 신탁이 두려워 코린토스를 떠나 계셨던 것입니까?

오이디푸스 아버지의 살인자가 되지 않기 위해서요, 노인장.

사자 전하, 제가 호의를 갖고 이곳에 왔으니

　　　왜 당신을 그런 공포에서 벗어나게 하지 못하겠습니까?

오이디푸스 정말로 그대는 합당한 보상을 받게 될 것이오.

사자 물론입니다. 바로 그 때문에 왔습니다. 당신께서

　　　고향에 돌아오시면 뭔가 이득을 보려고.

오이디푸스 하지만 낳아 주신 분들이 계신 곳엔 가지 않을 것이오.

사자 내 아들이여,* 그대는 지금 뭘 하는지 모르는 게 분명하군.

오이디푸스 노인장, 왜 그렇다는 거지? 제발 가르쳐 주시오.

사자 그분들 때문에 집으로 돌아가길 꺼리신다면.

오이디푸스 포이보스의 신탁이 옳게 판명될까 두려워하니까.

사자 부모에게서 오염이 될까 봐 두려운 건가요?

오이디푸스 바로 그것이오, 노인장. 그 때문에 항상 두려운 거요.

사자 몸을 떨며 두려워할 이유가 없다는 것을 아시오?

오이디푸스 어떻게 그렇지 않겠느냐? 그들이 내 부모라면.

사자 폴뤼보스는 혈연적으로 당신과 아무런 관계도 아니니까요.

오이디푸스 무슨 말이냐? 폴뤼보스가 내 아버지가 아니었다고?

사자 당신에게 그분은 저와 다르지 않고 같아요.

오이디푸스 어떻게 내 아버지가 그렇지 않은 사람과 같다는 말이냐?

사자 하지만 그분도 저도 당신을 낳은 적이 없어요.

오이디푸스 그렇다면 무엇 때문에 나를 아들이라 불렀느냐?

사자   그분은 당신을 얻었어요. 내 손에서 선물로 받으셨단 말입니다.

오이디푸스   다른 사람에게 얻었다면 그렇게 날 귀여워했겠느냐?

사자   자식이 없어서 그렇게 한 거지요.

오이디푸스   네가 나를 샀느냐 아니면 날 발견해서 그에게 주었느냐?   1025

사자   키타이론 산의 숲이 무성한 골짜기에서 당신을 발견했지요.

오이디푸스   왜 그 장소에서 여행하고 있었느냐?

사자   당시 산에서 풀 뜯는 가축 떼의 책임자였어요.

오이디푸스   그렇다면 품삯을 받고 떠돌아다니는 목동이었느냐?

사자   오 내 아들이여, 그때 저는 당신의 구원자였어요.   1030

오이디푸스   손으로 잡았을 때 나는 어떤 고통을 겪고 있었느냐?

사자   당신의 발목이 모든 걸 증언할 것이오.

오이디푸스   아아, 그대는 왜 오래전 불행에 대해 말하는 것이냐?

사자   발목이 꿰뚫린 당신을 구했어요.

오이디푸스   강보에서부터 무시무시한 오점을 타고났구나.   1035

사자   그래서 바로 그 사건으로 지금 이름으로 불리게 된 거예요.*

오이디푸스   아아, 누가 그랬느냐? 어머니냐, 아버지냐? 제발 말해라.

사자   몰라요. 아기를 준 사람이 저보다 더 잘 알 거예요.

오이디푸스   직접 나를 발견한 게 아니라 타인에게서 받았단 말이냐?

사자   그래요. 다른 목자가 당신을 저에게 주었어요.   1040

오이디푸스   그가 누구냐? 분명히 말할 수 있느냐?

사자   라이오스의 하인들 중 한 사람이라고 했어요.

오이디푸스   오래전 이 땅의 왕의 하인이란 말이냐?

사자   그래요. 그자는 라이오스의 목동이었어요.

1045 **오이디푸스** 내가 볼 수 있게 그자가 아직도 살아 있느냐?

사자 이 고장 사람인 그대들이 가장 잘 알 것이오.

오이디푸스 여기 서 있는 너희들 중에서 이 사람이

말하는 목동을 본 사람이 있느냐?

여기에서나 시골에서 보았든지. 내게

1050 말하여라. 이 일을 밝힐 때가 되었다.

코러스 그 시골 사람은, 당신께서 전부터 보려는 사람과

다르지 않다고 생각합니다. 그 사람에 대해서는

여기 이오카스테께서 가장 잘 말할 수 있을 겁니다.

오이디푸스 부인, 그자를 아시오? 우리가 방금 전 소환한

1055 사람 말이오. 여기 이 노인장이 말하는 사람이 그 사람이오?

이오카스테 그가 말한 사람은 왜요? 더 이상 생각하지 마세요.

말이 헛나갔다 생각하고 더 이상 기억하지 마세요.

오이디푸스 내가 이러한 증거를 잡았으니 내 출생의

비밀을 밝혀내지 않는 일이란 없소.

1060 **이오카스테** 제발 부탁이에요. 당신의 삶을 조금이라도 염려한다면

그것을 탐구하지 마세요. 내가 괴로워하는 걸로 충분해요.

오이디푸스 걱정하지 마시오. 내가 3대에 걸쳐 노예의 자식으로

드러나더라도, 당신이 미천한 출신으로 보이진 않을 것이오.

이오카스테 내 말을 들으세요. 제발 부탁이에요. 그렇게 하지 마세요.

1065 **오이디푸스** 진실을 모두 알기 전까지는 설득할 수 없을 것이오.

이오카스테 하지만 호의를 가지고 당신에게 최선을 말하는 거예요.

오이디푸스 그 '최선'이 오랫동안 날 괴롭혀 왔소.

이오카스테 아, 불행한 사람, 당신이 누구인지 알지 못하길······.

오이디푸스 여봐라. 가서 그 목자를 내게 인도않고 뭐 하느냐?

여기 이 여인은 지체 높은 가문이나 뽐내게 내버려 두어라.   1070

이오카스테 아아, 불행한 사람, 단지 이것만을 당신에게

말할 수 있을 뿐. 더 이상은 말할 수 없군요.

(이오카스테가 퇴장한다.)

코러스 오이디푸스여, 왜 부인께서 격렬한 고통을 느끼며

가 버리셨습니까? 저 침묵에서 불행한 사건이

터져 나올까 두렵습니다.   1075

오이디푸스 뭔가가 터져 나오길 바라면 터져 나오라지. 내 출신이

미천하다 하더라도 그걸 알고 싶소.

하지만 그녀는 여자들이 그러하듯 자존심이 강해

내 미천한 혈통을 부끄럽게 여기는 것이오.

하지만 난 나 자신을, 좋은 행운을 주는   1080

여신의 아들이라 여기고 그런 어머니에게서 태어났으니

불명예를 당하진 않을 것이오. 더구나 나와 친척인 달과 월이

차고 기울며 나를 때때로 미천하게 때때로 위대하게 정했소.

그런 부모에게서 태어났으니 내 혈통을 분명히 알지 못하는

그런 종류의 인간은 되지 않을 것이오.   1085

(오이디푸스는 코러스가 노래하는 동안 무대에 남아 있다.)

코러스   내가 예언자라면   (좌)

     판단에 있어 현명하다면

     올림포스에 맹세하건대

     오 키타이론 산이여,

1090   당신은 모르지 않으실 겁니다,

     내일의 만월(滿月)이 오이디푸스의 고향 친구고

     그분을 양육한 어머니인

     당신을 칭송하려 한다는 것을,

     우리 왕에게 친절을 베푸셨으니

1095   우리가 춤으로 답례하리라는 것을.

     사람들이 외치며 부르는 포이보스여,

     이 일이 당신의 마음에도 드시기를.

     아이여, 누가 당신을 지복을 누리는 자들 중에   (우)

     누가 산속을 누비는 아버지 판(Pan) 신 곁에 누워

1100   당신을 낳으셨나요?

     혹은 록시아스 아폴론과 함께

     잠자리를 나누신 분인가요?

     그분에겐 산의 모든 목초지가 소중하니까요.

     혹은 퀼레네의 주인님 헤르메스이십니까?

1105   혹은 산 정상에 사는

박코스 신이

당신을 찾아내 자식으로 거두셨나요?

신께서 검은 눈동자의

어느 요정과 함께 어울렸으니.

오이디푸스 노인장, 그 사람을 만난 적이 없는 나도   1110

추측하건대, 우리가 오랫동안 찾은 그 목자를

보고 있는 것 같네. 그가 연로하니

여기 이 사람의 나이와 잘 맞아떨어지는군.

더구나 그를 데려오는 자들이 내 하인들이라고 알아보았소.

하지만 지식에서 그대가 나보다   1115

우위에 있소이다. 그대는 전에 그를 본 적이 있으니까.

코러스 틀림없습니다. 그를 알겠습니다. 그는 목자이지만

어느 하인 못지않게 충직한, 라이오스의 하인이었습니다.

(목자가 입장한다.)

오이디푸스 먼저 물어보겠네, 코린토스의 이방인이여, 자네가 말한

사람이 바로 이 사람인가?   1120

사자 맞습니다. 보고 계신 사람입니다.

오이디푸스 거기, 노인장, 날 똑바로 쳐다보고 내 질문에

대답하시오. 당신은 과거 라이오스에게 속하였는가?

목자 그렇습니다. 팔려 오지 않고 집 안에서 자란 노예였습니다.

오이디푸스 어떤 일을 하고 어떤 생활을 돌보았는가?

1125 **목자** 일생 대부분을 가축 떼와 함께 지냈습니다.

오이디푸스 어떤 장소에서 주로 노숙하였는가?

목자 키타이론 산 근처 지역이었습니다.

오이디푸스 그렇다면 그곳에서 만났으니 이 사람을 알아보겠구나?

목자 무슨 일을 한다고? 누굴 두고 말하시는 겁니까?

1130 **오이디푸스** 여기에 있는 이 사람 말이다. 그와 교제한 적이 있는가?

목자 당장 기억이 나지 않아 말할 수 없습니다.

사자 놀랍지 않습니다. 주인님! 비록 저를 알아보지 못하더라도
　　　저는 그가 분명히 기억하게 도와줄 수 있습니다. 그가 잘 안다고
　　　확신합니다. 우리가 키타이론 근처에 머물렀을 때

1135 　　그는 두 무리, 저는 한 무리 가축 떼와 지냈다는 걸.
　　　이 사람과 함께 지냈습니다. 봄부터 큰곰자리 별이 뜰 때까지
　　　6개월 동안 그것도 세 번씩이나 말입니다.
　　　겨울이 오자 저는 가축 떼를 제 외양간으로,
　　　그는 가축 떼를 라이오스의 농장으로 몰곤

1140 　　했습니다. 내 말이 사실이오, 아니오?

목자 당신 말은 사실이오, 비록 오래전 일이긴 하지만.

사자 자, 지금 말해 보시오. 내게 한 아이를 주었다는 것을
　　　기억하시오? 내가 자식으로 키울 수 있도록 말이오.

목자 뭐라고? 왜 내게 그런 질문을 하는 거요?

1145 **사자** 여보게, 그 어린아이가 바로 이분이라고.

목자 염병할 놈 같으니! 당장 입 닥치지 못할까?

오이디푸스 아니다. 노인장, 그를 꾸짖지 마라. 이 사람의 말보단
네 말이 매를 맞아야 마땅하구나.

목자 가장 고귀한 주인님이여, 무슨 잘못을 했습니까?

오이디푸스 그가 묻고 있는 아기에 대해 말하지 않으니까.　　　　1150

목자 그는 아무것도 모르고 말하니까요. 헛수고하는 겁니다.

오이디푸스 친절한데도 말하지 않다니 너는 울면서 말할 것이다.

목자 제발 사정합니다요. 이 노인네를 고문하지 마십시오.

오이디푸스 여봐라, 당장 이자의 손을 뒤로 묶지 못할까?

목자 불행하도다. 왜 그러십니까? 뭘 알려고 하십니까?　　　　1155

오이디푸스 그가 묻는 바로 그 아이를 여기 이 자에게 주었느냐?

목자 주었습니다. 바로 그날 죽어 버렸으면 좋았을걸.

오이디푸스 진실을 말하지 않으면 네놈이 그리될 것이다.

목자 제가 말하면 완전히 파멸하게 됩니다.

오이디푸스 이자가 꾸물대며 시간을 벌 작정이로구나.　　　　1160

목자 아닙니다요. 그 아이를 그에게 주었다고 방금 말했습니다.

오이디푸스 너는 그 아이를 어디에서 얻었느냐? 네 아이냐, 다른
사람에게서 얻은 거냐?

목자 내 아이는 아니고 다른 사람에게서 받았습니다.

오이디푸스 여기 시민들 중 누구에게서냐? 어느 집에서냐?

목자 주인님, 제발 더 이상 묻지 마십시오.　　　　1165

오이디푸스 너는 이미 죽은 목숨이다, 내가 한 번 더 질문하면.

목자 라이오스 가계에 속한 자입니다.

오이디푸스 노예냐? 그의 가족 중 한 사람이냐?

목자 아아, 그 이야기를 말하는 무서운 순간이구나!

오이디푸스 그 이야기를 듣는 내게도. 하지만 들어야 하겠지.

목자 그 아이는 그의 자식이라고 합니다. 하지만 집 안에 계신
부인께서 어떻게 된 일인지 가장 잘 설명해 주실 겁니다.

오이디푸스 바로 그녀가 그 아이를 너에게 주었느냐?

목자 그렇습니다, 전하!

오이디푸스 도대체 무엇 때문에?

목자 저더러 아이를 죽이라고요.

오이디푸스 가증스러운 여자, 그녀가 낳았느냐?

목자 그렇습니다. 사악한 신탁을 두려워해서.

오이디푸스 어떤 신탁이냐?

목자 아비를 죽인다는 것입니다.

오이디푸스 그렇다면 너는 어째서 이 사람에게 넘겨주었느냐?

목자 아, 주인님, 그 아이를 동정했답니다. 그가 자기 고향으로
데려간다고 생각했습니다. 하지만 그는 큰 재앙을 위해서
그 아기를 구한 셈입니다.* 당신이 노인장이 말하는
그 사람이라면, 불행한 운명을 타고났음을 아십시오.

오이디푸스 아아, 아아, 지금 모든 게 분명해졌구나.
오 빛이여, 내가 널 바라보는 게 마지막이 되기를.
나란 인간은 태어나선 안 되는 부모에게서 태어났고
함께 결혼해선 안 되는 사람과 결혼했으며
죽여서는 안 되는 사람을 죽였구나.

(오이니뿌스가 퇴장한다. 사자와 목자도 무대를 떠난다.)

(제4스타시몬)*

코러스　인간 종족이여,　　　　　　　　　　(좌 1)
너희는 아무것도 아닌 삶을
살고 있다고 평가하노라.
누가, 과연 어떤 사람이　　　　　　　　　　　1190
더 많은 행복을 누리겠는가?
누구나 행복한 것처럼 보이다가,
기울어 몰락하는 법이라네.
당신의 운명을, 가여운 오이디푸스여,
당신의 운명을 본보기로 삼아　　　　　　　　1195
인간에게 속한 어떤 것도
행복하지 않다고 말하리라.

당신이야말로　　　　　　　　　　　　　　(우 1)
탁월한 실력으로 과녁을 명중시켜
온전한 행복 아닌 성공을 거두었구나. 아 제우스 신이여,
오이디푸스 당신이 예언 노래하는 굽은 발톱의　　1200
소녀를 물리쳐 내 땅 위해 죽음 막는 성벽으로 우뚝 서자.
당신은 우리 왕으로 위대한 테바이를 다스리며
가장 큰 명예를 얻었구나.

지금 누구의 이야기가 이보다 더 통탄할 일인가? (솨 2)

1205 누가 삶의 반전으로 더 잔인한

고통과 파멸 가운데 거주한단 말인가?

유명한 오이디푸스여,

하나의 드넓은 항구가 당신을 만족시켰구나,

당신이 아들이자 아버지로서

1210 결혼 침대 속에 빠졌으니.

어찌하여, 어찌하여 아비가 씨 뿌린 밭고랑이,

불행하게도, 그토록 오랫동안 조용하게

당신을 견뎌 낼 수 있었던가?

만물 보는 시간이 당신 의지를 거슬러 찾아냈다네. (우 2)

1215 자식 낳고 낳은, 오래 견딘 결혼 아닌 결혼을

시간이 심판하는구나.

아아, 라이오스의 아들이여,

당신을 만나지 않았더라면.

내 입술에서 만가(輓歌)를

쏟아 내며 애절하게 통곡하노라.

1220 진실을 말하자면

당신으로 인해 다시 숨을 쉬었고

당신으로 인해 두 눈을 감았다네.

(두 번째 사자가 등장한다.)

두 번째 사자 언제나 이 땅에서 가장 존경받는 분들이여,

랍다코스 가문에 아직도 충성한다면

여러분들은 무슨 일에 대해 듣고 무슨 일을 보며　　　　　1225

무슨 탄식을 견뎌 내야 할까?

이스트로스와 파시스*의 강물도 이 집안이 숨기고 있는

재앙을 정화하지 못할 것이라고 생각하니까.

당장 재앙의 일부가 곧 드러나게 되는데,

이는 자발적인 것으로, 비자발적인 것이 아닙니다.　　　　1230

자초한 불행이야말로 가장 고통스러운 법이니까.

코러스 우리가 전에 알던 사건들도 비통함을 금할 수 없는데.

여기에 또 무엇을 더하려 하는 것이오?

두 번째 사자 가장 빨리 전하고 알려야 하는 소식은

저 신과 같은 이오카스테가 죽었다는 것이오.　　　　　　1235

코러스 아, 불행하신 분, 도대체 원인이 무엇이오?

두 번째 사자 그녀는 제 손으로 죽었소. 가장 고통스러운 사건을

겪지 않았는데, 여러분들이 그 장면을 보지 않았기 때문이오.

그럼에도 내가 기억하는 한,

가여운 여자의 고통을 듣게 될 것이오.　　　　　　　　　1240

그녀는 격정에 휩싸인 채 현관문을 지나

양 손끝으로 머리를 잡아 뜯으며

곧장 결혼 침대로 서둘러 갔습니다.

방 안으로 들어가자 양 문을 쾅 닫고

이미 오래전 송장이 된 라이오스를 부르며　　　　　　　1245

옛날 그와 나누던 사랑을 싱기했습니다.

그로 인해 라이오스 자신은 죽어서 그녀를 남겨 두고

그녀는 아들과 관계하여 저주받은 자식을 낳았습니다.

이어 침대 앞에서 통곡했는데, 그곳에서 이중으로

1250 남편에게서 남편을, 자식에게서 자식을 낳았던 것입니다.

다음에 그녀가 어떻게 죽었는지는 더 이상 알지 못합니다.

소리를 지르며 오이디푸스가 달려 들어왔기 때문인데,

그녀의 불행한 종말을 끝까지 보지 못하고

주위를 다니던 오이디푸스에게 시선을 돌렸습니다.

1255 그는 돌아다니며 우리에게 칼을 가져오라 요구하고

아내가 아닌 아내, 자신과 아이들을 생산한

이중의 밭이 어디에 있느냐고 물었습니다.

광기에 휩싸인 그에게 어떤 신께서 길을 안내했습니다.

가까이엔 어떤 인간도 없었기 때문입니다.

1260 그는 무시무시한 비명을 지르더니 누군가의 안내를 받듯

이중문을 향해 돌진해 구멍에 끼워진 빗장을

안쪽으로 굽혀 버리고 쓰러지듯 방 안으로 들어갔습니다.

그곳에 그녀가 허공에 매달려 있는 것을 보았는데,

그녀의 목은 꼬인 올가미에 매여 있었습니다.

1265 그 불행한 사람이 그녀를 발견하자 짐승처럼 울부짖으며

그녀가 매달린 매듭을 풀어 버렸습니다.

가여운 그녀를 바닥에 누이고 나서

다음 장면은 바라보기가 너무나 끔찍했습니다.

그는 그녀의 옷에서 장식용 황금 핀을 잡아 뜯어내
그것을 높이 들어 두 눈의 구멍을 찌르며   1270
말했습니다. "두 눈아, 너희는 내 끔찍한 고통도,
내 끔찍한 행동도 보아서는 아니 되느니라.
앞으로는, 봐선 안 되는 자식들을 어둠 속에서 보고
알기 원한 부모를 더 이상 알아보지 못하리라."
그런 말을 노래 부르듯 하더니 두 눈을 들어 올려   1275
한 번도 아니고 여러 번 두 눈을 찔렀고 피흘리는 눈알은
흥건하게 젖어 그의 빰을 적셨고 피가 멈추지 않았습니다.
〔엉긴 핏방울이 계속해서 나오더니,
갑자기 검은 피의 소나기가 우박처럼 쏟아졌습니다.〕
이런 재앙은 한 사람이 아니라 두 사람에게서   1280
터져 나와, 남녀가 함께 뒤섞인 불행이 되었습니다.
이전의 행복은 정말로 행복이었지만
지금 오늘은 탄식, 파멸, 죽음, 수치,
이름 붙일 수 있는 온갖 불행 가운데
어느 하나도 빼놓지 않았습니다.   1285

코러스 지금 그 불쌍한 사람, 잠시나마 고통에서 벗어나 있소?

두 번째 사자 그 사람은 소리치고 있습니다. 누군가 빗장을 열어
모든 카드모스인들에게 아비를 죽인 놈을 보여 주라고.
어머니의—, 그런 불경한 말은 차마 입에 담을 수 없습니다.
그는 이 땅에서 자신을 추방하고, 자신을 저주했으니   1290
저주받은 채 집 안에 머물지 않으려 합니다.

지금 안내자의 도움이 필요한데,

너무 위중한 병이라서 그가 감당할 수 없기 때문입니다.

하지만 여러분에게도 보여 줄 것입니다. 대문의 빗장이

1295   열려 있으니까. 그 광경을 보게 되면

그를 증오하는 사람조차도 가엾게 여길 것입니다.

(장님이 된 오이디푸스가 등장한다.)

코러스   사람들이 바라보기엔 너무 끔찍한 재앙이여,

내가 만났던 재앙들 가운데 가장 끔찍하구나.

오 불행한 사람, 도대체 무슨 광기가 당신을

1300   덮쳤습니까? 가장 멀리보다 더 도약하여

당신의 비참한 운명에 찾아온

신은 누구입니까?

아아, 아아, 불행한 사람이여,

당신을 바라볼 기력이 없구나. 많은 질문으로

1305   많은 대답을 듣고 많은 것을 이해하고 싶지만.

이처럼 나를 몸서리치게 했습니다.

오이디푸스   아아, 아아, 나는 불행한 자로다.

불쌍하게 어느 땅을 헤매고 있는가?

내 목소리는 바람에 실려

1310   어디로 날아가고 있는가?

아아, 신이여, 얼마나 멀리 뛰어왔습니까?

크러스 무시운 곳으로, 늘을 수도 볼 수도 없는 곳으로.

오이디푸스 아아, 어둠의 구름이여, 피하고 싶지만   (좌 1)

말없이 찾아와

저항할 수가 없구나, 불행의 돛마저 달았으니.   1315

아아,

아아, 또다시! 얼마나 자주, 몸이 막대기에 찔리고 있는가.

불행한 기억과 함께 날 엄습하는구나.

코러스 이러한 큰 슬픔에 처해 이중으로 불행을 비탄하고

이중으로 통곡하는 일은 놀랍지 않습니다.   1320

오이디푸스 친구여,   (우 1)

그대만이 내 보호자로구나.

아직도 남아서 이 장님을 돌보아 주고 있으니.

아아, 아아,

그대의 존재를 숨기지 못하리라. 비록 어둠 속에 있지만   1325

그대의 목소리는 분명하게 알아보고 있으니.

코러스 아아, 무슨 끔찍한 짓을 저질렀나요. 어찌하여 눈의 빛을

꺼 버렸단 말입니까? 어느 신이 당신을 부추겼습니까?

오이디푸스 그건 아폴론, 아폴론이었소, 친구들이여.   (좌 2)

이처럼 잔인한, 잔인한 고통을 신께서 이루셨던 것이오.   1330

하지만 바로 나, 이 불행한 자가,

다른 사람이 아니라,

내 손으로 두 눈을 찔렀소이다.

왜 내가 보아야 한단 말이오?

1335 즐겁게 바라볼 내상이 아무 것도 없는데.

코러스 당신께서 말한 대로였습니다.

오이디푸스 도대체 내가 무엇을 바라보고 무엇을 소중하게
여기겠소? 도대체 무슨 인사말을
즐겁게 들을 수 있겠소? 친구들이여.

1340 가능한 한 빨리 이 땅 밖으로 날 데려가시오,
친구들이여,
데려가시오,
완전히 파멸한 자를.
세 번이나 저주받고

1345 더구나 인간들 가운데
신들이 가장 미워하는 자니까.

코러스 그런 운명으로 가엾고, 그걸 인식하여 가여운 사람이여,
내 당신을 전혀 알지 못했더라면 얼마나 좋았을까!

오이디푸스 그 목자는 죽어 없어지기를. (우 2)

1350 내 발에 채워진 저 잔인한 족쇄를 풀어
날 죽음에서 구해 살려 냈으나
결국 아무런 친절도 베풀지 않았으니.
그때 죽었더라면
나 자신과 친구들에게

1355 그토록 큰 고통을 주지 않았을 텐데.

코러스 그러했기를 저희들도 바랍니다.

오이디푸스 그렇다면 아버지의 살인자가 되지 않고

나늘 낳아 순 사람의 신랑이라는

소리도 듣지 않았을 텐데.

지금 나는 신들에게 버림받은 자이고 1360

불경한 부모의 자식이며

나 자신이 태어난 곳에서,

불쌍하게도,

자식을 태어나게 하였으니.

재앙조차 능가하는 재앙이 있다면 1365

그게 바로 오이디푸스의 몫이로구나.

코러스 당신께서 잘 숙고했다고 말해도 될지 모르겠습니다.

장님으로 사느니 더 이상 살지 않는 편이 나을 테니까요.*

오이디푸스 내가 한 일이 최선이 아니라고

가르치려 들지도 더 이상 조언하지도 마시오. 1370

내가 하데스에 내려갔을 때 무슨 낯을 들고

아버지를 뵐 수 있단 말이오. 내 불행한 어머니도

마찬가지요. 두 분에게 나는 목을 매달아도

속죄할 수 없는 죄를 지었기 때문이오.

게다가 어떻게 내가 그 아이들을 바라보고 싶겠소. 1375

아비가 태어난 곳에서 또다시 아이들이 태어났으니.

내 두 눈으로는 결코 그럴 수 없소이다.

도시도, 성벽도, 신상들도, 신전들도

보고 싶지 않소. 이러한 것들을 이 불행한 인간,

내가 잘라 내 버린 것이오, 한때는 나도 1380

테바이에서 가장 질닌 사람으로 살았지만.

그 불경한 자, 신들이 라이오스 후손이고 정결치 못한 자로

드러낸 자를 추방하라고 직접 모든 사람들에게 명령했으니까.

내가 오염되어 있다는 사실을 공표하고 나서

1385 어떻게 두 눈 똑바로 뜨고 그것들을 바라볼 수 있겠소?

그건 결코 아니오! 만약 청각의 원천을 막는

방법이 있었다면, 아무것도 보지 않고 듣지 않으려고

주저하지 않고 이 불쌍한 육신을 닫아 버렸을 것이오.

우리 생각이 불행한 기억 바깥에

1390 거주하는 것은 즐거운 일이니까.

오 키타이론 산이여, 왜 너는 나를 맞이했던가?

왜 너는 날 잡아서 곧바로 죽여 버리지 않았던가?

내가 태어난 곳을 사람들에게 결코 보여 주지 않았을 텐데.

오 폴뤼보스여, 코린토스여,

1395 내 선조의 오래된 가문이라 부르는 곳이여, 너희들은

얼마나 멋지게, 비밀스런 질병 숨긴 나를 치장하며 길렀던가?

이제는 사악한 자이고 사악한 자들의 자식이라고 밝혀졌구나.

오 삼거리여, 숲 속의 빈터여,

세 길이 만나는 곳, 잡목 숲과 오솔길이여, 너희들은

1400 내 피를, 내 손에 의해 아버지가 뿌린 피를

마셔 버렸구나. 아직도 기억하느냐?

내가 너희들 앞에서 무슨 짓을 했고

이곳에 와서 또다시 무슨 짓을 했는지.

오 결혼이여, 결혼이여, 너는 나를 낳아 주고 나서

같은 종자를 생산했구나. 형제인 아버지를,   1405

근친상간으로 태어난 아이들을,

부인이자 어머니인 신부를 보여 주었구나.

세상에서 가장 수치스러운 일은 빠짐없이 모두.

가증스러운 일에 대해 말하기 싫으니

부탁하건대, 가능한 한 빨리 어디론가 외지에   1410

날 숨기거나, 죽이거나, 바다에 던져 버리시오.

그곳에서는 더 이상 날 볼 수 없을 테니까.

자, 친절하게 이 가여운 사람을 건드려 주시오.

두려워하지 말고 내 말대로 하시오. 나 이외에는

내 고통을 견딜 수 있는 사람이 아무도 없을 것이오.   1415

(크레온이 등장한다.)

코러스   때마침 크레온께서 당신이 요구하는 것을 들어주고

조언하기 위해 여기 도착하셨습니다. 그분이 당신을 대신해

이 땅의 유일한 수호자로 남아 있으니까요.

오이디푸스   아아, 그에게 무슨 말을 할 수 있단 말인가?

어떻게 내가 정당한 변론을 할 수 있겠소?   1420

과거에 그에 대한 모든 내 행동이 잘못으로 밝혀졌으니.

크레온   오이디푸스여, 당신을 조롱하거나

과거의 잘못에 대해 비난하려고 온 게 아니오.

(하인들에게) 하지만 비록 인간 종족을
1425 더 이상 존경하지 않더라도, 적어도 만물을 양육하는
주인님 태양의 불꽃만은 존경하여라.
빛도 대지도 신성한 빗물도 환영하지 않을
이러한 오염*을 감추지 않은 채 드러내지 마라.
그러하니 가능한 한 빨리 이자를
1430 집 안으로 데리고 들어가라. 친척만이
친족 안 재앙을 보고 듣는 것이 경건하니까.

오이디푸스 제발 내 부탁을 들어주시오. 내 예상을 뒤엎고
가장 사악한 인간에게 가장 고귀한 인간으로
왔으니. 내가 아니라 당신을 위해 그것을 요구하는 것이오.

1435 크레온 당신이 내게 계속해서 요구하는 게 무엇이오?

오이디푸스 가능한 한 빨리 이 땅에서 나를 추방하시오.
어느 인간도 내게 말을 걸 수 없는 곳으로 말이오.

크레온 분명 그렇게 했을 것이오, 무슨 일을 해야 하는지
우선 신에게서 배우려 하지 않았다면.

1440 오이디푸스 하지만 신의 말씀은 모두 분명히 드러났소.
아비 살해한 불경한 자인 나는 사라져야 한다는 것이오.

크레온 그렇게 말했소. 하지만 우리가 위기에 처했을 때
무슨 일을 해야 하는지 찾아내는 일이 더 좋은 것이오.

오이디푸스 그럼 이 가여운 인간에 대한 신탁을 구하려는 것이오?

1445 크레온 그렇소. 이번에는 당신이 신을 믿게 될 것이오.

오이디푸스 그렇다면 나는 당신에게 임무를 주어 재촉하려 하오.

집 안에 있는 여자는 원하는 대로 직접 매장하시오,

당신 친족을 위해 의무를 다하는 것은 옳은 일이니.

하지만 나에 대해선 내 아버지의 도시가 나를 거주자로

받아들이지 않게 해 주시오. 1450

하지만 나는 산속에 살게 해 주시오. 그곳은

내 키타이론이라 부르고, 어머니와 아버지가

생전에 내 무덤으로 정해 놓은 장소라오.

그분들이 날 죽이려 했으니 그 뜻에 따라 죽게 말이오.

적어도 이것만은 알고 있소. 어떤 질병도 1455

다른 무엇도 나를 죽이지는 못했을 것이라고. 나는 죽어서 결코

구원받지 말았어야 했건만, 하지만 무시무시한 재앙을 위해

그렇게 된 것이오. 내 운명은 가고자 하는 대로 가게 하시오.

아이들과 관련해선, 크레온이여, 사내자식들은

염려하지 마시오. 그들은 남자니까 어디에 있든 1460

생계의 어려움을 겪지 않을 것이오.

하지만 가엾고 불쌍한 내 두 딸은

나 없이 따로 밥상을 차린 적이

결코 없었고, 내가 손대는 것은 무엇이나

모든 것을 늘 함께 나누었다오. 1465

그 아이들을 돌보아 주시오. 가능하다면 내가 이 두 손으로

아이들을 만져 보고 내 불행을 함께 슬퍼하게 허락해 주시오.

자, 주인이여.

고귀한 가문의 후손이여. 손을 대서 만지면

1470 두 눈으로 보았을 때처럼 그들과 함께 있다고 여길 것이오.

(오이디푸스의 두 딸이 등장한다.)

무슨 말을 하는 거지?

아마도 내 소중한 두 딸아이가 우는 소리를

들은 것 같은데? 크레온이 날 불쌍히 여겨

가장 소중한 두 딸을 내게 보내 준 것인가?

내 말이 맞소?

1475 크레온 그렇소. 내가 준비시켰소. 당신이 과거에 누렸던

기쁨을 지금도 느낄 것이라고 알고 있기에.

오이디푸스 행운이 있기를. 내가 갔던 길보다도

더 나은 길로 신께서 당신을 인도하시길 바라오.

1480 애들아, 어디에 있느냐? 이리 오너라.

너희 오라버니의 이 두 손에게 오려무나.

이 두 손이야말로 한때 그토록 빛났던,

너희들 아버지의 두 눈이 하던 일을 하고 있구나.

애들아, 알아보지도 알아내지도 못하고

1485 나 자신이 태어난 곳에서 너희 아버지로 나타났구나.

너희들 때문에 울고 있단다. 바라볼 힘조차 없구나,

너희들이 나중에 인생의 쓴맛을 보게 되리라고 생각하니.

사람들이 너희들에게 강요하는 그런 인생 말이다.

어떻게 시민들과 어울려 교제할 수 있겠느냐?

1490 어떤 시민들의 축제에 참여할 수 있겠느냐?

그 축제를 관람하기는커녕 울면서 집으로 돌아오겠지.

너희늘이 결혼할 나이가 되었을 때,

애들아, 누가 있겠느냐? 도대체 어느 사내가,

너희들 부모와 너희들에게 따라다니며 피해가 되는

그런 비난을 낳을 위험을 감수하겠느냐? 1495

도대체 어떤 재앙이 멀리 떨어져 있겠느냐?

너희들의 아비가 제 아비를 죽였고

자신의 씨가 뿌려진 어미의 밭에

다시 씨를 뿌려 자식 농사를 지었으니.

그러한 말로 비난할 텐데. 누가 결혼하려 하겠느냐? 1500

아무도 없구나, 애들아. 분명하단다. 너희들은

불모의 땅으로 남편 없이 죽게 될 운명이로구나.

메노이케오스의 아들*이여, 당신만이

이 아이들의 아버지로 남았구려.

그들의 부모인 우리 두 사람 모두 파멸했으니까. 1505

이 아이들이 남편 없이 거지 신세로 떠돌지 않게 해 주시오.

그들의 불행을 내 불행과 같게 하지 마시오.

이 아이들을 동정하시오. 그대가 줄 수 있는 것을 제외하면

그 나이에 모든 것을 잃었으니 말이오. 고귀한 자여,

고개를 끄덕여 주시오. 그대 손으로 아이들을 어루만져 주시오. 1510

애들아, 너희들에게 이해력이 충분하다면

많은 것을 조언할 텐데, 이제, 나를 위해 기도해 다오.

기회가 허락하는 대로 살면서 너희들을 낳은 아버지보다

더 나은 삶을 살기를 바란다.

1515 **크레온** 이제 울 만큼 울었으니 집 안으로 들어가시오.

오이디푸스 따르겠소, 비록 그 말이 달갑지는 않지만.

크레온 무릇 적절함을 지키는 게 훌륭한 일이오.

오이디푸스 그러면 내가 어떤 조건으로 가는지 알고 있소?

크레온 말하시오. 그것을 듣고 나서 알게 될 것이오.

오이디푸스 이 땅 밖으로 나를 추방하라는 것이오.

크레온 신에게서 선물을 원하고 있구려.

오이디푸스 하지만 나는 신에게 가장 미움받는 자요.

크레온 그런 이유로 곧 그런 선물을 받게 될 것이오.

오이디푸스 그러면 약속하는 거요?

1520 **크레온** 숙고하지 않은 일에 대해선 헛되이 약속하지 않겠소.

오이디푸스 이제 여기서 나를 데려가시오.

크레온 애들은 놔두고, 이제 그만 가시오.

오이디푸스 결코 애들에게서 나를 떼어 놓지 못하오.

크레온 모든 것을 통제하려 들지 마시오.

통제력이 일생 동안 따라다니지 않았으니까.

(오이디푸스와 크레온이 퇴장한다.)

코러스 조국 테바이 시민들이여, 이 사람 오이디푸스를 보시오,

1525 스핑크스의 수수께끼를 풀었고 대단한 권력을 가졌으며

모든 시민들이 질투의 시선으로 그 행운을 바라보았던

그가 어떻게 무시무시한 재앙의 폭풍 속으로 추락했는지를.

그래서 우리는 마지막 날을 볼 때까지 기다리고

인간들 중 누구도 행복한 사람이라고 부르지 말아야 하오,

그가 고통을 겪지 않고 삶의 경계를 지나갈 때까지는.*　　　　1530

콜로노스의 오이디푸스

등장인물

오이디푸스
안티고네, 이스메네 오이디푸스의 딸
농부 콜로노스 지역 원주민
테세우스 아테나이의 왕
크레온 이오카스테의 남동생, 테바이의 왕
폴뤼네이케스 오이디푸스의 아들
코러스 콜로노스 지역 시민들

(무대는 도시 국가 아테나이의 교외 콜로노스 지역이다. 근처에는 자비로운 여신들의 성스러운 숲이 있다. 무대 가운데 바위가 보인다. 무대 한구석에는 영웅 콜로노스의 입상이 서 있다. 오이디푸스와 안티고네가 입장한다.)

오이디푸스 눈먼 노인의 딸, 안티고네야, 어느 지역에,
어떤 사람들의 도시에 우리가 도착한 것이냐?
누가 오늘 보잘것없는 선물로
이 떠돌이 오이디푸스를 맞이할까?
난 작은 선물을 바라지만   5
그보다 더 작은 것을 받겠지, 충분하고말고.
내가 겪은 고통들, 내가 보낸 오랜 세월, 내 고귀함이
그것으로 만족하라고 가르쳐 주었지.
자, 애야, 무슨 자리를 발견하면

10   그게 세속의 땅이든 신들의 성스러운 숲이든 날 멈춰 세우고

      그곳에 앉혀 다오. 우리가 이방인으로 도착했으니

      어느 곳에 있는지 알 수 있도록 말이다.

      이곳 시민의 말을 듣고 그들이 말하는 대로 해야 하니까.

안티고네   아, 불쌍한 아버지 오이디푸스, 저 도시를 에워싼

15   성벽이 먼 곳에 있는 게 보이네요.

      쉽게 알 수 있는데, 이 장소는 신성해요. 여기저기

      월계수, 올리브 나무, 포도나무가 무성하게 자라니까요.

      그곳에선 깃털 많은 나이팅게일들이 노래하고 있어요.

      여기 잘린 바위 위에 몸을 쉬세요.

20   나이 드신 분에겐 먼 길을 오셨으니까요.

오이디푸스   이곳에 나를 앉혀 다오. 눈먼 나를 보호해 다오.

안티고네   많은 시간이 흘렀으니 그런 말은 필요 없어요.

      (그녀가 무대 중앙에 있는 바위에 오이디푸스를 앉힌다.)

오이디푸스   우리가 어느 장소에 있는지 설명할 수 있겠니?

안티고네   아테나이라는 건 알지만 이 장소는 모르겠어요.

오이디푸스   그래, 여행 중에 만난 사람들이 모두 그렇게 말했지.

25 **안티고네**   가서, 이 장소가 어딘지 알아볼까요?

오이디푸스   그래, 애야, 정말로 이 장소에 사람이 살고 있다면.

안티고네   물론 이곳엔 사람이 살고 있죠. 그런데 갈 필요가 없어요.

      누군가 다가오는 게 보이네요.

오이디푸스 그 사람이 이쪽으로 오고 있니? 30

(농부가 등장한다.)

안티고네 아니에요. 이 순간에 요구하는 게 무엇이든

말하세요. 그가 여기에 있으니까요.

오이디푸스 이방인이여, 나와 자신을 위해 눈 뜬

이 소녀에게 듣자하니, 때마침 도착해서

물어보시는군요. 우리 궁금증도 풀어 주려고……. 35

농부 내게 더 물어보기 전에 당장 이 자리를 떠나시오.

이곳은 사람이 들어가면 부정 타는 장소요.

오이디푸스 이 장소가 어디요? 어느 신에게 속한단 말이오?

농부 이 장소는 침범해서도 사람이 거주해서도 아니 되오. 이곳은

아주 무서운 여신들*에게 속하오. 대지와 어둠의 딸* 말이오. 40

오이디푸스 이름만 들어도 무섭군요. 그러면

어느 신들에게 기도해야 한단 말이오?

농부 만물 굽어보는 자비로운 여신들*로 이곳 사람들이

부르는데, 다른 곳에선 다른 이름으로 부르는 게 옳소.

오이디푸스 부디 신들께서 자비를 베풀어 이 탄원자를

받아 주십시오. 다시는 이 자리를 결코 떠나지 않을 테니까요. 45

농부 도대체 그게 무슨 말이오?

오이디푸스 그게 내 운명의 징표라오.

농부 도시의 명령 없이는 이 도시에서 당신을 쫓아낼 수 없소.

그전에 당신이 무엇을 하는지 보고해야 하오.

오이디푸스 제발, 이방인이여, 당신에게 말해 달라고 부탁한

50 정보를 거절하지 마시오. 보다시피 내 비록 떠돌이라 할지라도.

농부 말하시오. 나는 거절하지 않겠소.

오이디푸스 우리가 들어간 장소가 어디요?

농부 내가 아는 건 모두 들어서 알게 될 것이오. 이 지역은

전체가 신성한 장소요. 이 자리는 무서운 포세이돈 신이

55 차지하시고, 그 옆엔 불을 나르는 티탄* 프로메테우스가

자리하고 계시오. 당신이 발을 내디딘 장소는

청동 계단의 문턱으로

아테나이인들의 방벽이오.

여기 사람들은 저기 보이는 기사 콜로노스가

60 선조라는 사실을 자랑스럽게 생각하고 있소.

그래서 이 고장은 선조의 이름을 따서 콜로노스라

부르는 거요.* 그런 장소요, 이방인이여. 그저 전설이 아니라,

이곳 주민 우리 모두의 마음속으로 칭송하고 있소.

오이디푸스 이 장소에 살고 있는 사람들이 그런 사람들이오?

65 **농부** 그렇소. 그들은 콜로노스의 이름을 따서 제 이름을 지었소.

오이디푸스 통치자가 있소? 아니면 백성에게 결정권이 있소?

농부 이곳은 도시의 왕이 통치하고 있소.

오이디푸스 어느 분이 말씀과 무력으로 권력을 가지고 있소?

농부 테세우스라고 부르는데, 선왕 아이게우스의 아드님이오.

70 **오이디푸스** 당신이 그분에게 사절(使節)로 갈 수 있소?

농부 무슨 일로? 전갈이 있소. 당신을 위해 일정을 잡으라는 거요?

오이디푸스 작은 도움을 베푸시면 그분은 큰 이익을 얻게 될 것이오.

농부 제 앞도 못 보는 자에게 무슨 도움을 받는다는 거요?

오이디푸스 내가 하는 말은 모두 앞을 내다보고 있소이다.

농부 이방인이여, 해를 입지 않으려면 잘 새겨들으시오.   75
외양을 보아하니 좋은 가문에서 태어난 사람으로 보이니까.
당신 운명은 접어 두더라도, 처음 모습을 드러낸 장소에
머무르시오. 그동안 나는 도시가 아니라 이 고장 사람들에게
가서 이 사실을 알리겠소. 그들이 결정할 일이니까.
당신이 이곳에 머무를지, 다시 길을 떠나야 할지.   80

(농부가 퇴장한다.)

오이디푸스 애야, 그 이방인이 떠났느냐?

안티고네 떠났어요, 아버지. 무슨 말이든 편안하게
하세요. 저 혼자 있으니까요.

오이디푸스 (자비로운 여신들에게 기도하면서)
외모가 무서운 여주인들이시여,
처음으로 제가 이 땅에서 여러분의 자리에 다가갔으니   85
포이보스*와 저를 무심하게 대하지 마십시오.
그 많은 불행을 예언한 신이 말했습니다.
마지막으로 제가 이곳에 도착해
무서운 여신들의 자리에서 피난처를 발견할 때

이 장소에서, 오랜 세월이 지니 안식이 찾아오고

종착지에 도착해 고생스러운 삶을 마치는데,

저를 맞이한 사람들에게는 이익을 주고

저를 추방한 사람들에게는 멸망을 낳는다고

그 전조(前兆)로 지진이 일어나거나 천둥이 치거나

95 제우스 신의 번개가 번쩍이게 되리라고.

이제야 알겠습니다. 여러분이 믿음직한 전조를 보내

저를 이곳 숲으로 이끄신 게 분명합니다.

그렇지 않다면 여행 중에 정신이 말짱한 상태로,

포도주 마시지 않는 여러분*을 처음으로

100 만나지 않았을 겁니다. 더구나 벤 자국이 없는

이 엄숙한 자리에도 앉지 않았을 겁니다.

자, 여신들이여, 아폴론의 신탁에 따라 삶을 지나가

어떤 방식으로 끝내는 것을 제게 허락해 주십시오,

어떤 인간도 겪지 않은 가장 처절한 고통에 마치 노예처럼

105 줄곧 온몸 바친 제가 아주 하찮은 인간으로 보이지 않는다면.

자, 먼 옛날 어둠의 상냥한 따님들이시여!

자, 위대한 팔라스의 이름으로 불리며

가장 존경받는 도시 아테나이여!

인간 오이디푸스의 이 가엾은 몰골을

110 불쌍히 여겨 주십시오. 이것은 이전 내 모습이 아닙니다.

안티고네 조용하세요! 노인들이 다가오고 있어요.

아버지가 앉은 자리를 살펴보려 하나 봐요.

오이디푸스 짐작고 있으마. 길 밖으로 날 데려가

숲 속에 숨겨 다오, 사람들이 무슨 말을 하는지

모두 알아낼 때까지.   115

신중하게 행동하려면 잘 알아야 하니까.

(콜로노스 지역 장로들로 이루어진 코러스가 등장한다.)

(파로도스)*

코러스 보라! 도대체 누구인가? 어디에 있단 말인가?   (좌 1)

어디로 서둘러 길 밖으로 달아나 버렸는가?

그는 모든 인간들 중에서

가장 염치없는 자로다.   120

쳐다보라!

말해 보아라!

모든 곳에 물어보라!

떠돌이 부랑자,

떠돌이 노인네, 이곳 주민이 아닌 자여.   125

이곳 주민이라면 무시무시한 처녀들*의 숲 속,

금지된 장소에 발을 들여놓지 않았을 텐데.

그 여신들은

감히 이름을 부르지도 쳐다보지도 못하며

소리는 물론 아무 말도 없이   130

손경심을 품고

침묵 속에 입술을 움직여

그분들 옆을 지나가는데.

지금 불경한 인간이 이곳에 왔다고 말하는구나.

135 성지 주변을 내가 아무리 둘러보아도

도대체 그자가 어디에 있는지

아직도 볼 수가 없구나.

오이디푸스 여기에 있는 내가 바로 그자요. 사람들의 말처럼

목소리를 들어서 보기 때문이오.

140 **코러스** 아아, 아아!

외모가 무시무시하고, 목소리도 소름 끼치는구나!

오이디푸스 이 사람을 무법자로 보지 마시오. 부탁이오.

코러스 보호자 제우스 신이여, 도대체 이 노인네가 누굽니까?

오이디푸스 이 땅의 수호자들이여, 여러분이 부러워할

145 최고의 행복을 타고난 자는 결코 아니오.

증명하겠소.

그렇지 않다면 이렇듯 타인의 눈에 의지하여

걸어가지도 않고, 몸집이 큰 내가

작은 사람에게 매달려 있지도 않을 것이오.

150 **코러스** 아, 당신은 태어날 때부터 (우 1)

장님이었소?

오랫동안 불행한 삶을 산 것처럼 보이는군요.

하지만 그러한 저주를

내게는 옮기시 마시오.

너무 멀리, 너무 멀리 갔소이다.   155

하지만 여기 잔디 무성한 빈터는

침범하지 마시오.

그곳에선 반드시 정숙해야 하고

그곳은 한 사발 물이 꿀 음료와 함께

섞여 흘러가는 장소요.   160

불행한 이방인이여,

주의하시오. 그곳에서

물러나시오, 가시오!

더 멀리 떨어지시오.

오랫동안 고생한 떠돌이여, 내 말을 듣고 있소?   165

나와 대화하고 싶다면,

금지된 장소에서 나와

모든 사람에게 적법한 장소에서

말하시오. 그때까지는 삼가시오.

오이디푸스 애야, 어느 방향으로 생각해야겠니?   170

안티고네 아버지, 이곳 시민들의 관습에 따라

양보하고 복종하셔야 해요.

오이디푸스 그러면 날 꼭 잡아 다오.

안티고네 아버지를 건드리고 있어요.

오이디푸스 이방인들이여, 여러분을 믿고 움직이니   175

날 부당하게 대접하지 마시오.

코러스　노인장, 아무도 이 자리에서 강제로 데려가진 못할 서요.(좌 2)

오이디푸스　그러면 앞으로 더?

코러스　앞으로 더 가시오.

180　**오이디푸스**　앞으로 더?

코러스　애야, 그분을 더 앞으로 이끌어라, 넌 알아들을 수 있으니.

안티고네　따라오세요. 장님의 걸음걸이로 이쪽으로 따라오세요.

　　아버지, 제가 이끄는 곳으로요.

오이디푸스　ㅡ ㅡ ㅡ ㅡ

안티고네　ㅡ v v ㅡ v ㅡ

　　ㅡ v v ㅡ v ㅡ

오이디푸스　ㅡ v v ㅡ ㅡ*

코러스　오 불쌍한 사람. 낯선 땅에선

185　이방인 신세요. 도시가 싫어하는 관습은

　　그게 무엇이든 싫어하고, 도시가 소중히 여기는 것은

　　그게 무엇이든 존중하려고 노력하시오.

오이디푸스　그러면 애야, 너는 날 데려다 다오,

　　경건한 곳에 발을 들여놓게.

190　말하고 들을 수 있는 곳에.

　　그러하니 불가피한 상황과는 싸우지 말자꾸나.

　　(안티고네가 오이디푸스를 성스러운 숲 경계에 있는 바위로
　　천천히 이끈다.)

코러스 거기에! 자연바위 턱을 넘어 더는 발을 디디지 마시오.(우 2)

오이디푸스 이렇게 말이오?

코러스 그만하면 됐소. 내가 말한 대로요.

오이디푸스 앉는 거요?

코러스 그렇소. 옆으로 움직여

　　바위 모서리에 몸을 웅크리시오.　　　　　　　　　　　　　195

안티고네 아버지, 제게 맡기세요. 조용히 한 발 한 발 따라오세요.

오이디푸스 아아, 아아!

안티고네 연로하신 아버지의 몸을　　　　　　　　　　　　　200

　　제 다정한 팔에 기대시면서…….

오이디푸스 아아, 파괴적인 고통이여!

　　(오이디푸스가 바위에 앉는다.)

코러스 불행한 사람! 이제 편안한 자리에 앉았으니

　　말해 주시오, 도대체 당신은 누구요?

　　누구이기에 그토록 많은 고통을　　　　　　　　　　　205

　　짊어지고 이끌려 다니시오?

　　어디가 당신의 조국인지 알아도 되겠소?

오이디푸스 오 이방인들이여, 추방당했소이다. 하지만……. (종가)

코러스 노인장, 왜 말하지 않소?

오이디푸스 그러지 마시오, 내가 누군지 묻지 마시오.　　　　210

　　더 이상 캐묻지 마시오.

코러스 왜 그러시오?

오이디푸스 내 출생은 소름 끼치는 것이오.

코러스 말하시오.

오이디푸스 얘야, 아아, 어떻게 말해야 하지?

코러스 이방인이여, 말하시오. 어느 가문 출신이오?

215   당신 아버지 말이오.

오이디푸스 아아, 지금 무슨 일을 당하고 있니, 얘야?

코러스 말하시오, 당신은 궁지에 몰렸소.

오이디푸스 그렇다면 말하리다. 더 이상 숨길 수가 없구려.

코러스 뭘 더 머뭇거리시오. 빨리 말하시오.

220 **오이디푸스** 라이오스의 아들에 대해 알고 있소?

코러스 아아, 아아!

오이디푸스 랍다코스*의 가문에 대해서도?

코러스 오, 제우스 신이여!

오이디푸스 불행한 오이디푸스?

코러스 아니, 그자가 바로 당신이오?

오이디푸스 무슨 말을 하더라도 두려워 마시오.

코러스 아아, 아아!

오이디푸스 불행하도다!

코러스 아아!

225 **오이디푸스** 내 딸아, 이제 무슨 일이 일어날 것 같으냐?

코러스 멀리 떠나시오, 이 땅 밖으로.

오이디푸스 하지만 약속했소.

어떻게 지킬 것이오?

코러스 먼저 당한 고통을 보복하는 자는

운명의 벌을 받지 않을 것이오.   230

속임수가 다른 속임수와 대적하는 경우라면

그건 감사가 아니라 고통으로 보답하기 마련이오.

그러니 당신은 자리에서 일어나

서둘러 이 나라를 떠나시오.

당신이 우리 도시에   235

더 무거운 짐을 지울까 두렵소이다.

안티고네 공경하는 마음씨의 이방인들이여,

연로하신 저의 아버지가

고의로 하지 않은 일들에 대해 듣고

그분을 용납하지 못하신다면,   240

간청하건대, 적어도 이 불행한 사람을 동정해 주십시오.

이방인들이여, 불쌍한 아버지를 위해서

여러분에게 이렇듯 간청합니다.

마치 혈육이라도 되는 것처럼

장님이 아닌 눈으로   245

여러분의 눈을 바라보는

이 불쌍한 사람을 존중해 주십시오.

우리 불쌍한 사람들은 신과 같은 여러분의 손에 달려 있어요.

그러니 기대한 적 없는 은혜를 베풀어 주시기 바랍니다.

여러분이 소중하게 여기는 것은 무엇이나   250

그게 아이든 아내든 재신이든 어떤 신이든,

그 이름을 걸고 여러분에게 간청합니다. 자세히 살펴보아도

신이 재앙으로 이끈다면 피할 수 있는 사람은 없을 겁니다.

코러스 오이디푸스의 아이야, 알아 두어라.

255 네 불행 때문에 너와 네 아버지를 똑같이

동정한단다. 신들에게서 비롯된 것은 무엇이든 두려워하기에

지금 말한 것보다 더 많은 것을 약속할 수 없구나.

오이디푸스 평판이나 명성이란 것도 헛되이 흘러 사라져 버리니

도대체 무슨 이득이 있단 말이오?

260 아테나이가 신들을 가장 공경하고

핍박받는 이방인을 구하고

도와주는 유일한 도시라고* 사람들이 말하지만,

내 경우엔 그것들이 도대체 어디 있단 말이오?

여러분은 내 이름을 두려워해

265 이 자리에서 날 일으켜 세워 쫓아내려 하다니.

나라는 사람도 내 행동도 두려워하지 않고

부모에 대해서 말하자면

그 때문에 날 두려워하는 것인데,

내가 그 일을 했다기보다 겪었다는 것을 알아 두시오.

270 나는 잘 알고 있소. 내 본성이 어떻게 사악하단 말이오?

나는 공격받아 반격했을 뿐, 만약 알고서

그렇게 했더라도 사악한 인간은 되지 않았을 것이오?

사실 나는 아무것도 모르고 가던 곳으로 갔지만

그들은 내게 많은 고통을 주고 고의로 날 죽이려 했소이다.[*]

때문에 이방인들이여, 신들의 이름을 걸고 간청하는 것이오.   275

여러분이 날 일으켜 세운 것처럼 그렇게 날 구해 주시오.

신들을 존경한다면

결코 그들의 영광을 흐리게 하지 마시오.

신들께서는 경건한 자는 물론

불경한 자도 내려다보시고   280

그런 자가 신의 징벌을 피하지 못한다는 걸 믿어 주시오.

여러분은 신들의 도움을 받으며 불경한 일에 봉사하여

복된 도시 아테나이의 명성을 어둡게 하지 마시오.

탄원자가 맹세하면 그를 받아들일 때처럼

그렇게 날 보호하고 지켜 주시오.   285

내 비참한 몰골을 보고 무시하지 마시오.

나는 경건하고 공경하는 마음으로

이곳에 왔고 이곳 시민들에게 이익을 주려는 것이오.

이 나라의 통치자가 오면 누구든지 그는

모든 이야기를 들어서 알게 될 것이오.   290

그때까지는 잔혹하게 굴지 마시오.

코러스   노인장, 마음에서 우러난 당신 생각을

존중할 수밖에 없군요. 그 생각을 가벼운 말로

표현하지 않았으니. 그래서 이 나라 왕이

이 문제를 결정하는 것으로 만족하겠소.   295

오이디푸스   이방인들이여, 이 나라를 다스리는 분은 어디 계시오?

코러스 이 땅 신조들의 도시에 계시오. 이곳으로 날 보낸
사자가 그분을 데려오기 위해 떠났소.

오이디푸스 정말 그분이 나 같은 장님을 존중하고 배려하리라
생각하시오? 이곳까지 몸소 행차할 정도로……

코러스 그렇소. 그분이 당신 이름을 듣게 된다면.

오이디푸스 과연 누가 그 소식을 그분에게 전한단 말이오?

코러스 먼 길이오. 하지만 여행자들의 말은 떠돌기 마련이오.
만약 그분이 들으면 이곳에 올 것이오.
힘내시오, 노인장, 그대 이름은 모든 사람에게 널리 퍼져
있으니. 그래서 그가 깊은 잠에 빠져 동작이 느려도
당신 이름 들으면 벌떡 깨어나 이곳에 도착할 것이오.

오이디푸스 그분이 도착하면 그 도시와 내게 행운이 찾아오기를
비나이다. 고귀한 사람이야말로 자기 자신의 친구가 아니겠소?

안티고네 제우스 신이시여, 무슨 말을 해야 할까요?
아버지, 제가 지금 무슨 생각을 하고 있나요?

오이디푸스 내 자식 안티고네야, 무슨 일이냐?

안티고네 어떤 여자가 시칠리아산 나귀를 타고
우리에게 다가오는 모습이 보여요. 머리엔 햇빛을 가리는
모자로 얼굴을 덮었어요. 무슨 말 하는 거지?
그녀일까, 아닐까? 내가 착각하는 건가?
긍정도 부정도 못하겠어요. 뭐라고 말할지 모르겠어요.
가여운 신세,
다른 사람이 아니군요. 미소 지으며

다가와 날 반기고 있어요.

그녀는 분명 사랑하는 이스메네임이 틀림없어요.

오이디푸스 애야, 무슨 말이냐?

안티고네 아버지의 딸, 제 여동생을 보고 있어요.

이제는 목소리로 그녀를 알아볼 수 있어요.

(이스메네가 하인과 함께 등장한다.)

이스메네 아버지와 언니, 두 분에게 말하는 게

가장 즐거운 일이에요. 하지만 두 분을 찾는 일은

너무 어려웠어요. 눈물이 나서 바라볼 수 없어요. 마음이 아파요.

오이디푸스 우리 아가, 도착했니?

이스메네 아버지, 불쌍해서 바라볼 수가 없어요.

오이디푸스 애야, 드디어 왔느냐?

이스메네 고생하지 않은 건 아니에요.

오이디푸스 아가야, 내 손을 만져 다오.

이스메네 두 분 모두 어루만져요.

오이디푸스 아아, 내 새끼들.

이스메네 아아, 비참한 생활이에요.

오이디푸스 언니와 내 생활 말이냐?

이스메네 네. 제 생활도 말이 아니에요.

오이디푸스 애야, 어떻게 왔느냐?

이스메네 아버지가 걱정돼서요.

오이디푸스 날 그리워해시냐?

이스메네 네. 게다가 직접 전할 소식이 있어요.

　　가장 믿을 만한 하인과 함께 왔어요.

335 **오이디푸스** 너희 오라버니, 그 젊은 친구들은 어디에 있느냐?

　　고통을 나눠야 하는데.

이스메네 오빠들은 있는 곳에 있어요. 지금 두 사람이 처한

　　상황은 무시무시해요.

오이디푸스 두 녀석은 본성은 물론 생활 방식도

　　이집트 관습을 따르고 있구나.[*]

　　그곳에선 사내 녀석들이 집 안 베틀 가에

340 　　앉아서 일하지만, 그 배우자들은

　　늘 밖에서 노동하여 식량을 구해 온다지.

　　애들아, 이런 수고를 감당해야 할 두 녀석은

　　계집아이처럼 집이나 지키지만,

　　너희들은 두 녀석을 대신하여 이 불쌍한 아비를 위해

345 　　수고하는구나. 더 이상 어린아이로 돌보지 않고

　　몸에 근력이 붙자 한 아이는

　　불행하게도 연로한 아버지를 인도하며

　　나와 함께 늘 떠돌아다니는구나.

　　밥도 자주 굶고 거친 맨발로 숲 속을 헤매며

350 　　자주 비바람에 시달리고 태양의 열기에 그을리면서도

　　이 불쌍한 아이는, 아버지를 부양할 수만 있다면

　　안락한 집안 생활은 대수롭지 않게 여겼지.

애야, 너는 신에노 테바이 사람들 몰래

나에 대한 모든 신탁을 전하러

내게 왔었고, 내가 추방되었을 때는   355

내 믿음직한 보호자가 되었지.

그러면 이스메네야, 아비에게 무슨 소식을

가져왔느냐? 어떤 임무를 띠고 집을 떠났느냐?

나는 잘 알고 있단다, 빈손으로 온 게 아니라는 것을.

아마도 무슨 두려운 소식을 전하려는 게지?   360

이스메네   아버지, 어디에서 살고 계신지 알아내려고

고생했지만, 그 고생에 대해선 말하지 않고

그냥 지나가요. 또다시 말해서 두 번씩

고통을 주고 싶지 않으니까요.

하지만 지금 불운한 두 아들 주위에 재앙의 그림자가   365

드리워져 있다는 것을 전하려고 왔어요.

처음에 두 사람은 왕권을 크레온에게 넘기고

도시를 오염시키지 말자는 데 동의했어요.

아버지의 비참한 가문을 짓누르는,

종족의 오랜 멸망에 대하여 숙고했던 것이지요.   370

그러나 지금은 어떤 신이 충동하거나

두 사람이 마음으로 서로를 적대하고

삼중의 불행으로 얽힌 두 사람이 왕권과 권력을

차지하려 하기에 사악한 불화가 생겨났어요.

나이 어린 아들이 장남 폴뤼네이케스*의 왕위를   375

빼앗고 그를 고향에서 추빙해 비렸죠.

널리 떠도는 소문에 따르면, 폴뤼네이케스는

산으로 둘러싸인 아르고스 땅으로 도망가

새장가를 들고 함께 싸울 친구들을 얻어

380 명예롭게 카드모스의 땅을 차지하거나

테바이의 명성을 하늘까지 드높이려고 결심했대요.

아버지, 이건 단순한 말잔치가 아니라

정말 무서운 일이에요. 언제나 신들께서

아버지의 불행을 동정하실지 정말 알 수가 없어요.

385 **오이디푸스** 그러면 신들이 돌봐 주셔서

언젠가는 내가 구원되리라는 희망이 있느냐?

이스메네 네, 아버지. 최근 신탁에서 말예요.

오이디푸스 무슨 신탁이냐? 얘야, 신의 말씀이 무엇이더냐?

이스메네 언젠가 테바이 사람들은 자신의 안녕을 위해

390 아버지를 — 죽어 있든 살아 있든 — 찾아내려 한다는 거예요.

오이디푸스 누가 나 같은 사람의 도움으로 성공하겠느냐?

이스메네 그들의 권력이 아버지 손에 달려 있다고 하더군요.

오이디푸스 더 이상 살아 있지 않는데도, 그때도 내가 사람이라고?

이스메네 네, 신들이 과거에 아버지를 넘어지게 했지만 이제는

일으켜 세우려는 거예요.

395 **오이디푸스** 하지만 젊었을 때 넘어진 노인네를 일으키는 것은 보

잘것없는 일이겠지.

이스메네 하지만 아셔야 해요. 바로 그 신탁 때문에

머지않아 곧 크레온이 아버지를 찾아올 거예요.

오이디푸스 내 딸아, 그가 뭘 하려 한다고? 설명해 다오.

이스메네 그들은 카드모스땅 근처에 아버지를 잡아두려 할 거예요.

땅 경계는 밟지 못하게 하고 아버질 통제할 수 있는 곳 말예요. 400

오이디푸스 내가 국경 바깥에 누워 있다고 그들에게 무슨 이득이 될까?

이스메네 그 일이 잘못되면 아버지무덤은 그들에게 재앙이 될 거예요.

오이디푸스 신께서 말하지 않더라도 그 정도는 추측으로 알겠구나.

이스메네 그래서 그들이 아버지를 근처에 잡아 두려는 거예요.

아버지가 주인이 될 장소는 안 된다는 거죠. 405

오이디푸스 그자들이 테바이의 흙먼지로 날 덮으려는 것이냐?

이스메네 혈족의 피를 뿌렸으니 그건 허용되지 않아요, 아버지.

오이디푸스 하면 그들은 결코 나를 지배하지 못할 것이다.

이스메네 그것은 테바이 사람들에게 무거운 짐이 될 거예요.

오이디푸스 애야, 사태가 어떻게 변해서냐?

이스메네 그들이 아버지의 무덤에 대항할 때 아버지가 분노해서

그렇게 된대요.* 410

오이디푸스 애야, 지금 누구 말을 듣고 그리 말하는 것이냐?

이스메네 사절로 델포이의 화롯가를 방문하고 온 사람들에게서요.

오이디푸스 정말 아폴론께서 나에 대해 그렇게 말씀하신 거냐?

이스메네 테바이 땅에 돌아온 사절단이 그렇게 말했어요. 415

오이디푸스 그러면 내 아들 중엔 누가 그 신탁을 들었느냐?

이스메네 두 사람 모두 똑같이 들었어요. 아주 잘 이해한걸요.

오이디푸스 못된 녀석들 같으니. 그런 말을 듣고도

날 그리워하기는커녕 욍긴을 더 중히 여겼난 밀이냐?

이스메네   그런 말을 들으니 제 마음도 아파요. 하지만 참아야죠.

오이디푸스   그렇다면 신들께서 그들의 불화를

운명으로 정하셨으니

그 불길을 끄지 마시고

지금 그들이 창을 들고

매달린 전쟁의 승패가

내게 달려 있게 하소서.

425   그래서 지금 왕좌에 앉아 왕홀을 쥔 녀석은

남아 있지 않고, 망명한 녀석은 결코

귀향하지 못하리라. 이 아버지가

수치스럽게 조국 땅에서 추방되었을 때

녀석들은 이를 말리거나 막지도 않았고 녀석들 덕분에

430   난 뿌리째 뽑혀 쫓겨나 추방자로 공표되었지.*

내가 바라는 대로 도시가 그런 선물을

내게 주었다고 말할 수 있을까?

결코 그렇지 않다!

분노가 끓어오른 바로 그날,

435   난 돌에 맞아 사형되기를 간절히 바랐는데,

아무도 나서서 내 소망을 이루게 도와주지 않았어.

그런데 모든 고통이 다소 누그러지자

지나치게 분노한 나머지 지난 과오를 심하게

벌한 것을 깨달았지.

여러 해가 지나자 비로소 440

도시는 그 땅에서 날 강제로 추방했는데,

두 아들 녀석은 아비를 도울 수도 있었지만

그렇게 하려 하지 않았고 몇 마디 말이 부족해

나는 추방의 길에 올라 거지꼴로 늘 떠돌아다녔지.

이 두 여자아이에게서, 아직 어린 소녀지만 445

그들의 본성이 허락하는 한, 식량을 얻고

안전한 장소에 살며 가족의 도움을 받았던 것이지.

하지만 저 두 녀석은 아버지 대신

나라의 왕으로 왕홀을 휘두르는 쪽을 택했으니

두 녀석은 결코 나를 동맹군으로 얻지 못하고 450

테바이 왕권에서 아무 재미도 보지 못할 것이다.

나는 그것을 알고 있다.

이 아이에게 그러한 신탁을 듣고, 포이보스께서

마침내 이루셨던 과거 신탁을 해석해 보니 말이다.

그러하니 녀석들이 크레온이나 도시에서 455

권세 있는 자를 보내 나를 찾게 하라지.

이방인들이여, 만약 이 고장에 계신

무서운 어신들의 도움으로 날 보호한다면

여러분은 이 도시를 위한 위대한 구원자를 얻고

내 적들에겐 고통을 주게 될 것이오. 460

코러스 오이디푸스여, 당신과 두 딸은

동정받아 마땅하오. 그런 연설로

이 땅의 구원자가 되셨다고 나시니

당신에게 이로운 조언을 하고 싶소.

465 **오이디푸스** 친절한 분이여, 조언하시오. 당신이 요구하는 건 뭐든
하겠소이다.

코러스 이곳에 와서 신들의 땅을 밟았으니,

지금 그들을 위해 정화 의식을 올리시오.*

오이디푸스 어떤 방식으로 말이오? 이방인들이여, 설명해 주시오.

코러스 우선 항상 흐르는 샘물에서 성스러운 물을

470   경건한 손으로 길어 오시오.

오이디푸스 정결한 물을 길어 오고 나서는?

코러스 여기 솜씨 좋은 장인의 혼주 그릇들이 있소.

그 테두리와 양쪽 손잡이를 덮어 주시오.

오이디푸스 나뭇가지나 양털 옷으로, 아니면 어떤 방식으로?

475 **코러스** 새끼 양에서 새로 깎은 양털을 얻어다가 하시오.

오이디푸스 그러겠소. 그러고 나서 어떻게 마무리해야 하오?

코러스 동이 틀 때 동쪽을 향해 서서 제주를 부으시오.

오이디푸스 당신이 말한 이 동이들로 부어야 하오?

코러스 세 번 붓는데, 마지막 동이는 완전히 비우시오.

480 **오이디푸스** 무엇으로 채우는 거요? 그것도 가르쳐 주시오.

코러스 물과 꿀로. 하지만 술은 첨가하지 마시오.

오이디푸스 무성한 잎으로 그늘진 땅이 그것을 마시고 나면?

코러스 올리브 나무 잔가지 아홉 개를

세 번 그 위에 올려놓고 이렇게 기도하시오.

오이디푸스 그 기도를 듣고 싶소, 가장 중요한 것이니.   485

코러스 우리가 그들을 자비로운 여신들이라 부르는 것처럼,

여신들께서 자비로 탄원자를 받아들여 보호해 주십시오.

그렇게 간청하시오. 직접 하든가 아니면 누군가 당신을

대신하게 하시오. 나직이 말하되 고함을 질러서는 아니 되오.

그러고 나서 시선을 돌리지 말고 떠나시오.   490

그렇게 하면 나는 용기를 내어 당신 곁을 지킬 것이오.

그렇지 않다면, 이방인이여, 정말 당신을 염려할 것이오.

오이디푸스 딸들아, 너희들도 이 고장 이방인의 말을 들었느냐?

이스메네 네, 잘 들었어요. 저희가 어떻게 해야 할지 말해 주세요.

오이디푸스 나는 갈 수가 없구나. 힘에 부치고   495

앞도 보지 못하니 이중의 고통이로구나.

너희 둘 중 한 사람이 가서 제사를 지내라.

진심으로 성소에 다가가면, 한 사람이라도

많은 사람들 위해 충분히 빚을 갚을 수 있으리라 믿는다.

빨리 시작해라. 하지만 날 혼자   500

내버려 두지 마라. 이 몸은 혼자서나

안내자 없이는 거동조차 할 수 없으니.

이스메네 제가 가서 제사를 지내겠어요. 하지만 어니에서

그런 의식을 치러야 하는지 알고 싶어요.

코러스 애야, 이 숲의 저편이란다. 뭔가 필요한 게 있으면   505

그곳에 사는 사람이 너에게 가르쳐 줄 것이다.

이스메네 제가 가서 그 일을 하겠어요. 언니는 여기에

머무르며 아버지를 지켜 줘. 부모님을 위해 수고하더라도
그게 힘든 일이라고 기억해서는 안 돼.

(이스메네가 퇴장한다.)

510 **코러스** 이방인이여, 이미 오래전에 잠잠해진 불행한 사건을 (좌1)
다시 끄집어내는 것은 끔찍한 일이오. 하지만 알고 싶소.

오이디푸스 그게 무슨 말이오?

코러스 아무런 저항도 하지 못한 고통,
당신이 씨름한 그 고통 말이오.

515 **오이디푸스** 손님을 대접한답시고 내가 겪은 고통을
들추어내지 마시오. 그건 무자비한 일이니까.

코러스 그 이야기는 널리 퍼져 아직도 그칠 줄 모르오.
이방인이여, 한번 실감 나게 그 이야기를 듣고 싶소.

오이디푸스 아아!

코러스 제발, 내 부탁을 들어주시오.

오이디푸스 아아, 슬프도다.

520 **코러스** 내 말대로 하시오. 나도 부탁을 들어주었으니.

오이디푸스 이방인이여, 불행을 견뎠소. 내 의지로 견딘 것은 (우1)
신께서 증인이 되게 하시오. 하지만
어느 범죄도 스스로 선택한 건 아니오.

코러스 그런데 무엇과 관련해서요?

525 **오이디푸스** 사악한 결혼으로 도시가 나를, 아무것도 모르는 나를

176

결혼으로 말미암은 파멸에 묶은 것이오.

코러스 정말로 어머니가 — 내가 듣기로 —

수치스럽게도 침대를 나누어 쓴 것이오?

오이디푸스 아아, 그 말은 듣기만 해도 죽고 싶소.

이방인이여, 하지만 여기 두 아이는 나로······.   530

코러스 뭐라고 했소?

오이디푸스 두 아이가, 저주받은 것들······.

코러스 제우스 신이시여!

오이디푸스 내 어미의 산통으로 태어난 아이들이라오.

코러스 그러니까 그 아이들은 딸이자······.   (좌 2)

오이디푸스 아비의 누이들이오.*   535

코러스 아아!

오이디푸스 아아, 헤아릴 수 없는 고통이

계속해서 날 공격하는구나.

코러스 당신은 겪었는데······.

오이디푸스 잊을 수 없는 고통을 겪었다오.

코러스 그대는 했는데······.

오이디푸스 결코 하지 않았소.

코러스 어떻게 그렇소?

오이디푸스 내가 봉사한 대가로 특별한 선물을 받았소이다.*   540

불쌍한 자로다. 그 선물은 결코 받지 말았어야 했는데.

코러스 불행한 친구여, 그러면 무엇을? 살인을 저지른 것······.

오이디푸스 무슨 말이오? 뭘 더 알고 싶은 거요?

코러스 아버지를?

오이디푸스 아아, 고통이 두 배로구나! 두 번째 내려치는구려.

545 **코러스** 당신이 죽인 거요…….

오이디푸스 내가 죽였지만, 그 행위는 나로서는…….

코러스 무슨 말이오?

오이디푸스 정당한 측면이 있소.

코러스 어떻게 그렇소?

오이디푸스 내가 해명하리다.

광기의 힘에 사로잡혀 살인한 것이오.

법 앞에 난 결백하오. 알지 못해 그 지경에 이른 것이오.*

코러스 보시오, 여기 우리의 왕, 아이게우스의 아들

550 테세우스가 도착하셨소. 당신의 부탁에 불려 오신 것이오.

(테세우스가 등장한다.)

테세우스 라이오스의 아들이여, 당신을 알아보겠소.

두 눈이 파괴되어 피투성이가 되었다는 소식을

이미 오래전 여러 사람들에게 들었는데,

지금 여정을 마치고 당신을 직접 보니 더 확신하게 되었소.

555 복장이 허름하고 얼굴까지 훼손되어 있어

당신의 정체가 분명해졌기 때문이오.

불쌍한 오이디푸스여, 당신을 동정하며 물어보고 싶소.

당신과 두 불행한 동반자가

이 도시와 내게 무엇을 요구하러 왔소?

말하시오. 당신은 무슨 끔찍한 운명에 대해 560

말하고, 틀림없이 나는 그 운명에서

벗어나고 싶어 하겠지만.

잘 알고 있소. 나도 당신처럼 이방인으로 성장했고*

혼자 이국 땅에서 많은 위험에 대항해 목숨을 걸고 싸웠소.*

그래서 지금 당신과 같은 이방인도 565

외면하지 않고 도와서 구하고 싶소이다.

나는 한 인간에 불과하고 미래의 내 몫이

지금 당신의 몫보다 더 크지 않다는 것을 잘 알고 있소.

오이디푸스 테세우스여, 짧은 연설이지만 당신의 고귀한 성품이

엿보이니 조금만 말해도 되겠소. 570

내가 누구이고, 누가 내 아버지이며,

내가 어느 땅에서 왔는지 당신이 말했기 때문이오.

그러므로 내가 바라는 게 무엇인지만 말하면 되겠소.

이것으로 내 말은 끝났소.

테세우스 내가 잘 알 수 있도록 지금 말해 주시오. 575

오이디푸스 당신에게 이 비참한 육신을 선사하기 위해 왔소이다.

보기엔 볼품없는 선물일지 몰라도, 그것으로 얻게 될

이익은 보기에 좋은 선물보다 훨씬 더 클 것이오.

테세우스 어떤 종류의 이익을 가져왔다고 주장하는 것이오?

오이디푸스 장래에 알게 되겠지만 지금은 때가 아니오. 580

테세우스 그러면 당신의 선물은 언제 그 모습을 드러내게 되오?

오이디푸스 내가 죽고 나서 당신이 장례를 치르고 나면.

테세우스 당신은 삶의 마지막 순간에 받을 은혜를 요구하고
　　　그 사이의 은혜는 모두 잊거나 무시하는군요.

585　**오이디푸스** 그렇소. 그 은혜 속엔 다른 모든 것이 포함되어 있으니까.

테세우스 그러면 당신이 요구하는 호의는 정말 간단하군요.

오이디푸스 하지만 주의하시오. 그 분쟁은 결코 작은 게 아니오.

테세우스 당신 두 아들과 관련된 것이오? 아니면 누굴 말하는……

오이디푸스 두 녀석이 강제로 나를 그곳으로 데려갈 것이오.

590　**테세우스** 하지만 당신이 기꺼이 가길 그들이 바란다면? 망명이
　　　란 옳은 일이 아니오.

오이디푸스 하지만 나 자신이 그곳에 머무르고자 할 때 그들이 허
　　　락하지 않았소!

테세우스 어리석은 사람, 힘든 상황에 분노는 이롭지 않소.

오이디푸스 모든 것을 말한 후에 비난하고 지금은 삼가 주시오.

테세우스 말하시오. 그 문제를 판단해서도 비난해서도 안 되니까.

595　**오이디푸스** 테세우스여, 여러 차례 끔찍한 불행을 겪었소.

테세우스 당신 가문을 덮친 오래된 재앙에 대해 말하는 것이오?

오이디푸스 아니요. 그것은 모든 헬라스인이 말하고 있으니.

테세우스 그러면 당신이 겪은, 인간의 한계를 넘어선 고통은 무
　　　엇이란 말이오?

오이디푸스 내 사정은 다음과 같소. 자식 놈들이 내 땅에서 날

600　　　쫓아냈소. 게다가 나는 결코 고향으로 다시
　　　돌아갈 수 없소이다. 아버지를 죽였으니까.

테세우스 어째서 당신을 그곳에 데려가려는 것이오? 당신은 떨어져 살아야 하는데.

오이디푸스 그들이 그러도록 신의 말이 강요하게 될 것이오.

테세우스 그 신탁으로 무슨 고통을 겪을까 두려워하는 것이오?

오이디푸스 그들은 이 나라에게 두들겨 맞을 운명이라오. 605

테세우스 그러면 어떻게 그들이 내 나라를 괴롭힌단 말이오?

오이디푸스 존경하는 아이게우스의 아들이여,

오직 신들만이 노령을 알지 못하고 결코 죽는 법이 없소.

하지만 다른 모든 것은 전능한 시간이 파괴하고

나라의 힘도 몸의 기력도 쇠하며 610

신뢰는 죽어 가고 불신이 생겨나기 마련이오.

친구들 사이에 똑같은 기류가 오가지 않는 것처럼

도시들 사이에도 마찬가지라오.

이 사람들에게는 현재에, 저 사람들에게는 미래에

좋은 인간관계가 쓰디쓴 것이 되지만 또다시 회복되니까. 615

지금 당신과 테바이 사람들 사이에는

화창한 날씨가 지속되고 있지만

세월이 흘러 낮과 밤이 수없이 태어나면,

그 사이에 그들은 사소한 이유로

지금의 화목한 맹세도 창으로 부숴 버릴 것이오. 620

그러면 무덤에서 잠자던 내 시체가

비록 싸늘하긴 하지만 그들의 뜨거운 피를 마실 것이오,

제우스가 아직노 제우스시고 아폴론이 진실을 말하신다면.

그러나 선드러신 안 되는 걸 말하고 싶지 않으니, 말하기

시작한 곳에서* 멈추게 해 주시오. 하지만 약속은 지켜 주시오.

그러면 이 땅이 받아들인 오이디푸스란 자가

쓸모없는 거주자였다고 말하진 못할 것이오,

만약 신들께서 날 속이지 않으신다면.

코러스 왕이시여, 처음부터 이 사람은 이 나라를 위해

630 이런 말과 그와 비슷한 말로 분명히 약속했습니다.

테세우스 도대체 누가 이런 사람의 호의를 거절할 수

있겠소? 동맹자인 그를 위해

우리 땅의 화로는 항상 열려 있고,

그는 신들에게 탄원하는 자로 와서는

635 나와 이 나라를 위해 적지 않은 보답을 하고 있소.

나는 이런 일을 존중하기에 그의 호의를 거절하지 않고

그를 이 땅의 시민으로 정착시킬 것이오.

여기에 남는 게 이방인의 마음에 든다면 그를 보호하라고

그대*에게 명령할 것이오. 아니면 나와 함께 갈 수 있소.

640 오이디푸스여, 어느 것이 마음에 드는지

선택하시오. 당신의 결정을 따르리다.

오이디푸스 오 제우스 신이여, 이런 분들에게 행운을 주시기를.

테세우스 무엇을 원하시오? 내 궁전으로 가겠소?

오이디푸스 그것이 정당하다면. 하지만 여기가 바로 그 장소요.

645 **테세우스** 어디서 무엇을 하려는 거요? 반대하진 않을 것이오.

오이디푸스 여기에서 나를 몰아낸 자들을 무찌를 것이오.

테세우스 이곳에 있으면서 큰 선물을 준다는 말이군요.

오이디푸스 그렇소. 날 위해 약속을 지킨다면 말이오.

테세우스 내 약속은 걱정하지 마시오. 결코 배신하지 않으리다.

오이디푸스 정직하지 않더라도 당신이 맹세하게 하진 않을 것이오.   650

테세우스 내가 말로 약속한 것 이상은 받지 못할 것이오.

오이디푸스 그러면 어쩌려는 것이오?

테세우스 당신은 무엇이 가장 두려운 게요?

오이디푸스 남자들이 올 것이오.

테세우스 하지만 이 사람들이 돌보고 있소.

오이디푸스 주의하시오. 날 두고 떠날 때……

테세우스 내가 할 일에 대해 가르치려 하지 마시오.

오이디푸스 두려울 수밖에 없으니……   655

테세우스 내 마음은 두려움을 모르오.

오이디푸스 위협에 대해선 아는 게 없으니……

테세우스 나는 알고 있소, 누구도 내 의지를 거슬러

　　이곳에서 당신을 데려가지 못한다는 것을.

　　〔분노로 많은 말을 내뱉으며 헛되이

　　위협하지만, 정신이 스스로를 지배하면

　　위협은 사라지는 법이오.〕   660

　　혹시 그들이 대담해져 당신을 데려간다고

　　위협하더라도, 나는 잘 알고 있소,

　　그들이 건너야 하는 바다는 드넓고 항해하기도 어렵다는 것을.

　　그러하니 내 결심은 내버려 두더라도, 용기를 내라고

665 조언하셨소이다. 진실로 포이보스께서 당신을 보내셨다면.

비록 내가 이곳에 없더라도 내 이름 덕분에

당신은 부당한 대우를 받지는 않을 것이오.

(테세우스가 퇴장한다.)

(제1스타시몬)*

코러스 이방인이여, 준마의 고장,*   (좌 1)

지상에서 가장 선택받은 시골의 거처,

670 눈처럼 하얀 콜로노스에 도착했구나.

이곳에는 나이팅게일이 자주 찾아와

녹음 우거진 계곡 아래에서

맑고 나직하게 노래하고

포도주 빛 담쟁이덩굴과

675 디오뉘소스 신의 성스러운 나뭇잎 사이,

태양이나 겨울바람에

시달린 적 없는 곳에

살고 있구나.

이곳에는 디오뉘소스 신께서

680 신들린 유모들*과 함께

항상 춤추며 거닐고 있으시네.

184

이곳에는 예부터 위대한,   (우 1)

하늘 이슬 먹는 여신들*에게 바친 화환,

꽃송이가 아름다운 수선화와

황금처럼 빛나는 크로커스가 매일매일 만발하고 있구나.   685

케피소스 강*에서

흘러나온 샘물은

잠이 없으니 마르는 일 없고

강은 날마다 곡식의 성장을 재촉하며

오염되지 않는 물로   690

가슴 넓은 평원을 적시며 흐르고 있구나.

황금 고삐를 쥔 아프로디테 여신*과

합창단 이룬 무사 여신들도

이곳을 싫어하지 않으시네.

그러한 식물이   (좌 2) 695

아시아 땅과 펠로폰네소스* 땅에서

자란다는 말, 나는 들어 본 적 없구나.

인간이 심지 않은 나무,

저절로 자라고 적들의 창에겐 공포의 대상이며

이 땅에서 가장 번성하는 나무,   700

아이들 양육하는 녹갈색 이파리, 그게 바로 올리브 나무라네.

이 나무는 어떤 젊은이도

어떤 노인도 무력으로 파괴하여 없애지 못하리라,

올리브 나무 보호하는 제우스 신*과

705 눈이 반짝이는 아테나 여신께서

이 나무를 늘 지켜보시니.

내 어머니 도시를 위하여 　　　　　　　　　　(우 2)

또 크게 칭찬할 말 있구나.

힘센 말과 튼튼한 망아지, 바다의 힘은

710 위대한 신의 선물이자

이 나라의 가장 큰 자랑거리로다.

크로노스의 아들 제우스시여,

당신께서 이 도시를 명성의 옥좌에 앉히셨습니다.

포세이돈 왕이시여,

715 당신께서 처음으로 이 길에서

말을 길들이는 고삐를 만들어 주셨습니다.

놀랍도다. 솜씨 좋게 잘 저은 노(櫓)는

발이 백 개인 네레우스*의 딸들을

뒤쫓으며 날아가는구나.

720 **안티고네**　　오, 찬사로 가장 칭송한 나라여,

이제는 당신께서 저 빛나는 찬사가 옳다는 걸 보여 주십시오.

오이디푸스　　애야, 무슨 일이냐?

안티고네　　크레온이 우리에게

다가오고 있어요, 수행원도 함께, 아버지.

오이디푸스 오, 친애하는 노인장들이여, 이제 우리가

　　안전한 목적지에 도달했음을 내게 보여 주시기를.　　　　725

코러스 걱정하지 마시오, 보여 주겠소. 비록 내 나이가 많지만

　　이 나라의 힘은 늙지 않았소이다.

크레온 이 땅의 고귀한 주민들이여,

　　여러분의 눈빛을 보아하니, 내가 이곳에 들어서자

　　갑자기 공포에 사로잡힌 것 같소.　　　　730

　　하지만 나를 두려워하지도 내게 악담을 퍼붓지도 마시오.

　　이곳에 무슨 행동을 할 작정으로 오진 않았소.

　　나는 늙은이고, 그리스 땅에서 가장 부강한 도시에

　　— 그런 도시가 있다면 — 왔다는 것을 잘 알고 있소.

　　하지만 이 나이에도 여기 이 사람을 설득해　　　　735

　　나를 따라 카드모스인들의 땅에 가게 하려고 파견된 것이오.

　　나는 한 사람이 보낸 것이 아니라 모든 시민이

　　그렇게 하라고 명령한 것이오. 그의 친척인 탓에

　　어느 시민보다 그의 불행을 가장 슬퍼하기 때문이오.

　　자, 고난을 겪은 오이디푸스여, 내 말을 듣고　　　　740

　　집으로 돌아갑시다. 모든 카드모스의 백성이

　　정당하게 당신을 부르고 있는데, 특히 내가 그렇소이나.

　　노인이여, 내가 가장 사악한 인간이 아닌 이상

　　당신의 불행 때문에 비통해하고 있소.

　　당신이 비참한 망명자가 되어　　　　745

　　방랑자로 동반자 한 사람에게 의지해

생세 수단도 없이 떠돌고 있는 것을 보니까.

아아, 이 소녀가 이런 비참한 불행의 늪에 빠지게

될 줄이야, 나는 생각지도 못했소이다. 비참하게도

750   당신의 몸을 돌보느라 거지처럼 살면서

꽃다운 나이에 결혼도 하지 못하고

누구든 덤벼드는 자의 먹이가 되어 버렸구려.

아아, 불쌍한 내 신세! 나와 당신은 물론 우리 가족 모두에게도

쓰디쓴 비난을 퍼부은 꼴이 아니고 무엇이겠소?

755   하지만 명백한 사실은 숨길 수 없는 법. 오이디푸스여,

당신은 이제 조국 신들의 이름으로 내 말을 듣고

복종하시오. 당신 부친의 집과 도시로 기꺼이

돌아갑시다. 이 도시에는 정중히 작별 인사를 나누시오,

이 도시에는 그럴 자격이 있으니. 하지만 마땅히 고향 도시를

760   더 존중해야 할 것이오, 당신을 오랫동안 길러 주었으니.

오이디푸스   너는 무슨 짓이든 마다하지 않고 정당해 보이는

온갖 언사로 정교한 속임수를 짜내는구나.

왜 이렇게 또다시 날 잡으려 하는가?

그런 올가미에 걸리면 심한 고통을 겪을 텐데.*

765   과거 내가 자초한 불행으로 고통받으며

그 땅에서 추방되기를 진정으로 바랐지만

너는 내가 바랐던 호의를 베풀지 않았어.

하지만 내가 충분히 분노했으니

집에서 살고 싶었을 때

그때 날 놓아내 추방해 버렸지.　770

당시 너에겐, 우리가 친척이라는 사실이 중요하지 않았는데,

이제는 이 도시와 온 시민이 친절하게 거주자로 나를

영접하는 것을 보자 부드러운 말로 무자비한 의도를 감싸며

다시 나를 강제로 데려가려 하다니. 하지만 원치 않는

호의를 베풀다니, 도대체 이게 무슨 기쁨이란 말인가?　775

이를테면 네가 누군가에게 뭔가를 간절히 원할 때

그자가 아무 호의도 도움도 베풀지 않더니,

네가 원하는 것을 흡족하게 이루었을 때 그자가 베푼다면

그때의 호의는 더 이상 호의가 아니지.

그러면 그런 기쁨은 헛되지 않겠나?　780

그래서 네 제안은 말로는 좋아 보이지만

실제론 악의가 담긴 것이다.

네가 악한이라는 사실을 이곳 사람들에게 증명하겠다.

너는 날 집으로 데려가지 않고

국경 근처에 거주하게 하고　785

그래서 네 도시를, 이 나라가 위협하는

해악에서 벗어나게 하려는 것이다.

너는 바라던 것을 얻지 못하고

이곳에 늘 살아 있는 내 복수심만을 얻으며 두 아들 녀석은

내 땅에서 죽는 것, 그만큼을 유산으로 받게 되리라.　790

테바이의 사정에 대해 너보다 더 잘 알고 있지 않은가?

아니, 훨씬 너 잘 알고 있겠지! 분명한 전조를 보여 준

아폴론 신과 그 아비지 제우스 신 자신에게서 들어 알고 있으니
너는 거짓을 꾸며 대는 입, 예리한 혀를 가지고
795 이곳에 왔구나. 그런 말을 했으니
구원은커녕 더 큰 재앙을 얻으리라.
잘 알고 있다, 너를 설득할 수 없다는 것을. 가라!
내가 이곳에 살게 내버려 두어라. 이런 상황에서도
삶에 만족하면 내 삶은 그리 나쁘지 않을 것이다.

크레온   현재 논의에서 내가 네 행동으로 고통을 당한다고,
아니면 네가 네 자신의 행동으로 그렇다고 믿느냐?

오이디푸스   매우 기쁠 것이다. 만약 네가 날 설득하지 못하거나
여기 계신 분들도 설득하지 못한다면.

크레온   불쌍한 자, 세월이 흘러도 제정신을 차리지
805 못하는군. 나이를 먹으며 병을 키우는 거냐?

오이디푸스   너는 무섭게 혀를 잘도 놀리는구나. 하지만 매사에
말 잘하는 사람치고 정의로운 인간을 나는 본 적이 없다.

크레온   많은 말과 상황에 맞는 말은 서로 별개다.

오이디푸스   비록 짧지만 제대로 적절하게 말하긴 하는군.

810 크레온   너 같은 정신머리 가진 인간에겐 아니다.

오이디푸스   가거라! 나와 여기 있는 사람들을 위해 말한다.
날 지켜보며 감시하지 마라. 이곳은 내가 살아야 하는 장소니까.

크레온   너 말고 여기 이분들을 증인으로 삼겠다, 여기 내 친구들도,
네 답변에 대하여 말이다. 만일 내가 널 생포하면……

815 오이디푸스   누가 여기 동맹군의 의지를 거슬러 날 생포한다고?

크레온 정말 너는 고통받게 될 서다. 그런 일이 생기지 않더라도.

오이디푸스 무슨 짓을 하려고 그렇게 위협하는 것이냐?

크레온 두 딸아이 중 한 아이는 이미 잡아서 보냈고

　　다른 아이는 곧 잡아서 데리고 갈 것이다.

오이디푸스 아아!　　　　　　　　　　　　　　　　　　820

크레온 더 심하게 통곡하려무나.

오이디푸스 내 딸아이를 붙잡고 있느냐?

크레온 이 아이도 곧 잡아갈 것이다.

오이디푸스 오 친구들이여, 어떻게 할 것이오? 배반할 작정이오?

　　이 땅에서 저 불경한 자를 쫓아내지 않소?

코러스 이방인이여, 당장 물러나 돌아가시오. 지금 당신이

　　하는 짓은 옳지 않고 전에 한 짓도 마찬가지요.　　825

크레온 (부하들에게) 너희들이 이 아이를 강제로 끌고 갈 때다.

　　만일 이 아이가 자진해서 가지 않는다면.

안티고네 아아, 불쌍한 내 신세. 어디로 도망가야 하나요?

　　신들과 인간들에게서 무슨 도움을 받을 수 있나요?

코러스 무슨 짓을 하는 거요, 이방인이여?

크레온 이자에겐 손대지 않겠소. 오직 내게 속한 이 아이에게만…….　830

오이디푸스 이 땅의 주인들이여!

코러스 이방인이여, 당신의 행동은 옳지 않소.

크레온 옳은 행동이오.

코러스 어째서 그렇소?

크레온 내게 속한 여자아이를 데려가는 것이오.

오이디푸스 아아, 도시여! (좌)

코러스 뭐 하는 거요? 이방인이여! 그 아이를 놔주지 못하겠소?

835   곧장 주먹다짐으로 결판을 내야겠소.

크레온 물러서라!

코러스 그게 네 계획이라면 물러설 수 없다.

크레온 우리 도시와 전쟁을 하게 될 것이다, 날 조금 해치더라도.

오이디푸스 그렇게 될 거라고 내 이미 말하지 않았소?

코러스 당장 그 아이를 손에서 놓아주시오.

크레온 권한이 없는 일에 대해선 명령하지 마시오.

코러스 놓아주시오. 당신에게 명령하는 것이오.

840   **크레온** 나는 당신에게 떨어지라고 명령하는 것이오.

코러스 이곳으로 오시오, 어서 오시오. 주민들이여.

　　도시가, 이 나라가 폭행을 당하고 있소.

　　제발 부탁하니 이곳으로 오시오.

안티고네 끌려가고 있어요, 불쌍한 신세, 친구들이여, 친구들이여!

오이디푸스 (손을 휘저으며 찾는다.) 애야, 어디 있느냐?

안티고네 강제로 끌려가고 있어요.

오이디푸스 애야, 네 손을 내밀어라.

안티고네 힘이 없어요.

크레온 (자신의 경호원들에게)

　　당장 그 아이를 끌고 가지 못하겠느냐?

오이디푸스 아아, 처량한 신세로다. 비참하구나.

크레온 너는 이제 더 이상 두 단장*으로

192

길을 떠나지 못할 것이다. 감히 네 조국과 친구들을

이기려 들다니, 내 비록 왕이지만 그들의 명령을 받고   850

이런 일을 하는 것이다.

한번 이겨 보라지. 확신하건대, 세월 흐르면 깨닫게 될 것이다,

지금 네 행동은 물론 과거의 행동도 옳지 않았다는 것을.

친구들의 뜻을 거슬러 행동하고 분노의 노예로

자신에게 파멸을 부른 것이다.   855

코러스 거기 멈추어라, 이방인이여.

크레온 내 몸에 손대지 마라.

코러스 널 놓아주지 않겠다, 두 아이를 강탈했으니.

크레온 그러면 우리 도시에 더 큰 대가를 지불하게 될 것이오.

이 두 아이에게만 손을 대는 게 아니니까.

코러스 도대체 뭘 하려는 것이오?

크레온 이 눈먼 자를 붙잡아 끌고 가겠다.   860

코러스 당신 말은 충격적이오!

크레온 그 일은 당장 하겠다,

만약 이 땅의 통치자가 날 막지 못한다면.

오이디푸스 뻔뻔한 목소리! 정말 너는 내게 손을 대려 하느냐?

크레온 입 다쳐라.

오이디푸스 이곳 여신들이여,

네놈에게 퍼붓는 내 저주를 더 이상 막지 마시기를.   865

극악무도한 자여, 눈 없는 사람에게서

소중한 눈*을 강제로 빼앗아 버렸구나.

만물을 보는 헬리오스*께 기도하나이다.

네 종족도 나처럼 비참하게 살다가

870 늙어 버리기를.

크레온 이곳 주민들이여, 이 상황을 주시하고 있소?

오이디푸스 나와 널 주시하고 있으니 그들도 잘 알고 있다,

내가 행동으로 고통 당하나 말로는 네놈에게 대항한다는 걸.

크레온 더 이상 분노를 억제하지 못하겠구나. 내 비록 혼자이고

875 나이 들어 느리더라도 이자는 끌고 갈 것이다.

오이디푸스 아아, 불쌍한 내 신세여! (우)

코러스 이방인이여, 작심하고 그런 짓을 하겠다니, 얼마나 오만

방자한 태도로 이곳에 왔소?

크레온 그래도 된다고 생각하오.

코러스 그러면 이곳은 더 이상 국가가 아니오.

880 **크레온** 정의의 이름으로 약자도 강자를 이길 수 있는 법이오.

오이디푸스 이 작자가 무슨 말을 하는지 들어 보시오.

코러스 그자는 성공하지 못할 것이오.

"제우스 신께서 제 증인이 되어 주소서."

크레온 제우스 신은 그걸 아시지만, 너는 모르는구나.

코러스 이건 정말 모욕이로구나.

크레온 모욕이라고? 하지만 너는 견뎌야겠지.

코러스 오 모든 시민들이여, 이 땅의 통치자여,

885 어서 오시오, 서둘러 오시오. 저자들이 지금 국경을 넘으려 하오.*

(테세우스가 시종들과 함께 등장한다.)

테세우스 이게 무슨 소란이오? 무슨 일이오?

도대체 무엇이 두려운 것이오?

제단에서 콜로노스의 수호자 바다의 신에게 희생 제물을

바치려는데, 방해가 되었으니. 내가 모든 걸 알게 말해 주시오,

왜 내가 편한 걸음보다 더 빨리 이곳으로 달려온 것인지. 890

오이디푸스 소중한 친구여, 당신 목소리를 듣고 있소.

조금 전 이 작자에게 끔찍한 일을 당했소이다.

테세우스 어찌 된 일이오? 누가 당신을 해치려 했소? 말해 주시오.

오이디푸스 저기 보이는 크레온이오. 저자가 내 유일한 자식,

두 딸아이를 내 품에서 강탈해 갔소이다. 895

테세우스 무슨 말이오?

오이디푸스 들은 대로요. 그런 일을 당했소이다.

테세우스 (시종들에게) 너희들 중 한 사람은

가능한 한 빨리 그곳 제단으로 가서 모든 백성들에게

명령해라. 제사를 중단하고 상인들이

자주 다니는, 두 갈래 길이 만나는 곳*으로, 900

말을 타든 아니든 전속력을 다해 서둘러 가게 하라.

두 여자아이가 그곳을 지나가면, 마치 폭행을 당한 꼴로

나는 여기 이방인 친구에게 웃음거리가 될 것이다.

명령했으니 서둘러 가거라. (크레온을 향해) 이 작자에 대해선

그에게 분노하는 것이 정당한 일이라면 905

나는 그가 내 손에 무시히게 내버려 두지 않겠소.

사정이 그러하니 그는 자신이 행사한

강제의 법*에 따라 처벌받게 될 것이오.

두 여자아이를 데려와 내 눈앞에 보여 주기 전까진

910   당신은 결코 이 땅을 떠날 수 없을 것이오.

내게는 물론 당신 가문과 나라에도

수치스러운 일을 저질렀기 때문이오.

모든 일을 법대로 처리하고 정의를 지키는

나라에 와서 이 나라 정부를 무시하고

915   이렇게 침입하여 원하는 것을 가져가고

더구나 무력으로 그것을 예속시켰소.

참으로 이 도시엔 남자들이 없고 노예들만 살며

나 같은 사람은 아무것도 아니라 여기고 있소!

하지만 테바이가 악한이나 되라고 당신을 가르치지 않았고

920   불의한 인간을 기르는 일은 테바이인들의 관습이 아니니까.

만약 나와 신들의 재산을 약탈하고

강제로 탄원자들을 끌고 가려 했다는 사실을 안다면

그들은 당신 행동을 칭찬하지 않을 것이오.

나는 결코 당신 나라에 발을 들여놓지 않을 것이오.

925   그 이유가 아무리 정당하다 하더라도

그 나라의 통치자 — 그가 누구든지 — 의 허락 없이는,

사람을 데려가거나 끌고 가는 일도 없을 것이오.

그렇게 하지 않고 시민들과 만날 때 이방인이 어떻게

196

잘 알고 있을 것이오. 하지만 당신은 부당하게도

자기 나라를 부끄럽게 하고 나이 든 노인이 되어　　　　930

정신마저 온전하지 않소이다.

앞에서도 말했고, 지금도 말하는 바이오.

당장 여자아이들을 이곳에 데려오게 하시오,

만약 당신이 자기 의지와는 다르게

강제로 이 땅의 거주자가 되고 싶지 않다면.　　　　935

이렇게 내 입으로 본심을 당신에게 말했소이다.

코러스　이방인이여, 지금 어느 지경인지 아시오? 가문만 보면

정의로운 사람으로 보이지만, 나쁜 짓을 저지르다 걸린 것이오.

크레온　아이게우스의 아들이여, 나는 이 도시에 남자가 없다고

말하지 않았소. 또 당신 말처럼, 내가 어리석은 짓을　　　940

한 것도 아니오. 하지만 여러분이 내 의지를 거슬러

내 친척을 부양할 정도로 그렇게 열의를

보여 주지는 않으리라 믿었던 것이오.

또 나는 여러분이 부친 살해자를

받아들이지 않으리라 확신했소. 더구나 부정(不淨)한 자,　　945

어미와 관계해 자식을 낳아 결혼을 더럽힌 자를 말이오.

그것이 바로, 내가 알기로, 당신 땅의 아레스 언덕*이 보여 주는

지혜라고 생각하오. 그러므로 이렇게 오염된 부랑자들이

도시에서 함께 사는 것을 허락해서는 안 될 것이오.

이 점을 잘 알고 이 먹이를 내 손안에 넣은 것이오.　　　　950

만일 이 작자가 나와 내 종족에게 쓰디쓴 저주를 퍼붓지

않았다면 그런 짓은 하지 않았을 것이오.

그런 일을 겪어서 이렇게 되갚아 주어야 한다고 생각한 것이오.

〔죽기 전까지 분노에는 나이가 없지만

955   죽은 자에겐 아무런 고통도 뒤따르지 않는 법이오.〕

사정이 이러하니 하고 싶은 대로 하시오.

비록 내 항변이 정당하더라도, 지금 나는 혼자이고

아무런 권력도 없으니까. 하지만 당신이 하려는 행동에

— 비록 내 나이 많지만 — 언젠가는 맞서 대항할 것이오.

960   **오이디푸스**   저 수치를 모르는 오만함이여, 너는 지금 노인인

날 모욕하는 것이냐, 아니면 너 자신을 모욕하는 것이냐?

너는 살인, 결혼, 재앙 운운하며 네 입으로

지껄이지만, 그런 일은 내가 불쌍하게도 고의가 아니라

오히려 고통을 겪은 것이다. 그것은 예부터 우리 가문에 분노한

965   신들의 마음에 들었기 때문일 것이다.

너는 내게서 그 과실(過失)에 대한 어떤 비난거리도

찾아내지 못할 것이다, 비록 내가 그 과실로 인해

나 자신과 내 부모에게 죄를 지었지만.

자, 말해 다오. 만약 신께서 자식 손에 죽게 된다고

970   아버지에게 신탁을 내렸다면,

네가 나를 비난하는 게 어찌 정당한 일일까?

그때 아버지는 나를 낳지도 않았고

어머니가 나를 잉태하지도 않아 난 태어나지도 않았는데.

나는 실제로 그처럼 불행하게 태어나서

아버지와 싸움에 휘말려 그를 죽였지만,   975

만약 무슨 짓을 하고 누구에게 그러는지 몰랐다면,

어떻게 고의가 아닌 내 행동을 설득력 있게 비난하겠느냐?

비열한 놈, 네 누이인 어머니와 결혼한 것을

인정하도록 날 압박하다니 부끄럽지도 않느냐?

그게 어떤 결혼인지 말하겠다. 네놈이 불경한 주둥이를 놀려   980

여기까지 왔으니 더 이상 침묵하지 않겠다.

그래, 그녀가 날 낳았어, 날 낳았다고. 아아, 슬프도다.

나도 그녀도 몰랐다. 그녀는 날 낳고 나서도

수치스럽게 내게 자식들을 낳아 주었지.

하지만 이것 하나는 분명히 알고 있다,   985

네놈이 고의적으로 그녀와 나를 비방한다는 것을.

나는 무지로 그녀와 결혼했고, 지금은 마지못해 하는 말이다.

그러한 결혼을 했고 날 아버지의 살인자라고

부르며 계속해서 매섭게 비난하더라도

내가 사악하다는 것을 증명하진 못할 것이다.   990

너에게 질문하니, 이 한 가지만은 대답해라.

만일 지금 여기 어떤 사람이 네 옆에 다가와

아무 잘못 없는 너를 죽이려 한다면 너는 이 작자가

아버지인지 물어보겠느냐, 아니면 곧장 반격하겠느냐?

추측하건대, 네가 살고 싶다면 그 범인에게 보복을 가하고   995

그게 올바른 행동인지에 대해선 생각하지 않을 것이다.

정말로, 신들에 이끌려 그리한 불행 속으로

빠져 들어간 것이다. 그래서 아버지 영혼이 다시

살아온다 해도 내 말을 반박하진 못할 것이다.

1000   하지만 넌 정의롭지 않으니까, 할 말 못할 말

무슨 말이든 말하는 것을 좋다고 생각해

여기 사람들 앞에서 날 비난하는구나.

그리고 너는 테세우스 앞에서 아첨하기 좋아하고

도시 아테나이가 잘 통치되고 있다고 알랑거리며

1005   그렇게 많은 것을 칭찬하지만, 잊고 있는 사실이 하나 있구나.

만약 어느 나라가 제사로 신들을 공경할 줄 안다면

바로 이 나라가 그러한 점에서 우월하다는 것을 말이다.

이 나라에서 너는, 나이 많은 탄원자임에도

나를 학대하고 심지어 두 딸아이까지 납치했구나.

1010   때문에 지금 나는 이들 여신들을 부르며 탄원하고

내 조력자와 동맹자로 오시라고 기도하며

요구하는 것이다. 그래서 어떤 사람들이 이 도시를 수호하는지

똑똑히 알게 될 것이다.

코러스   왕이시여, 여기 이방인은 좋은 사람입니다. 그의 운명은

1015   비록 기구하지만 그는 우리가 보호해야 할 사람입니다.

테세우스   그 정도 말로 충분하오. 유괴한 자들이 서둘러 달아났고

우리는 이렇게 서서 당하고만 있으니.

크레온   이 허약한 노인에게 무슨 명령을 내리는 것이오?

1019   **테세우스**   그곳으로 가는 길을 보여 주시오. 다른 사람이 아닌*

내가 당신을 직접 호송할 것이오. 나는 질 알고 있으니까.   1028

방금 전 대담한 짓을 했는데, 만약 부하도 없고 무장도 갖추지

않았다면 당신은 그런 난폭한 짓을 하지 못했을 것이오.

그런 짓을 시작한 걸 보면 뭔가 믿는 구석이 있기 마련이오.

이 점에 유의하고, 이 도시를 한 인간보다

나약하게 만들지 말고   1033

앞장서시오. 이 지역 어딘가에 우리 아이들을 억류하고 있다면   1020

당신이 직접 내게 보여 줄 수 있는 곳으로 말이오.

만약 그들이 아이들을 제압해 도주하고 있다면,

수고할 필요가 없을 것이오, 다른 사람들이 서둘러 추격하니까.

이들을 피해 이 나라에서 도주해 신들께 감사 기도를 올리는

일은 없을 것이오.

자, 길을 안내하시오. 잡는 자는 잡히고 운명이 사냥꾼인   1025

당신을 포획한다는 것을 알아 두시오. 불의한 속임수로

취한 것은 그게 무엇이든 유지하지 못하는 법이오.   1027

내 말을 좀 이해하겠소. 아니면 당신이 계략을 꾸밀 때   1034

말했던 것처럼 지금도 헛되이 말한 것이오?   1035

크레온   여기 있는 동안 당신이 내게 하는 말은 모두 틀림없소.

하지만 우리 땅에선 우리도 해야 할 일을 알게 될 것이오.

테세우스   마음껏 위협하시오. 지금은 갑시다, 오이디푸스여.

당신은 이곳에서 편안히 머물러 있으시오. 굳게 믿어 주시오.

내가 먼저 죽지 않는 한, 당신의 손에 아이들을   1040

넘겨줄 때까지는 결코 쉬지 않을 것이오.

오이디푸스 테세우스여, 부디 복 빈으시기를. 당신은 고귀한
　　　성품을 지니고 정의로운 열의를 우리에게 보여 주셨으니.

(테세우스와 그의 시종들이 크레온을 데리고 퇴장한다.)

(제2스타시몬)*

코러스 내가 그곳에 있다면!　　　　　　　　　(좌 1)
1045　　당장 적들이 몸을 돌려
　　　청동 소리 요란한 전쟁과
　　　섞이는 곳에
　　　퓌토의 해안가*든
　　　횃불로 환한 해안가*든
1050　　그곳 여신들은 사람들 위해
　　　엄숙한 제의를 주재하시고
　　　에우몰포스의 아들*이
　　　사람들 입에 황금 자물쇠를
　　　채워 놓았다네.*
1055　　여기 전쟁 일으키는 테세우스가
　　　이 영토 안
　　　두 처녀 자매에게도
　　　충분한 도움을 주시리라 믿습니다.

그들은 하마노 오이아*의 초지에서　　　　　　　　(우 1)

서쪽의 눈 덮인 하얀　　　　　　　　　　　　　　　　1060

바위산*을 향해 다가가고

말을 타거나 경주 전차를 타고

도망가고 있으리라.

크레온은 잡힐 것이다.

콜로노스 주민은 투지가 강하고　　　　　　　　　　　1065

테세우스의 용사들은 힘이 무시무시하도다.

모든 고삐가 눈부시게 빛나며

모든 기사들은 고삐를 늦추어

서두르고 있으니. 그들 모두

말을 돌보는 아테나 여신과　　　　　　　　　　　　1070

레아의 소중한 아드님이고

대지를 둘러싼

바다 신*을 경배한다네.

그들은 지금 싸우고 있는가, 아니면 기다리고 있는가? (좌 2)

마치 구혼하듯 마음이 내게 예언하는구나.　　　　　1075

두 처녀가 무서운 일을 겪고

친척들에게 학대를 당했지만

그들의 고통은 곧 사라지리라.

이날 제우스 신께서 이루시리라. 이루시리라.

이 진쟁의 승리를 예언하노라.　　　　　　　　　　1080

내가 바람처럼 빠르고
강력한 날개 가진 비둘기라면
저 높다란 구름 위로 올라가
이 전투를 내려다보고 싶구나.

1085   신들의 통치자시고 만물을 보시는   (우 2)
제우스 신이시여,
이 땅의 수호자들이
매복하여 의기양양하게 무력으로
사냥감을 잡을 수 있게 해 주소서,
1090   당신의 엄숙한 따님 팔라스 아테나 여신도.
사냥을 돌보는 아폴론 신이시여,
그분의 자매, 발이 잰 얼룩무늬 암사슴의 동반자
아르테미스 여신이시여,
두 분이 함께
1095   이 땅과 시민들을 도와주소서.

오, 떠돌이 이방인이여, 당신의 보호자가
거짓 예언자라고 말하지 못할 것이오. 이렇게 두 아이가
호위를 받으며 가까이 다가오는 것이 보이니까.

오이디푸스 어디, 어디? 무슨 말이오? 뭐라고 했소?

(안티고네와 이스메네가 테세우스와 함께 등장한다.)

안티고네   아버지, 아버지!
      아버지가 여기 훌륭하신 분을 보도록 어떤 신께서 허락해   1100
      주실까요? 이분께서 우리를 아버지에게 데려다 주셨어요.
오이디푸스   아가들아, 너희 둘 다 이곳에 있느냐?
안티고네   네, 테세우스와 그분의 시종들이
      무력으로 우리를 구해 주셨어요.
오이디푸스   아가들아, 이리 오너라! 너희들을 안게 해 다오.
      너희들이 다시 돌아오리라고 기대하지 못했단다.   1105
안티고네   바라시는 대로 이루어질 거예요. 우리가 바라니까요.
오이디푸스   도대체 어디 있느냐, 어디에?
안티고네   우리 모두 가까이 다가가고 있어요.
오이디푸스   오, 사랑하는 내 새끼들.
안티고네   부모에게 모든 자식은 소중하지요.
오이디푸스   이 못난 인간을 받치는 단장……
안티고네   불행한 사람의 불행한 단장이죠.
오이디푸스   가장 소중한 것들을 붙잡고 있구나. 죽을 때 너희들이   1110
      내 곁을 지켜 준다면 나는 비참한 인간이 되진 않을 거야.
      애들아, 내 양 옆구리에 몸을 가까이 붙여
      이 아비에게 꼭 안겨라.
      불행한 납치로 버려진 자에게 휴식을 다오.
      그리고 되도록 간단히 그 사건에 대해 내게 말해 다오.   1115

너희 나이엔 짧게 몇 마디 하는 것으로 충분하니까.

안티고네   이곳에 저희들을 구해 주신 분이 계세요. 아버지,

그분의 말씀을 들으셔야 해요. 그러면 제 말은 짧아질 거예요.

오이디푸스   친구여, 놀라지 마시오. 뜻밖에 나타난 아이들과

1120   긴 대화를 나누려 했다면 말이오.

이 아이들을 보고 기뻐하는 일이

바로 당신 덕분이란 걸 잘 알고 있소.

다른 사람이 아닌 바로 당신이 이 아이들을 구했소.

내가 바라는 것을 신들께서 당신에게 허락해 주시길,

1125   당신과 이 나라를 위해. 사람들 중에서 오직

당신만이 경건하고 공평하며

거짓 없이 말한다는 것을 알기 때문이오. 알면서

이러한 찬사로 그 일에 대한 은혜를 갚으려는 것이오.

다른 사람 아니라, 당신 덕분에 내가 가진 것을 갖게 되었소.

1130   왕이시여, 오른손을 내게 내밀어 주시오. 그 손을 어루만지고,

허락된다면 당신 얼굴에도 입 맞추고 싶소.

그런데 무슨 말을 하고 있지? 불행한 자로 태어난 주제에

온갖 불행으로 더럽혀진 자를 만져 보라고

어찌 당신에게 바랄 수 있단 말인가? 난 그걸 바랄 수도 없고

1135   그렇게 허락할 수도 없소. 이러한 일을 겪어 본 사람들만이

이 불행을 함께 나눌 수 있기 때문이오.

당신이 서 계신 곳에서 내 인사를 받아 주시오. 앞으로는

지금까지 해 준 것처럼 정의롭게 날 보살펴 주시오.

테세우스　당신이 여기 딸자식들을 만나 기뻐한 나머지

　　길게 대화를 나누었다 해도 전혀 놀랍지 않소.　　　　　　1140

　　또 내 말보다 먼저 그들의 말에 귀를 기울였다 해도

　　마찬가지요. 그런 일로 마음이 무겁지 않소.

　　말보다는 행동으로 내 삶을

　　빛나게 하려고 노력하기 때문이오.

　　노인장, 당신에게 맹세한 것들 중 어느 하나　　　　　　　1145

　　어긴 적 없다는 것을 증명할 수 있소. 납치당하고 나서

　　살아서 무사히 아이들을 데리고 왔기 때문이오.

　　그리고 어떻게 승리했는지 헛되이 자랑할 필요가 있겠소?

　　그 일은 아이들과 함께 지내며 직접 알게 될 것이오.

　　그런데 내가 이곳으로 올 때, 방금 전에 들은　　　　　　1150

　　소식이 하나 있는데. 그 소식에 대해 의견을 말해 주시오.

　　그 일은 간단히 말할 수 있지만 놀랄 만한 일이기 때문이오.

　　인간은 어떤 일도 가볍게 여겨서는 안 되는 법이오.

오이디푸스　아이게우스의 아들이여, 무슨 일이오? 설명해 주시오.

　　당신이 무엇에 대해 물어보는지 전혀 알지 못하니까.　　　1155

테세우스　사람들이 말하길, 테바이에서 살지 않지만,

　　당신의 친척이 포세이돈 신의 제단에 앉아

　　탄원하고 있다고 하오. 출발할 때

　　내가 제사를 지낸 장소 말이오.

오이디푸스　그자는 어디에서 왔소? 탄원하여 얻으려는 게 무엇이오?　1160

테세우스　내가 아는 건 오직 한 가지뿐이오. 사람들이 내게 말하길

그 사람은 부담 없이 당신과 대화를 나누고 싶다고 하오.

오이디푸스 무슨 말? 사소한 대화는 탄원자의 자리에 어울리지 않소.

테세우스 그 사람은 단지 당신과 대화를 마치고 나서

1165 무사히 돌아가는 것을 바랄 뿐이라고 하오.

오이디푸스 탄원자가 과연 누구란 말이오?

테세우스 당신에게 그런 호의를 요구할 만한 친척이

아르고스에서 왔는지 잘 생각해 보시오.

오이디푸스 친구여, 더 이상 말하지 마시오.

테세우스 무슨 일이오?

오이디푸스 묻지 마시오.

1170 **테세우스** 무슨 일이오? 말해 주시오.

오이디푸스 그 말을 듣고 나니 탄원자가 누군지 잘 알겠소.

테세우스 도대체 그자가 누구요? 내가 비난해야 할 사람 말이오.

오이디푸스 내 아들이오, 왕이시여. 가증스러운 녀석! 누구보다

녀석의 말을 듣는 게 너무 고통스러워 참을 수가 없소.

1175 **테세우스** 왜 그렇소? 듣기만 하고 원치 않는 일은 하지 않으면

되지 않소? 그 말을 듣는 게 왜 그토록 고통이 되는 것이오?

오이디푸스 왕이시여, 녀석의 목소리는 이 아비에겐 가증스럽기

짝이 없소. 그러하니 나더러 양보하라고 강요하지 마시오.

테세우스 하지만 탄원의 자리를 존중하는 의무는 없는지

1180 잘 생각해 보시오. 아마도 당신은 신들을 공경해야 할 것이오.

안티고네 아버지, 조언하기엔 비록 제 나이가 어리지만 제 말을

들으세요. 여기 이분께서* 제 마음을 만족시키고

바라는 대로 신의 마음도 만족시키게 해 주세요.

제 말을 들으시고 오라버니를 이곳에 오게 하세요.

안심하세요. 오라버니가 불리한 말을 한다 해도　　　　　1185

아버지의 결심을 흐리게 하지는 못할 거예요.

그의 말을 듣는 게 뭐 그리 큰 피해가 되겠어요?

사악하게 꾸민 일은 말로 드러나게 마련이지요.

아버지는 오라버니를 낳으셨으니, 그가 아버지에게

가장 불경스러운 짓을 했다고 해도, 아버지,　　　　　　1190

악을 악으로 갚는 것은 옳은 일이 아니에요.

오라버니의 탄원을 존중하세요. 다른 사람들도

악한 자식들이 있고 성마른 성격도 친구들이 충고하고

달래면 타고난 본성이 부드러워진답니다.

현재가 아니라 과거를 생각해 보세요.　　　　　　　　1195

아버지의 부모 때문에 겪은 고통에 대해서 말예요.

그 고통을 잘 관찰하면 격한 분노가 얼마나

불행한 결말을 낳는지 알게 될 거라고, 저는 확신해요.

아버지에게는 이 점을 숙고할 중요한 이유들이 있어요!

두 눈이 없어서 보지 못하시니까요.　　　　　　　　　1200

자, 제 말을 들으세요. 선의를 가진 자가 귀찮게

조르는 일은 옳지 않아요. 또 호의를 받고서도

그에 대해 보답하지 않는 일도 옳지 않아요.

오이디푸스　애야, 너와 그분이 말로 날 이겼구나. 두 사람에게

기쁜 일이 내게는 고통스럽구나. 두 사람이 좋을 대로 하시오.　1205

(테세우스에게) 다만, 친구여, 그자가 이곳에 오면

어느 누구도 내 목숨을 마음대로 다루지 못하게 해 주시오.

테세우스　노인장, 그런 말은 한 번으로 됐소. 두 번 듣고 싶지 않소.

뽐내고 싶진 않지만, 당신이 안전하다는 것을 명심하시오.

1210　만약 어느 신께서 날 안전하게 지켜 주신다면.

(제3스타시몬)*

코러스　적당한 수명에 만족하지 않고　　　　　　　(좌)

더 오래 살고 싶어 하는 자,

누구나 분명 어리석은 자로

보이는구나.

1215　세월이 흐르면 많은 일들이

고통 가까이 쌓이게 마련이니

어떤 이가 너무 오래 살면

어느 곳에 즐거움이 있는지

찾을 수 없으리라.

1220　모든 것에 똑같이 종말을 가져다주는 구원자,

죽음이 마침내 찾아온다네.

하데스의 운명이 결혼 축가도

리라의 연주도 춤사위도 없이 찾아온다네.

아무리 생각해 보아도, 태어나지 않는 것이　　　　(우)

가상 좋은 일이로구나.   1225

이미 태어났다면

태어난 곳으로 가능한 빨리 되돌아가는 것이

다음으로 좋은 일이로구나.

가볍고 어리석은 젊음이

지나가고 나면   1230

누구든 운명의 일격을 맞아

고통받게 되리라.

도대체 무슨 고통이 빠져 있을까?

살인, 내전, 싸움, 전쟁, 시기,

마지막으로 노령, 가장 많이 비난하는 것이로구나.   1235

기력도 없고 사람과 어울리지도 못하며

친구도 없으니 불행이란 불행은 모두

노령과 이웃사촌인 것을.

이러하니 이 불쌍한 사람은 ― 나 혼자만이 아니라 ― (종가)

사방에서 매를 맞고 있구나.   1240

마치 북쪽 향한 봉우리가 겨울 태풍에 시달리는 듯

그렇게 이 사람은 재앙과 함께 거주하니

덮치고 부서지는 무시무시한 파도로

머리에서 발끝까지 매질을 당하는구나.

때로는 해가 지고 뜨는 곳에서   1245

때로는 정오의 햇살이 비치는 곳에서

때로는 어둠에 휩싸인 북쪽 산에서
재앙은 어김없이 찾아온다네.

안티고네   여기에 이방인이 있는 것 같아요.
아버지, 그 사람이 혼자서 두 눈에 눈물을
흘리며 이곳으로 오고 있어요.

오이디푸스   그자가 누구냐?

안티고네   아까부터 우리 마음속에 자리한 사람,
폴뤼네이케스 오빠가 이곳에 도착했어요!

(폴뤼네이케스가 입장한다.)

폴뤼네이케스   아아, 어찌해야 하나? 나 자신의 불행에
눈물을 흘려야 하나, 누이들아, 아니면 여기 연로하신
아버지의 불행에 그렇게 해야 하나? 너희들과 함께
이곳 이방의 땅에 계신 아버지를 뵙는구나.
아버지는 추방되어 이런 옷을 입고 옷에는
너무 오래돼 눌어붙은 혐오스런 오염물이 살갗을 부패시키며
노인의 몸에 들러붙었구나. 두 눈이 없는 머리에는
빗질하지 않은 머리카락이 공중에 흩날리고 있구나.
이러한 몰골은 주린 배를 채우려 나르는
음식과 잘 어울리는 것 같구나.
나는 정말 몹쓸 인간으로, 너무 늦게 깨달았구나!

인정합니다, 아버지의 봉양하는 일에서 1265
인간들 가운데 가장 악독한 인간이라는 것을.
다른 사람에게 묻지 마시고 제 말을 들어주십시오.
아버지, 연민의 여신께서는 모든 행동에서 제우스 신과 권좌를
함께 나누시니, 여신께서 아버지 옆에도 서 계시게 하십시오.
잘못은 고칠 수 있지만, 그것을 더할 수는 없습니다. 1270
왜 침묵하시나요?
아버지, 말씀 좀 해 주세요? 저에게서 등을 돌리지 마세요.
아무 대답도 않으시고, 침묵으로 간청을 무시하고
보내시려는 건가요? 왜 분노하는지 설명조차 않으시나요?
아버지의 딸들, 내 누이들이여, 1275
너희들이 아버지가 입술을 움직여 말하시도록
힘써 다오. 아버지가 포세이돈 신이 보호하는
내 간청을 무시하고 아무런 대답도 없이
나를 내쫓지 않도록.

안티고네   아 불쌍한 오라버니, 무슨 용건으로 왔는지 말하세요. 1280
말을 많이 하다 보면, 그 말이 기쁨을 주거나
불쾌감을 주거나 동정심을 일으켜
말 없는 사람도 무슨 말이든 하게 만드니까요.

폴뤼네이케스   그러면 말하겠다. 네가 내게 좋은 충고를 했으니.
우선 포세이돈 신을 내 조력자로 삼을 것이다. 1285
그 신의 제단에서 이 땅의 왕이 날 일으켜 세워
이곳으로 오게 하고, 듣고 말하는 권리를

허락하며, 안전한 귀향까지 보징해 주니까.

그런 것들을, 이방인들이여, 여러분들과

1290 여기 내 누이들과 아버지도 내게 허락하시기를.

아버지, 이곳에 온 이유를 말씀드리겠습니다.

저는 고국에서 쫓겨나 추방당했는데,

제가 장남으로 태어났으니 아버지의 왕좌에 앉아

전권을 행사해야 한다고 주장했기 때문입니다.

1295 그래서 차남인 에테오클레스가

저를 그 땅에서 추방한 것입니다. 논쟁으로 제압하지도

힘과 행동으로 겨루지도 않고, 시민들을 설득한 결과입니다.

이 사건의 발단은, 아버지가 저주해서 생겨난

복수의 여신이라고 생각합니다.

1300 〔나중에 예언자들로부터 그렇게 들었습니다.〕

저는 도리아 지방의 아르고스 땅에 가서

아드라스토스*를 장인으로 삼고

아피아 땅*에서 제일인자라 불리고, 용맹하며

명예가 드높은 장수들과 동맹의 맹세를 서약했습니다.

1305 그래서 원정군을 조직해 일곱 장수들과 함께

테바이를 공격해 정당한 이유로 전사하든지,

저를 추방한 자들을 그 땅에서 추방할 것입니다.

그건 그렇다 치고, 도대체 왜 이곳에 왔을까요?

아버지, 나 자신과 동맹군을 위해서 아버지에게

1310 간청하려고 이렇게 왔습니다. 동맹군은 지금

일곱 장수가 이끄는 일곱 군대로

테바이의 평원을 완전히 포위하고 있습니다.

일곱 장수들 가운데 창을 휘두르는 암피아라오스는

무공이 뛰어나고 새들이 나는 길을 보고 점도 잘 칩니다.

두 번째 장수는 아이톨리아 사람으로 오이네우스의 아들인   1315

튀데우스이고, 세 번째 장수는 아르고스 태생 에테오클로스이고,

네 번째 장수는 아버지 탈라오스의 명을 받고 참전한

히포메돈입니다. 다섯 번째 장수는 테바이 도시를 초토화해

당장 멸망시키겠다고 호언장담하는 카파네우스입니다.

여섯 번째 장수로 아르카디아인 파르테노파이오스가   1320

진격하고 있는데, 그는 어머니 아탈란테*의 믿음직한

아들이고, 그녀가 처녀일 때 불린 이름을 가지고 있습니다.

마지막 장수는 아버지의 아들인 접니다. 아버지의 아들이 아니라

사악한 운명의 아들이라 하더라도, 적어도 당신 아들로 불리며

용감한 아르고스 군대를 테바이로 이끌고 있습니다.   1325

아버지, 아버지의 목숨과 여기 두 딸을 위하여

우리 모두는 이렇게 간청하며 부탁합니다.

저를 추방해 조국을 빼앗은 동생을

응징하려고 출정하니, 제발 저를 위해

가혹한 분노를 거두어 주시기를.   1330

만약 신탁을 조금이라도 믿을 수 있다면

아버지가 편드는 쪽이 전쟁에서 우세해진다고 합니다.

지금 샘들과 우리 종족 신들의 이름을 걸고,

아버지, 제 말을 듣고 양보하시길 간청합니다. 저는 거지 신세에다

1335 이방인에 불과하고 아버지도 이방인이십니다.

저나 아버지나 다른 사람들의 자선에 빌붙어 살고 있으니

우리는 똑같은 운명을 몫으로 가진 셈입니다.

지금 테바이에서 왕 노릇 하는 자는, 아 불쌍한 내 신세,

우리 모두를 비웃으며 건방을 떨고 있습니다.

1340 만약 아버지가 제 의도에 동조하신다면,

적은 수고와 노력으로 그 녀석을 산산이 부숴 버릴 것입니다.

그래서 아버지를 집 안에 모셔 자리에 앉히고 저 자신도

앉을 것이며 그 녀석은 강제로 추방할 것입니다. 아버지가

저와 같은 것을 원하신다면, 이는 제 자랑거리가 될 겁니다.

1345 하지만 아버지의 도움이 없다면, 힘이 없어 구원조차 받지 못

할 겁니다.

코러스 오이디푸스여, 이 사람을 보낸 테세우스를 생각해

이익이 될 만한 무슨 말이라도 하고 나서 그를 돌려보내시오.

오이디푸스 이 나라의 수호자들이여,

그를 이곳으로 보내 내 말을 듣게 하는 것을

1350 테세우스 왕이 옳다고 생각지 않는다면

그는 결코 내 목소리를 듣지 못할 것이오.

하지만 그는 지금 이러한 특권을 누려 내 말을 듣고 나서

결코 삶을 기쁘게 하지 못한 채

이곳을 떠나게 될 것이오.

1355 사악한 녀석, 지금 네 아우가 쥔 테바이 왕권을

네놈이 쥐고 있을 때, 너는 아비인 날 내쫓고 도시에 살지 않는
부랑자로 만들어 이따위 옷을 걸치게 했구나.

그런데 이런 복장을 보며 지금 눈물을 흘리고 있는데,

나처럼 곤란의 소용돌이에 빠졌기 때문이지.

눈물을 흘릴 이유가 없다. 하지만 사는 동안 이런 고생은   1360

네놈을 살인자로 기억하면서 견뎌야 하겠지.

바로 네놈이 날 쫓아내고 이런 비참이나 먹으며

살게 한 장본인이니까. 네놈 덕분에 떠돌아다니며

다른 사람들에게 하루의 끼니를 구걸했지.   1365

만약 지금 날 돌보는 이 딸자식을 낳지 않았다면

네놈이 베푼 도움에도 지금 나는 존재하지 않겠지.

실제로 이 아이들이 나를 지키고 돌보며 함께

고생하고 있으니 그들이야말로 여자가 아니라 남자이고

너희 두 녀석은 다른 자의 아들이지, 내 아들은 아닌 게지.

그래서 어떤 신이 네놈을 노려보고 있는 거야. 아직은   1370

아니지만 군대가 도시 테바이를 향해 움직이는 순간

당장 그렇게 되리라. 네가 그 도시를 쓰러뜨리는

일은 없으리라. 그보다 먼저 네 아우와 마찬가지로

피로 오염되어 쓰러지게 되리라.

그런 저주를 내가 과거에 너희들에게 내렸는데   1375

지금은 그 저주를 불러와 내 곁에서 싸우게 하리라.

그러면 너희 두 녀석은, 비록 장님이라 하더라도

낳아 준 아버지를 무시하지 않고 공경하게 되리라.

이 두 여자아이는 그런 짓을 하지 않았으니까.

1380 그래서 이 저주가 네 간청은 물론 네 왕좌도 정복하리라,

예부터 이름 높은 정의의 여신이 옛 법도에 따라

제우스 신의 왕좌 옆에 나란히 앉아 계신다면.

네놈은 가거라. 내가 침을 뱉으마. 더 이상

네놈의 아비가 아니다. 가장 악독한 인간아,

1385 네놈에게 퍼부은 저주나 가지고 떠나라.

너는 창칼로 고향 땅을 결코 정복하지 못하고

움푹한 아르고스로 결코 돌아가지도 못할 것이다.

너는 추방한 아우를 죽이고 아우의 손에 죽게 되리라.

그렇게 저주하노라. 너에게 새 집을 주라고

1390 아버지 타르타로스*의 가증스러운 어둠을 부르고*

여기 복수의 여신들을 부르며, 너희들의 마음에 무서운 증오를

불어넣은 전쟁의 신 아레스도 부르노라.

자, 내 말은 다 들었으니 이제 가거라.

가서, 모든 카드모스인들과 그 믿음직한

1395 동맹군들에게 말해라, 오이디푸스가 그런 저주를

두 아들에게 상으로 주었다고.

코러스 폴뤼네이케스여, 당신의 과거 행적이

마음에 들지 않소. 이제 서둘러 돌아가시오.

폴뤼네이케스 아아, 내가 온 길이여, 내 임무는 실패로 끝났구나.

1400 아아, 동료들이여. 아르고스에서 군대를 이끌었지만,

어떤 종말이 우리를 기다리고 있는가. 나는 불행한 자로다.

그러한 종말을 어느 동료에게 말할 수도

그들을 집으로 돌아가게 할 수도 없구나.

하지만 말없이 운명을 맞아야겠지.

아버지의 딸이자 내 누이들이여,   1405

너희들은 아버지가 내린 가혹한 저주를 들었으니

제발 부탁한다.

아버지의 저주가 실현되고

너희들이 집으로 돌아가면

날 무시하지 말고 장례를 치러 묻어 다오.   1410

너희들은 아버지를 위해 수고해 받은 칭찬에다

날 위해 수고하여 그에 못지않은

다른 칭찬을 덧붙이게 될 것이다.

안티고네   폴뤼네이케스 오빠에게 간청해요. 어떤 문제와 관련해

　내 말을 들으세요.

폴뤼네이케스   내 사랑 동생 안티고네야, 그게 무엇이니? 말해 봐라.   1415

안티고네   군대를 당장 아르고스 땅으로 되돌리고

　오빠 자신과 도시를 파괴하지 마세요.

폴뤼네이케스   뭐라고, 그럴 순 없다! 한번 겁쟁이가 되면

　어떻게 다시 같은 군대를 지휘할 수 있겠니?

안티고네   오빠, 왜 오빠가 분노해야 하나요?   1420

　조국을 파괴해서 오빠에게 무슨 이득이 생기나요?

폴뤼네이케스   도망치는 건 수치스러운 일이지. 연장자인 내가

　아우에게 웃음거리가 되는 것도 그렇구나.

안티고네 그러면 지금 오빠가 아버지의 예언을 실현한다는 걸

1425   알고 있어요? 두 오빠가 서로를 죽인다고 했으니까요.

폴뤼네이케스 그래, 그게 바로 아버지의 소원이야. 그 소원을 들

    어줘야 하지 않겠니?

안티고네 아아, 불쌍한 사람, 어느 누가 아버지의 예언을

    듣고 나서 오빠의 뒤를 따르려 하겠어요?

폴뤼네이케스 나쁜 소식은 전하지 않을 거다. 나쁜 소식이

1430   아니라 더 나은 소식을 말하는 것이 유능한 장군의 자질이니까.

안티고네 그러면 오빠는 그렇게 결심한 건가요?

폴뤼네이케스 그래, 날 잡지 마라. 이 길이 내 앞에 놓여 있구나.

    아버지와, 아버지가 불러낸 복수의 여신들이 정한,

    불행하고 사악한 길을 가야겠구나.

    제우스 신께서 너희들에게 행운을 내리시길 빌겠다,

1435   내가 죽어서 요구한 임무를 수행한다면.

    〔내가 살아 있는 동안에는 장례를 베풀 수 없으니까.〕

    자, 이제 날 놓아 다오. 잘 있어라! 너희들이

    살아 있는 나를 다시 보는 일은 없겠지.

안티고네 아, 불쌍한 내 신세!

폴뤼네이케스 울지 마라!

안티고네 오빠, 오빠가 예언된 죽음을 향해

1440   달려가는 모습을 보고 누가 한탄하지 않겠어요?

폴뤼네이케스 죽어야 한다면 죽어야겠지.

안티고네 그건 안 돼요. 내 말을 들어요.

폴뤼네이케스 설득해도 안 되니까 설득하려 들지 마라.

안티고네 나는 정말 불쌍한 사람이에요, 오빠를 잃게 되면.

폴뤼네이케스 이번 일은 운명에 달려 있구나.

　내가 이 길로 가든, 저 길로 가든. 그러면 너희들을 위해

　결코 불행을 만나지 않도록 내가 신들에게 기도하마.　　　　1445

　모든 사람이 보기에도 너희들이 불행을 겪는 것은 부당하니까.

(폴뤼네이케스가 퇴장한다.)

코러스 새로운 재앙들*이 새로운 근원,　　　　　　　　　(좌 1)

　저 눈먼 이방인에게서

　가혹한 운명과 함께 찾아왔구나,　　　　　　　　　　　　1450

　혹시나 운명이 제 목표를 찾지 못한다면.

　신들의 어떤 명령도 헛되다고 말할 수 없으니까.

　시간은 보고 있습니다. 항상 만물을 지켜보며

　어떤 것은 넘어뜨리고

　어떤 것은 이튿날

　다시 일으켜 세우는구나.　　　　　　　　　　　　　　　1455

　하늘에서 천둥소리가 울리고 있구나! 아아, 제우스 신이시여.

오이디푸스 얘들아, 얘들아, 누가 이곳에 있으면 모든 면에서

　가장 뛰어난 테세우스를 이곳으로 모셔 올 수 있겠느냐?

안티고네 아버지, 왜 그분을 부르시나요?

오이디푸스 제우스 신께서 날개 달린 천둥을 치셨구나. 이 소리는　1460

곧 하네스로 널 데려간다는 뜻이지.

자, 당장 그분을 이곳으로 보내 다오.

코러스 자, 들어 보아라, 엄청난 굉음을. 형언할 길   (우 1)

없구나. 제우스 신께서 보내셨구나.

1465 두려움에 머리털이 곤두서고

마음이 위축되는구나, 또다시 하늘에서

번갯불이 일어나니까.

무슨 뜻일까? 번개를 뿌리시려나?

두렵구나. 헛되이 뿌리신 적 없으니

1470 재앙이 없지 않으리라.

아아, 광대한 천공이여, 오 제우스 신이시여.

오이디푸스 애들아, 예언한 대로 삶의 마지막 순간이

이 사람에게 찾아왔구나. 이제는 연기할 수 없단다.

안티고네 어떻게 아세요? 무엇으로 그걸 아세요?

1475 **오이디푸스** 잘 알고 있단다. 누군가 가능한 빨리 가서

이 땅의 왕을 이곳에 모시고 오게 하여라.

코러스 아아, 다시 보라.   (좌 2)

귀를 찢는 천둥소리가

우리를 에워싸는구나.

1480 신이시여, 자비롭게, 자비롭게 오시길,

어둠 속에 감춘 무언가를 어머니 대지에 가져오신다면.

상서로운 마음으로 당신을 영접하겠나이다.

저주받은 자를 제가 보았다 하더라도

그 일이 아부 이득 없이 저에게 보답하지 않기를.

주인 제우스이시여, 당신께 말하나이다. 1485

오이디푸스 그분이 근처에 계시느냐? 얘야, 내가

아직 살아 있고 정신이 멀쩡할 때 그분을 만나게 될까?

안티고네 마음속으로 지키고 싶은 약속이 무엇인가요?

오이디푸스 날 친절하게 대해 주셨으니 그에 대한 보답으로

감사를 표하겠다고 약속했단다. 1490

코러스 아아, 내 아들이여, (우 2)

오십시오, 오십시오.

지금 당신이 높은 바위들 사이 깊은 곳에서

바다의 신(神) 포세이돈에게

소를 희생시켜 제단을 성스럽게 하시더라도, 오십시오! 1495

이방인 친구가 받은 환대에 대하여

당신과 도시와 그 친구들에게

정당하게 보답하려 하니까요.

서둘러 달려오시오, 왕이시여!*

(테세우스가 등장한다.)

테세우스 어찌하여 여러분 모두 이런 큰 소리로 귀를 울립니까? 1500

우리 시민들은 또렷하게, 이방인 친구는 분명하게 말이죠.

그것은 제우스 신의 천둥소리였소, 아니면 진눈깨비가

시끄럽게 쏟아진 것이오? 신께서 그런 악천후를 보내실 때는

모두 그 이유를 추측할 수 있을 것이오.

1505 **오이디푸스** 왕이시여, 오셨군요. 당신이 오기를 기다렸는데
　　　　어떤 신께서 오는 길에 행운을 주셨군요.

　　테세우스 라이오스의 아들이여, 지금 무슨 일이 일어난 것이오?

　　오이디푸스 내 삶의 저울이 기울고 있소. 내가 당신과
　　　　이 도시에 약속한 것을 지키고 죽고 싶소이다.

1510 **테세우스** 무슨 증거로 그런 죽음을 말하십니까?

　　오이디푸스 신들께서 직접 전령이 되어 그것을 알려 주셨소.
　　　　이미 정해진 징조들 중 어느 하나도 속이지 않았으니까.

　　테세우스 어르신, 그 징조들이 어떻게 분명하게 드러났습니까?

　　오이디푸스 계속해서 제우스의 천둥소리가 이어지고*

1515 　무적의 손에서 수많은 번개들이 번쩍거렸소이다.

　　테세우스 그 말을 믿소. 당신이 숱한 예언을 한 것을
　　　　보았지만 그것들은 틀리지 않았소이다.

　　오이디푸스 아이게우스의 아들이여, 내가 설명하리다,
　　　　흐르는 세월에도 당신 도시에 해가 되지 않는 게 무엇인지.

1520 　어떤 길잡이의 도움을 받지 않고 나 스스로
　　　　죽어야 하는 장소를 당장 보여 줄 것이오.
　　　　그 장소에 대해서는 어떤 인간에게도 말해선 아니 되오,
　　　　어디에 그게 숨어 있고 어느 지역에 자리 잡고 있는지를.
　　　　그 장소는 이웃들의 창과 방패보다 더 강력하게

1525 　당신을 늘 방어해 줄 것이오.
　　　　한편 종교적으로 금기이고 말로 교란해선 안 되는 것들은
　　　　혼자서 그곳에 갈 때 당신이 직접 배우게 될 것이오.

224

시민들 중 어느 누구에게도 나는 발설하지 않을 것이오.

내 아이들에겐 말할 것도 없소, 비록 그 아이들 사랑하지만.

그러나 항상 비밀을 지켜 주시오. 삶의 마지막에   1530

도달했을 때 가장 뛰어난 자에게만 그 비밀을 알려 주시오.

그 비밀은 매번 후계자에게만 드러나게 하시오.

이렇게 당신의 도시는, 뿌려진 용 이빨에서

생겨난 사람들*에게 파괴되지 않을 것이오. 많은 도시들은

이웃 도시가 잘 통치되더라도 그 도시를 쉽게 침략하는 법이오.   1535

만약 누군가가 종교를 무시하며 광분할 때,

신들은 비록 늦더라도 잘 관찰하기 때문이오.

아이게우스의 아들이여, 그런 일을 겪기를 바라지 마시오.

이러한 내 가르침을 이미 잘 알고 있소.

이제는 그 장소로 갑시다. 신의 권능이 현현하며 재촉하니까.   1540

더 이상 머뭇거리지 말자. 애들아, 이쪽으로 날 따라오너라.

전에는 너희들이 아비의 안내자였지만 지금은

내가 너희들의 새로운 안내자니까.

자, 오너라! 내 몸은 손대지 마라.

내가 직접 신성한 무덤 자리를 발견하게 내버려 두어라.   1545

그 땅에서 묻힐 운명이니까.

이쪽으로, 그렇게, 이쪽으로 오너라. 이렇게 나를

인도하시는구나, 인도자 헤르메스 신과 지하에 계신 여신께서.

오, 빛 없는 빛이여, 전엔 그게 나의 빛이었지만

지금은 내 몸이 널 마지막으로 느끼는구나.   1550

지금 하네스에 삶의 마지막을
숨기려고 이렇게 가고 있구나.
자, 가장 소중한 이방인 친구여. 당신과 이 땅과 수행원들이여,
부디 행운을 누리시오. 번영을 구가하며, 여러분의 성공을 위해
1555   내가 죽어 있다는 것을 항상 기억해 주시오.

(오이디푸스, 그의 딸들, 테세우스가 퇴장한다.)

(제4스타시몬)*

코러스   어둠 속의 여신*과,   (좌)
       밤에 거주하는
       망자들의 주인님*에게
       기도로 공경하는 일이 옳다면,
1560   저승의 신 하데스여, 하데스여
       기도하나이다. 이방인이
       지하에 만물을 숨기는 망자들의 평원,
       비통한 운명과 고통 없이 스틱스*의 집에
       도착하기를.
1565   헛되이도 수많은 고통이
       그를 에워쌌지만
       정의로운 신께서 그를 다시 높이시리라.

땅의 여신들이여,   (우)

정복되지 않는 짐승이여,

명성이 늘 말해 주듯   1570

수많은 손님을 맞이하는 대문 근처

동굴에서 잠을 자며 으르렁거리는,

길들일 수 없는 하계(下界)의 수호자*여.

타르타로스와 대지의 자식*이여,

기도하나이다. 오이디푸스가   1575

하계 망자들의 평원에 갈 때

정화되어 걸어가기를.

영원한 잠, 당신의 이름을 부릅니다.

(사자가 입장한다.)

사자 시민 여러분, 소식을 간단히 전하면

오이디푸스께서 돌아가셨습니다.   1580

하지만 무슨 일이 일어났는지 몇 마디 말로

설명할 수 없고 그곳에서 일어난 사건도 간단하지 않습니다.

코러스 불쌍한 분이 돌아가셨단 말입니까?

사자 그분이 이승의 삶을

떠났다는 것을 확신해도 좋습니다.

코러스 어떻게 말입니까? 그 가여운 분은 신이 보낸 운명으로 아

무런 고통도 없이?

1586	**사자** 그것은 정말 경탄할 만한 시련이었습니다.
	그분이 어떻게 이 장소를 떠났는지는,
	여러분도 이곳에 있었으니 잘 알 것입니다.
	친구들 가운데 어느 누구의 안내도 받지 않고
	그 자신이 우리 모두를 이끌었습니다.
1590	그가 청동의 계단들로 땅 깊숙이 뿌리내린,
	가파른 내리받이가 있는 입구*에 도착했을 때 그는
	여러 갈래 중 한 길, 움푹 팬 바위 근처에 멈춰 섰습니다.
	그곳에는 테세우스와 페리토스*가 늘 지켜야 하는
	맹약을 맺은 기억이 자리 잡고 있습니다.
1595	이 장소와 토리코스의 바위 중간, 속이 빈
	배나무와 돌무덤 중간에 그가 멈춰 서더니
	자리를 잡고 앉은 다음 불결한 옷을 벗었습니다.
	그런 다음 딸들을 불러 흐르는 시내에서
	목욕물과 제삿술을 가져오라고 명령했습니다.
1600	그들은 눈에 보이는, 푸릇푸릇한 데메테르 여신의 언덕에
	가서 아버지가 시킨 일을 지체 없이 실행하고 나서
	아버지에게 목욕물을 받아 주고
	관습에 맞는 의복도 마련해 주었습니다.
	딸들이 행한 모든 일에 그가 흡족해하고
1605	지시한 모든 일들이 이루어지자,
	대지의 제우스 신께서 천둥을 치고
	그 소리에 소녀들은 몸서리치며

아버지의 무릎에 쓰러져 울면서

가슴을 두드리며 오랫동안 통곡했습니다.

하지만 그는 갑자기 터져 나온 울음소리를 듣고   1610

아이들을 품에 안으며 말했습니다.

"애들아, 오늘 아버지는 더 이상 이 세상에 없단다.

정말 내 모든 것이 소멸해 없어지고,

너희들은 날 부양하며 더 이상 수고할 필요 없단다.

애들아, 그러한 일이 힘들다는 것을 잘 알고 있지.   1615

하지만 단지 한마디 말에 모든 수고가 사라지는구나.

어느 누구도 나보다 너희들을

더 많이 사랑하지는 않을 게다.

너희들은 아버지 없이 여생을 살아야 하겠지."

그렇게 서로를 꼭 껴안고   1620

모두 흐느껴 울었습니다. 하지만

마침내 비탄의 소리를 그치고

더 이상 아무런 소리도 나지 않자

정적이 흘렀습니다. 갑자기 누군가가

오이디푸스를 큰 소리로 불렀습니다.   1625

모두가 공포에 사로잡혀 머리털이 곤두섰습니다.

"그대, 그대 오이디푸스여, 왜 오지 않고 머뭇거리느냐?

그대는 너무 오랫동안 기다렸구나!"

그런데 신의 부름을 알아채자

오이디푸스는 이 나라의 왕 테세우스를 가까이 오게 하고   1630

그가 나오오사 밀했습니다. "내 소중한 친구여,
오랜 맹세의 표시로 내 아이들에게 손을 내밀어 악수해 주시오.
얘들아, 너희들도 이분에게 그렇게 하여라.
그리고 일부러 이 아이들을 배신하지 않고 언제나 친절하게
1635   이익 되는 모든 일을 하겠다고 약속해 주시오."
그러자 테세우스는 고귀한 사람답게 탄식하지 않고
이방인 친구를 위해 그러한 일을 하겠노라 맹세했습니다.
그가 그렇게 하자 오이디푸스는 곧장
허약한 손으로 아이들을 어루만지며 말했습니다.
1640   "애들아, 너희들은 괴롭더라도
고귀한 마음가짐으로 이 장소를 떠나야 한다.
보아선 안 될 것을 보거나, 들어선 안 될 것을 들어선
안 되니까. 자, 가능한 한 빨리 가거라. 중책 맡은 테세우스만
이곳에 남아 있게 하여라. 무슨 일이 일어나는지 아셔야 하니까."
1645   그가 이렇게 말하자 모두가 복종했습니다.
우리는 탄식하고 눈물을 쏟아 내며
소녀들과 함께 떠났습니다.
잠시 후 뒤돌아보았는데, 오이디푸스는 더 이상
그곳에 존재하지 않고, 왕이 얼굴 앞에 손을 대고
1650   두 눈을 가리고 있는 모습이 보였습니다,
마치 어떤 무시무시한 광경을 보았기에
그것을 바라볼 수 없었다는 듯이.
잠시 후, 왕은 아무 말 없이 동시에

내시와 신늘의 거처인 올림포스에

경배하는 모습을 보았습니다.   1655

하지만 오이디푸스가 어떻게 죽었는지는

테세우스 이외에 어느 누구도 말할 수 없습니다.

신이 뿌린 번개가 번쩍하며 그분을

없앤 것도, 그때 바다에서 소용돌이가

일어난 것도 아니었습니다.   1660

그러나 신들의 사자가 왔거나, 망자들이 사는,

빛 없는 대지의 밑바닥이 친절하게 입을 연 것입니다.

오이디푸스는 비탄하지 않고 고통스러운 병도 없이

기적의 인도로 가셨으니 그분은 어느 누구와도 비교할 수

없습니다. 누군가 어리석은 말을 한다고 생각하더라도   1665

나를 바보라 여기는 자들에게는 그 기적을 믿어 달라고 사정

하지 않을 겁니다.

코러스   소녀들과 그들을 인도한 사람들은 어디에 있습니까?

사자   멀리 떨어져 있지 않습니다. 통곡 소리를 들으니

그들이 이곳으로 오고 있습니다.

(안티고네와 이스메네가 등장한다.)

안티고네   아아, 아아! 우리 두 자매는   (좌 1)   1670

마음껏 통곡해야겠구나.

저주받은 피를 아버지에게 물려받아

그 피가 우리 몸 안에 흐르고 있으니.

우리는 아버지를 위해 일생 동안 많은 노고를

1675 참고 견뎠지만 마지막에 보고 겪은,

이해할 수 없는 일에 대해 말해야 하다니!

코러스 그게 무엇이냐?

안티고네 그렇게 추측할 따름이에요, 친구들이여.

코러스 그분은 돌아가셨느냐?

안티고네 여러분이 바라시던 대로입니다.

왜 아니겠어요? 전쟁이나 바다가 아버지를

1680 데려간 게 아니라,

측량할 수 없는 들판이 아버지를 잡아서

신비스러운 죽음으로 데려갔습니다.

하지만 파멸을 꾀하는 밤이,

불쌍한 이스메네야, 우리 두 눈을 덮쳤구나.

1685 어느 먼 땅이나 바다의 격랑 위를

떠돌아다니며

어떻게 고단한 생계를

꾸려 나갈 것인가?

이스메네 모르겠어. 저 살인적인 하데스 신이

1690 나도 데려가 주길 바라. 그래서 불쌍하지만

내가 아버지와 죽음을 나눌 수 있게.

미래의 삶은 살 만한 가치가 없어!

코러스 훌륭한 딸들이여, 신이 보낸 운명은

용감하게 견뎌야 한단다.

너무 지나치게 애태우지 마라. 1695

비난받을 행동을 하지 않았으니.

안티고네 불행조차도 그리워하게 되는군요. (우 1)

결코 소중하지 않은 일이 소중해 보이니까요.

제가 아버지를 두 팔로 보살폈을 때.

아아, 아버지, 경애하는 분, 1700

지금 대지 아래 영원한 어둠을 입고 계시지만

그곳에서도 저와 동생의

사랑을 받으실 겁니다.

코러스 그분은 가셨지…….

안티고네 아버지가 바라신 대로 가셨어요.

코러스 어떻게? 1705

안티고네 아버지가 바라신 대로 외국 땅에서

돌아가셨어요. 영원히 그늘이 드리워진 침대에

몸을 누이셨어요.

가족에게는 눈물과 탄식을 남겨 두셨지요.

아버지, 저는 눈물 흘리며

아버지를 위해 통곡해요. 1710

불쌍히게도 지는 이도록 커다란 슬픔을

어떻게 이겨 내야 할지 모르겠어요.

아아, 아버지는 이국 땅에서 돌아가시길

원하셨지만, 저에게선 멀리 떨어져 돌아가셨어요.

이스메네 아, 불행한 언니, 도대체 어떤 운명이 1715

언니와 나를 기다리고 있을까?

이렇게 아버지를 잃고 나서.

⟨ · · · · · · ⟩*

1720 **코러스** 애들아, 그분은 행복하게

삶의 목적지에 도달하셨으니,

그렇게 통곡하지 마라. 어느 누구도

불행에 사로잡히지 않는 경우란 없단다.

안티고네 이스메네, 우리 다시 돌아가자!

이스메네 무엇 하러?   (좌 2)

1725 **안티고네** 그리움에 사무치는구나.

이스메네 무슨 그리움인데?

안티고네 땅 아래 집을 보고 싶은…….

이스메네 누구의 집이야?

안티고네 아버지의 집. 아아, 불쌍한 신세.

이스메네 어찌 그것이 우리에게 옳은 일이겠어?

1730   언니는 그것도 몰라?

안티고네 왜 날 꾸짖는 거니?

이스메네 또 이것도…….

안티고네 왜 또 그러니?

이스메네 아버지는 모두에게서 떨어져 무덤도 없이 내려가셨어.

안티고네 날 데려가 다오. 그곳에서 나도 죽여 다오.

이스메네 아아, 슬프다.

1735   앞으로 어디에서, 언니 없이 혼자서 의지할 곳 없이

비참한 생활을 계속할 수 있을까?

코러스 애들아, 아무것도 두려워 마라.   (우 2)

안티고네 하지만 어디에서 보호받을 수 있나요?

이스메네 전에도 위기를 모면했는데…….

안티고네 어떻게요?

코러스 그래서 너희들 사정은 나빠지지 않을 것이다.   1740

안티고네 잘 알고 있어요.

코러스 무슨 생각을 하느냐?

안티고네 어떻게 집으로 돌아갈지 모르겠어요.

코러스 그러지 마라.

안티고네 고통스러워요.

코러스 전에도 고생이 많았지.

안티고네 전에도 의지할 데 없었지만, 지금은 사정이 더 열악해요. 1745

코러스 이러한 고통의 바다를 운명의 몫으로 받았구나.

안티고네 맞아요, 맞아요.

코러스 동의한단다.

안티고네 아아, 아아 이제 어디로 가야 하나요, 제우스 신이시여?

신께서 지금 제가 어떤 희망을

가지라고 요구하시는 걸까요?*   1750

(테세우스가 등장한다.)

테세우스 애들아, 통곡을 멈추어라. 땅 아래 어둠을 은총으로 받은 사람 때문에 통곡해선 안 되는 법이란다.

그러면 신들의 분노를 살지도 모른단다.

안티고네 아이게우스의 아드님, 당신에게 부탁이 있어요.

1755 **테세우스** 무슨 요구를 들어 달라는 것이냐?

안티고네 아버지의 무덤을

직접 보고 싶어요.

테세우스 그곳에 가는 것은 허락할 수 없단다.

안티고네 아테나이의 왕이시여, 무슨 말씀이세요?

1760 **테세우스** 애들아, 너희 아버지가 내게 명령하셨단다.

결코 그곳에 가까이 가서도 안 되고,

그분을 가진 성스러운 무덤에 대해

어떤 인간에게도 발설해선 안 된다고.

그분께서 말씀하시길, 이 명령을 잘 지키면

1765 항상 우리나라를 고통에서 벗어나게 할 수 있단다.

그렇게 신께서 내가 약속한다는 말을 들으셨고,

제우스 신의 아들 맹세의 신*도 모든 말을 들으셨단다.

안티고네 그게 아버지의 마음에 드신다면,

그것으로 됐어요. 하지만 오래된 도시

1770 테바이로 우리를 보내 주세요. 우리 오빠들에게

다가오는 살육을 막을 수

있을지도 모르는 일이니까요.

테세우스 그렇게 하마. 너희들에게 도움이 되고

방금 세상을 떠나 지하에 계신 분을

236

기쁘게 할 수 있는 일은 무엇이든 성심을 다할 것이다. 　　　　　1775

나는 수고를 마다하지 않을 것이다.

코러스　자, 이제 그만두고

더 이상 통곡하지 마라.

이분의 약속은 매우 확고하니까.

10 **내 운수가 더 나아지지도, 피해로 더 나빠지지도 않았으니까** 새로운 소식이 없다는 뜻이다.

11 **시민들이 돌로 쳐 죽이게** 공개적인 석형(石刑)은 고전기 아테나이에 선 매우 드물었지만 비극 작품 속에선 자주 등장하는 편이다.

시신을 들어 올릴 거니 대체로 여자들이 통곡하고 시체를 수습하는 일을 맡으며, 남자들은 시체를 매장하는 일을 맡았다.

12 **경건한 범죄** 안티고네는 자신의 행동이 경건하다고 생각하지만, 남 들에겐 그녀의 행동이 범죄로 보이기 때문이다.

14 **오케스트라** 오케스트라는 코러스가 춤을 추고 노래하는, 무대와 객 석 사이에 위치한 동심원 모양의 장소를 말한다.

파로도스 찬가 형식의 노래다. 찬가는 주로 신들을 부르고, 과거 신 들의 현현과 은혜를 상기시키며, 현재의 요구 사항을 부탁하는 것으 로 구성되어 있다. 코러스는 테바이가 적군을 패주시킨 것에 기쁨과 안도를 표현하고 아르고스 군대의 무시무시한 침략과 전쟁의 주요 장면들을 생생하게 묘사한다. 그러고 나서 갑자기 승리에 대하여 신 들에게 감사를 드린다. 프롤로고스에서는 폴뤼네이케스의 가족(안 티고네와 이스메네)이 그의 매장 문제를 두고 걱정하지만, 파로도스에서는 폴뤼네이케스가 어떻게 테바이 도시 공동체를 위협하는 존재였는지를 노래한다.

14 **디르케 강** 테바이 서쪽에 위치한 강이다.

그는 아르고스 전사로서 아르고스군 전체를 의미한다.

폴뤼네이케스 테바이의 왕 에테오클레스(Eteokles)의 형제다. 오이디푸스가 죽은 후 두 형제는 1년 동안 번갈아 가면서 테바이를 통치하기로 협정을 맺었다. 그러나 에테오클레스가 1년 동안 통치하고 나서 통치권을 폴뤼네이케스에게 이양하지 않고 그를 추방하고 만다. 이에 폴뤼네이케스는 아르고스로 망명해 아르고스 왕 아드라스토스의 사위가 되고, 군대를 일으켜 테바이를 침공한다. 두 형제는 테바이의 일곱 번째 성문에서 결투해 서로를 죽이고 만다. 이 내용을 다룬 작품이 아이스퀼로스의 「테바이를 공격하는 일곱 장수들」이다.

15 **그 주둥이가 우리의 흘린 피로 가득 차고** 아르고스 독수리의 이미지가 주둥이를 쩍 벌린 괴물의 이미지와 겹치고 있다.

용의 적 아르고스의 독수리, 즉 전사들.

외치려 하는 자에게 카파네우스(Kapaneus). 테바이를 공격한 일곱 장수들 중 한 사람이다.

16 **일곱 장수들** 테바이를 공격한 일곱 장수들은 폴뤼네이케스를 포함하여 암피아라오스(Amphiaraos), 튀데우스(Tydeus), 에테오클로스(Eteoklos), 히포메돈(Hippomedon), 카파네우스(Kapaneus), 파르테노파이오스(Parthenopaios)를 말한다.

불행한 두 전사 오이디푸스의 두 아들인 에테오클레스와 폴뤼네이케스를 말한다.

박코스 디오뉘소스(Dionysos).

17 **도시를 바로 세웠을 때** 167행 이후 부분은 텍스트 전승에서 누락(lacuna)이 있다고 추정한 부분이다.

19 **211~214** 코러스는 크레온 왕의 결정을 받아들이지만, 그 결정을 인정하진 않는다. 왕에게 충성하지만 왕을 두려워하기 때문이다.

21 **249·-258** 파수꾼은 신비스럽게도 매장한 범인이 보이지 않았다고 보고한다. 이 보고에 대해서 코러스는 어떤 신이 이러한 일의 배후에 있다(278~279)고 추측하는 반면, 크레온은 파수꾼들이 뇌물을 먹고 자신에게 어떤 음모를 꾸미고 있다고 의심한다.

25 **제1스타시몬** 스타시몬 등의 의미에 대해서는 277페이지 「그리스 비극의 구성 요소들」 참조. 1스타시몬에서 코러스는 이전 장면에 대한 직접적인 언급은 피하고 인간 문명이 성취한 비상한 업적들을 점층적으로 열거한다. 즉, 자연의 지배(항해술과 농업), 동물의 지배(사냥, 어업, 말과 소를 길들이기), 문명의 수단들(언어, 이성, 도시화, 건축, 의학). 하지만 인간의 능력도 죽음은 피할 수 없음을 강조한다. 이어 코러스는 이러한 인간 능력을 적절하거나 부적절하게 사용하는 문제에 대하여 숙고하고, 후자의 경우는 피할 것을 기도로 소망한다. 도덕적인 관점에서 코러스는 인간 능력의 양가성 문제를 천착한다. 다시 말해서, 인간은 뛰어난 능력을 가지고 있지만 그에 못지않은 결함을 지니고 있다는 것이다. 이러한 맥락에서 코러스는 폴뤼네이케스의 시체를 비밀스럽게 매장한 일은 교묘한 능력이지만, 그것이 법을 어긴 행동이라는 점을 강조한다. 법을 어기고 매장한 자의 대담함은 그 자신뿐만 아니라, 테바이의 모든 사람도 파멸시킨다는 것이다. 하지만 관객이나 독자 입장에서 볼 때 코러스의 말은 다른 의미도 내포한다. 시체를 매장한 자의 대담한 행동은 부정적인 의미로 교묘한 인간 능력을 보여 주지만, 그 행동은 경건하고 용기 있는 행동으로 나타난다. 이러한 행위는 도시의 법을 전복시킨다기보다는, 오히려 그 법을 지지하는 것이다. 이 노래는 '인간에 바치는 송가'로서 모든 그리스 비극에서 가장 유명한 노래다. 특히 인간 사회의 진화와, 자연(physis)과 관습(nomos)의 대립에 대하여 깊은 성찰을 보여 준다. 또 인간 기술의 양가성과 인간의 독창적 능력에 대하여 숙고하는데, 이러한 능력과 기술이 인간에게 정해진 한계를 넘어서까지 발전하여 인간을 파멸시킬 수 있다는 것이다.

26   **신들에게 맹세한 정의** 안티고네가 대표하는 혈족의 관습을 믿는다.

27   **나와 함께 화롯가에 앉지도 말고 나와 함께 생각을 나누지도 말기를** 가정에서의 친교는 물론 정치적인 관계도 맺지 않겠다는 말이다.
어떤 신이 보낸 환영 초자연적인 원인 규명이 필요할 정도로 망연자실하게 하는 광경이란 뜻이다.

29   **423~428** 안티고네가 오라버니의 시체에 다시 경의를 표하기 위해 돌아온 것은 자연스러운 일이다. 또 그녀가 이전의 매장이 무효가 되어 분노하는 것도 자연스러운 일이다. 시체가 다시 드러난 것은 새로운 불명예에 해당한다.

30   **가족** 파수꾼은 왕가의 한 식구일 것이다. 그래서 안티고네는 그의 가족인 셈이다.

31   **불행 앞에서도 굽힐 줄 모르니** 코러스는 안티고네가 아니라 크레온에게민 말하기 때문에 그녀의 고립이 두드러진다. 코러스는 안티고네가 제기한 문제들, 이를테면 매장, 쓰이지 않은 법, 하계의 신들에 대해선 언급하지 않는다.
주위 사람들의 노예인 자 과장법. 크레온의 말투는 폭군이나 야만족 왕의 말투처럼 보인다.

32   **내가 사내가 아니라 이 아이가 사내일 것이다** 크레온은 안티고네가 제시한 쓰이지 않은 법의 정당성에 대해 숙고하지 않고, 피상적으로 남성과 여성의 권력관계에 집중한다.
가정을 돌보는 제우스 신 문자 그대로는 '안뜰의 제우스 신'으로 집안에 모셔 놓은 신을 말한다.
여동생 이스메네. 그녀가 실제로 안티고네의 계획에 동조하지 않았기 때문에 그녀에 대한 언급은 매우 뜻밖이다.

33   **죽은 시체** 에테오클레스의 시체.
함께 사랑이 내 본성입니다 두 오라버니 에테오클레스와 폴뤼네이케스가 서로를 증오했지만, 두 사람이 안티고네를 사랑했던 것처럼 그렇게 두 사람 모두를 사랑하는 일이 그녀의 본성이라는 것이다.

34 **538~630** 인데 크네는 이스메네의 요구를 거절함으로써 그녀의 목
숨을 구하고 그녀의 행위로 얻게 될 영광을 독점하려는 듯하다.

35 **아드님** 크레온의 아들 하이몬.

36 **다른 자들의 밭을 갈면 되니까** 남자는 씨를 뿌리는 자이고 여자는
씨가 뿌려지는 밭이라는 은유는 그리스 고전 문학에 자주 등장한다.

제2스타시몬 랍다코스 가문의 마지막 직계 후손인 안티고네와 이스
메네는 사형을 선고받는다. 그러자 코러스는 가문을 파괴하는 신적
인 힘들뿐만 아니라, 자주 반복되는 인간의 어리석음과 불행의 패턴
에 대하여 노래한다. 이 노래의 도덕과 신학은 매우 전통적인 것이
다. 이러한 생각은 이미 헤시오도스, 솔론, 헤로도토스, 아이스퀼로
스에 이르기까지 계승되고 있다. 여기에서 중요한 개념이 기만, 과
오, 죄, 파멸 등을 의미하는 아테(ate)다. 이러한 아테에 한 가문이
휘둘리게 되면 그 가문은 완전히 망한다는 것이다. 하지만 정작 코러
스는 오이디푸스 가문의 죄에 대해서는 아무것도 이야기하지 않는
다. 다만 가문의 고통과 재난은 오래된 것이고, 신들이 어떤 위안과
해방도 허락하지 않는다고 강조한다. 제우스의 법에 따르면 어떤 인
간도 재앙 없이 오래 사는 것을 기대할 수 없다. 그런데 희망이나 욕
망에 이끌린 사람들은 악을 선으로 착각하여 결국 파멸하게 된다. 따
라서 재앙의 발생에는 인간도 그 책임이 있다는 것이다. 아마도 코러
스는 오이디푸스 가문에 일어난 재앙에 안티고네도 책임이 있다고
생각하는 것 같다. 작품 전체를 고려하면 '아테'에 의한 고통과 정신
착란의 죄는 오이디푸스의 가족뿐만 아니라, 크레온과 그의 가족에
게도 해당된다고 볼 수 있다.

재앙 희랍어로 아테(ate)를 말함. 아테는 재앙은 물론 미망(迷妄),
과오, 범죄도 의미한다.

37 **트라케** 마케도니아 동부에서 흑해까지 이르는 지역을 말한다.

랍다코스 Labdakos. 폴뤼도로스(Polydoros)의 아들이자 라이오스
(Laios)의 아버지.

37 **마지막 뿌리** 사형 당하게 될 안티고네와 이스메네를 빈다.

말의 어리석음 안티고네의 말뿐만 아니라 크레온의 말도 해당된다.

마음속 복수심 안티고네의 마음이 복수의 여신에 홀려 나라의 법을 거슬러 행동했다는 뜻이다.

38 **615~625** 인간이 아테(ate)에 빠지는 이유는 그들이 희망에 속기 때문이다. 희망은 그들 자신의 욕망과 신이 보낸 속임수로 인해 생겨난다.

40 〔 〕 편집자들이 삭제할 것을 제안한 부분을 말한다.

44 **그 죽음은 누군가도 죽이겠지요** 하이몬은 모호한 말로 자신의 죽음과 크레온의 파멸을 예언하고 있다.

보는 앞에서 그녀가 죽게 말다 하이몬 앞에서 안티고네를 죽이겠다는 위협은 이 논쟁의 절정이다.

631~765 크레온과 하이몬 사이의 논쟁(agon) 장면이다. 이 논쟁은 대칭적인 구조를 이루고 있다: 크레온(631~634), 하이몬(635~638), 크레온 연설(639~680), 코러스(681~682), 하이몬 연설(683~723), 코러스(724~725), 크레온과 하이몬의 스티코뮈티아(726~757), 크레온(758~761), 하이몬(762~765). 이 논쟁을 통해서 호의적인 부자 관계가 적대적인 것으로 반전되고 만다.

45 **음식은 넣어 줄 것이오** 크레온은 안티고네에게 음식물을 제공함으로써 친족 간의 살인으로 인한 오염을 피할 수 있다고 생각한다.

오염을 피할 수 있도록 안티고네가 자연사로 죽거나 기적으로 목숨을 구하게 된다면 크레온은 오염을 일으키지 않았기에 책임을 피할 수 있을 것이다.

766~780 부자 사이의 논쟁이 종결된다. 하지만 몇몇 중요한 예상치 못한 극적 전개가 보인다. 크레온은 하이몬과의 대화에서 쉽게 분노하는 모습을 보여 주지만, 코러스와 대화하면서 조언을 받아들여 계획을 수정한다. 이스메네는 사형시키지 않고, 안티고네는 처벌하되 공개 처형이 아니라 동굴에 감금해 죽이려고 한다. 이러한 심경의

변화는 아마도 여론에 대한 두려움이거나 도덕적인 감정 탓으로 보인다. 여하튼 크레온은 다른 소포클레스의 영웅들과는 다르게 좋은 조언에 귀 기울이고 이성적인 판단을 내릴 수 있는 등장인물이다.

제3스타시몬 크레온과 하이몬 사이의 논쟁을 보고 나서 코러스는 아프로디테 여신과 에로스 신을 찬양하는 노래를 부른다. 안티고네와 약혼한 하이몬이 에로스 신에 의해 광기에 사로잡혔다고 생각한 것이다. 에로스 신과 아프로디테 여신은 너무나 강력해 신들조차 저항할 수 없는데, 이는 그리스 고전 문학에서 자주 등장하는 주제이다. 그런데 이 노래에서 코러스는 크레온이 아들과의 갈등을 자초했다는 사실을 간과하는 것처럼 보인다. 또 하이몬이 제시한 논거가 타당한지에 대해서도 언급을 피하고 있다. 하지만 코러스의 이러한 일면적인 관심은 아이러니한 것이다. 에로스의 억제할 수 없는 본성에 대한 노래는 결혼을 축하하는 장면을 떠올리게 하고, 안티고네와 하이몬이 치르는 죽음의 결혼식을 준비하는 것처럼 보인다. 또 이 노래는 크레온이 신적인 법에 저항하는 시도가 헛되다는 것을 암시한다.

재산을 덮치고 재산에 피해를 입힌다는 뜻이다.

46 **빛나는** 화살처럼 발사된.

욕망 또는 매혹이라는 뜻.

강력한 율법 이를테면 부모에게 순종하는 것, 조국에 충성하는 것 등을 말한다.

아프로디테 여신이 데리고 노시면 아무도 저항하지 못하리라 인간들에겐 파멸과 광기에 해당되는 사랑이 아프로디테 여신과 에로스 신에겐 장난이나 조롱에 불과하다는 뜻이다.

나조차 법도를 넘어서는구려 안티고네의 운명을 슬퍼하며 동정하는 것은 크레온 왕이 정한 도시 국가의 법에서 벗어난 행동이다.

47 **아케론** Acheron. 하데스(Hades)의 강.

아케론의 신부가 될 거예요 여자들이 강의 신들과 결혼하는 것은 그리스 신화에 자주 등장하는 주제이다.

47 **탄탈로스의 딸** 니오베(Niobe). 그녀는 테바이의 암피온 왕과 결혼해 열 명의 아들과 열 명의 딸을 낳았다. 그녀가 아폴론 신과 아르테미스 여신의 어머니인 레토보다 더 우월하다고 뽐냈기 때문에 아폴론 신과 아르테미스 여신이 니오베의 모든 자식들을 화살로 죽였다. 그녀는 뤼디아 혹은 프뤼기아에 있는 시퓔로스 산 근처, 자신의 아버지에게 돌아가 그곳에서 아이들의 무덤을 지키며 한없이 울었다. 결국 신들은 그녀를 바위로 변하게 했는데, 그것은 어머니의 슬픔 또는 오만과 불경을 상징하는 영원한 기념물인 것이다.

시퓔로스 산 뤼디아(Lydia) 지방에 있는 산으로 트몰로스(Tmolos) 산맥의 일부이다.

48 **도시의 부자들** 코러스, 테바이를 통치하는 엘리트 계급의 장로들.

당신만을 증인으로 부르고 있답니다 안티고네는, 시민들이 자신의 행동을 칭찬했다는 소문을 전혀 알지 못한 채 코러스를 친구가 아니라 도시의 부자라 부르며 공동체로부터 떨어져 완전히 고립되었다는 생각 때문에 절망한다. 그래서 그녀는 샘물이나 숲과 같은 자연 대상에 호소하고 있다.

49 **산 자들과 망자들 사이에서 살지 못하는 존재로구나** 안티고네는 동굴 속에 갇히는데, 이러한 처지는 그녀가 산 자들의 세상과 망자들의 저승에도 속하지 않는다는 것을 말해 준다.

정의의 제단에 발이 채어 넘어졌구나 코러스는 안티고네를 여전히 범법자로 간주하고 있다.

운명적으로 결혼한 오라버니 추방된 폴뤼네이케스는 아르고스 왕 아드라스토스(Adrastos)의 딸 아르게이아(Argeia)와 결혼해 아르고스 동맹군을 얻어 테바이를 침공했다.

죽어서도 아직 살아 있는 나를 죽였어요 '죽은 자가 산 자를 죽인다'는, 그리스 비극에 자주 등장하는 주제이다. 이를테면 「트라키스 여인들」에서 헤라클레스는 자신이 죽인 네소스(Nessos)에 의해 죽게 된다.

50 **서나보는 세 허락뇌지 않아요** 안티고네는 크레온이 내린 명령들은 물론 신의 달랠 수 없는 혹독한 법을 깨닫고 있는 듯하다.

어떤 친구도 울며 통곡하지 않으니 장례 행렬에 참여해 울고 탄식할 가족과 친구가 없다는 것이다. 안티고네는 하이몬이나 이스메네를 생각조차 못하고 있는 듯하다.

801~882 아모이바이온콤모스(amoibaion-kommos).

51 **페르세파사** Persephassa. 하데스의 부인이고 저승 세계의 여왕인 페르세포네(Persephone)를 말한다.

오라버니는 더 이상 없는 거지요 이러한 논증(904~915)은 인타페르네스의 부인이 다레이오스 왕에게 간청할 때 사용하는 논증과 매우 유사하다(헤로도토스, 『역사』 제3권, 119절).

52 **904~920** 이 부분을 삭제하자고 제안하는 편집자들〔이를테면 레어스(Lehrs)〕이 있다. 이 부분은 안티고네가 크레온 왕 앞에서 쓰이지 않은 법의 강력함을 천명했던 부분(453~455)과 심각한 모순을 일으키기 때문이다. 그러나 이러한 불일치는 안티고네가 많은 시민들이 자신의 행동을 지지했다는 소문도 듣지 못하고 완전히 고립되어 절망적인 상황에서 자신의 행위를 숙고하면서 다시 한 번 정당화하려는 과정에서 생겨난 것으로 보인다.

53 **테바이의 지배자들이여** 코러스, 즉 테바이의 장로들을 말한다.

어떤 자들에게 어떤 수모를 당하고 있는지를 안티고네의 퇴장은 단단장(vv—)격 운율에 실려 있는데, 이 운율은 대체로 비극의 종료를 의미한다. 안티고네는 더 이상 무대에 등장하지 않는데, 이는 그녀의 비극이 종결되었음을 의미한다.

제4스타시몬 코러스는 이미 퇴장해 산 채로 동굴에 매장될 안티고네를 부르며 노래하는데, 세 가지 신화 이야기(다나에, 뤼쿠르고스, 클레오파트라)를 소개한다. 이 신화 이야기들은 공통적으로 운명은 피할 수 없는 것이고, 고귀한 사람조차도 감금과 같은 고난을 견뎌야만 한다는 메시지를 전달한다. 이 이야기들은 안티고네의 운명과 유사한 짐을 보여 준다. 감금, 자식에 대한 부모의 폭력, 좌절된 복방과 그 파국적 결과 등과 같은 주제가 녹아 있기 때문이다. 하지만 이야 기들이 안티고네의 운명과 어떻게 정확히 연관되는지에 대해선 설명 하기 어렵다. 특히 죄와 벌의 문제와 관련하여 그러하다. 한편 이야 기들이 크레온의 비극적 상황과도 연관되어 있음을 암시한다.

53 **다나에** Danae. 아르고스의 왕 아크리시오스(Akrisios)의 딸. 왕이 자기 딸의 아들에 의해 죽임을 당하게 된다는 신탁을 알게 되자, 어 떤 남자도 딸에게 접근하지 못하도록 그녀를 성탑의 방에 감금한다. 그러나 제우스가 내린 비가 그 방 안으로 들어가 그녀를 임신시킨다. 페르세우스(Perseus)가 태어나자, 아크리시오스는 그와 그녀의 어머 니 다나에를 나무 상자에 가두어 바닷물에 떠나보낸다. 하지만 두 사 람은 구조되고, 나중에 페르세우스가 고향으로 돌아와 아크리시오스 를 살해한다.

에도노스 종족 트라키아 지방 스트뤼몬(Strymon) 강의 동쪽에 거주 한 종족을 말한다.

드뤼아스의 아들 뤼쿠르고스(Lykourgos). 그는 디오뉘소스 신의 제 의가 트라키아에 도입되는 것을 반대한다. 처벌로서 그는 두 눈이 멀 게 되거나 팡가이온(Pangaion) 산에 있는 동굴 속에 갇힌다. 그러고 나서 그는 말들에 의해 사지가 갈기갈기 찢기게 된다.

54 **신을 품은 여자들** 디오뉘소스 신을 추종하는 여신도들, 즉 마이나데 스(Mainades)를 말한다.

박코스의 횃불 마이나데스가 들고 다니는 횃불.

피리 희랍어로 아울로스(aulos). 디오뉘소스 신이 좋아하는 악기 다.

두 바다 헬레스폰토스(Hellespontos)와 흑해를 말한다.

근처 도시에 사는 아레스 신이 아레스(Ares) 신의 거처는 전통적으 로 트라키아 지방이다.

피네우스 Phineus. 트라키아의 왕이다. 그는 북풍 보레아스

(Boreas)의 딸인 클레오파트라(Kleopatra)와 결혼한 후 재혼했다. 새어머니는 전 부인의 두 아들을 학대하고, 피네우스 자신이 두 아들을 눈멀게 하거나 그녀가 그렇게 하도록 했다고 한다.

55 불행한 어미 피네우스의 첫 번째 부인 클레오파트라.

에레크테우스 Erechtheus. 아테나이의 전설적인 왕.

56 감싸고 있던 기름을 벗어 버렸소 종교 관습에 따르면 넓적다리뼈들 주위에 기름 덩어리를 두르고 이 뼈들을 태워 풍성한 연기를 만들어, 신들이 거기에서 나온 연기를 즐긴다고 한다. 하지만 여기에선 모든 기름 덩어리들이 불에 타지 않고 녹아 버려 연기를 피우지 않기에 예언이 가능하지 않은 것이다.

59 그것을 신성하게 하고 시신들을 위장 속에 매장해 소화시킨다는 것을 그렇게 표현한 것이다. 섬뜩한 비유다.

60 무덤을 만들어 주십시오 코로스는 우선 안티고네를 구출하고, 다음으로 폴뤼네이케스의 시체를 매장해야 한다고 조언한다. 하지만 크레온은 이러한 순서를 뒤바꿔서 행동한다.

61 두렵기만 하구나 정해진 법이란 안티고네가 따랐던 신의 법, 즉 혈족의 관습을 말한다. 그러한 법에 복종하여 삶을 마친다는 대사는 크레온과 안티고네 모두에 해당한다. 크레온은 혈족의 관습을 지키며 살아갈 것이고, 안티고네는 혈족의 관습을 지켜 자살할 것이다. 후자 때문에 극적 긴장이 고조된다.

제5스타시몬 신의 도착을 요청하는 찬양의 노래. 디오뉘소스 신을 불러오게 하여 테바이를 구해 달라고 하는 것이다. 크레온 왕이 마음을 고쳐먹고 잘못을 바로잡으려 하는데, 이에 반응하여 코로스가 그런 노래를 부르는 것이다. 그런데 이 노래는 소포클레스 비극에 자주 등장하는 것으로, 파국이 임박한 경우 무지 속에서 기쁨을 최고조로 끌어올려 다음 장면에서 나타날 파멸을 한층 더 부각하는 극적 기능을 한다. 이처럼 해방자 디오뉘소스의 모습을 일깨우지만, 이는 매우 아이러니한 효과를 낳는다. 관객은 크레온이 파국을 면치 못하리라는 것을 예견하기 때문이다.

61　**많은 이름을 가진 분** 디오뉘소스 신.

카드모스 신부 테바이 왕 카드모스의 딸 세멜레(Semele)를 말한다.

통치하십니다 디오뉘소스 신의 활동 무대가 매우 넓음을 알 수 있다. 남부 이탈리아는 포도주 생산지로 유명할 뿐만 아니라, 망자를 구하는 디오뉘소스 제의로도 유명한 지역이다. 또 엘레우시스는 비록 디오뉘소스 신과 직접적인 관련은 약하지만, 그럼에도 디오뉘소스 신성을 잘 보여 주는 지역이다.

용의 이빨이 뿌려진 테바이를 건국한 카드모스(Kadmos)는 용을 죽이고 나서 그 용의 이빨을 땅에 뿌려 전사들을 얻었다.

연기를 피우며 빛나는 불꽃 속에 보이시니 요정들이 횃불을 휘두르면 그 요정들 가운데 디오뉘소스 신이 보인다는 말이다.

62　**카스탈리아** Kastalia. 델피 위쪽 가파른 절벽 틈새에서 흘러나오는 개울이다. 아폴론 신이 북풍들과 머무는 겨울 여러 달 동안 그의 형제인 디오뉘소스가 델피의 성지를 차지한다.

뉘사 Nysa. 무슨 뜻이고 어느 지역인지 분명하지 않지만, 디오뉘소스 신의 고향 또는 신의 이름의 어원과 관련이 있다.

많은 포도송이로 덮인 초록빛 바닷가 에우보이아(Euboia)를 말한다.

에우호이 euhoi. 디오뉘소스적인 열광 상태에서 신도들이 지르는 사나운 환호성.

번개 맞아 숨진 어머니 카드모스의 딸이며 디오뉘소스의 어머니인 세멜레를 말한다.

파르나소스 Parnassos. 델포이 위쪽에 위치한 산. 그곳에서 범그리스적인 횃불 축제가 격년으로 열렸다고 한다.

해협 에우리포스(Euripos) 해협.

정화하는 발걸음으로 디오뉘소스 신의 별칭에 속하는 표현이다. 디오뉘소스 신이 테바이에 도착해서 정화하는 작업은 크레온 왕가를 멸망시키는 파국을 의미한다.

63 **이악코스** IAKCHOS. 엘레우시스 비밀 제의 농아 신도들이 부르는 신성의 이름인데, 디오뉘소스 신과 동일하게 간주한다.

여신도들 마이나데스.

암피온 Amphion. 형제 제투스(Zethus)와 함께 테바이의 성벽을 건설한 전설적인 인물이다.

64 **팔라스** Pallas. 아테나(Athena) 여신을 말한다. 팔라스는 '처녀' 또는 '휘두르는' 이라는 뜻으로 추정된다.

65 **교차로의 여신** 여신 헤카테(Hekate). 방랑의 신으로, 주로 길들이 만나는 곳에 현현한다고 한다.

플루토 신 하데스.

68 **분명한 징표** 하이몬의 시체는 크레온의 파멸을 보여 주는 분명한 징표인 셈이다.

70 **메가레우스** 크레온의 아들로 아르고스 군대가 침공하여 테바이가 위기에 빠졌을 때 예언자 테이레시아스의 조언에 따라 나라를 구하기 위해 자신의 목숨을 희생했다. 에우리피데스의 작품 「페니키아의 여자들」을 참조할 것.

72 **1257~1346** 아모이바이온콤모스.

1347~1353 엑소도스(exodos). 이 부분에서 코러스는 오케스트라를 떠나 퇴장한다. 넓은 의미로, 엑소도스는 다음에 더 이상 코러스의 노래가 뒤따라오지 않는 마지막 부분을 말한다.

75 **탄원자의 화환** 올리브 나뭇가지나 월계수로 된 화환이다.

내가 모든 사람에게 널리 알려진 오이디푸스요 이 대사로 오이디푸스는 호메로스 서사시의 영웅처럼 보인다.

76 **당신의 제단** 궁전 앞에 아폴론 신의 제단을 비롯해 다른 신들의 제단들이 놓여 있다는 걸 추측할 수 있다.

팔라스 아테나 여신.

이스메노스의 예언하는 잿더미 이스메노스 강가 근처 아폴론 신전에서 희생 제물을 태워 점을 치는 장소이다.

76　**검은 하데스는 신음과 울음으로 가득 차 부유합니다** 서승 세계가 혼
백의 신음소리와 울음소리로 가득 차 있다는 뜻이다.

77　**우리가 잔인한 여가수에게 바치는 공물에서 벗어나게 했습니다** 잔
인한 여가수란 스핑크스를 말한다. 오이디푸스는 스핑크스의 수수께
끼를 풀어 테바이를 구했다.

　　당신에게 간청하나이다 그리스 비극에서 주로 간청은 신에게 하는
것이다. 하지만 이 작품에선 인간 오이디푸스가 간청을 받는 대상이
된다. 이는 매우 드문 경우라고 볼 수 있다. 이러한 상황은 오이디푸
스의 위상을 드높일 뿐 아니라, 플롯에서 상황의 반전을 준비하는 기
능을 한다.

78　**유일한 치료** 오이디푸스 왕에게서 역병을 치유하는 의사의 이미지
가 생겨난다. 하지만 나중에 그는 역병을 야기한 질병으로 밝혀지게
된다.

79　**왕이여** 왕은 희랍어 아낙스(anax)의 번역인데, 이 작품에서 오이디
푸스는 물론, 그의 처남인 크레온과 예언자 테이레시아스도 왕이라
고 부른다.

　　오염 살해된 사람에게서 흘러나온 피는 살인자뿐만 아니라, 그 살인
자와 접촉한 사람도 오염시킨다고 생각했다.

80　**마주친 도둑들이** 크레온은 라이오스의 살인자를 복수로 말하는 반
면, 오이디푸스는 살인자를 단수(124)로 말한다.

81　**나 자신도 이롭게 하는 일이오** 125~126에서 도시에 어떤 음모가
있다고 생각한 뒤, 이젠 그러한 음모가 자신을 겨냥할 수 있다는 것
을 추론한다. 정치가로서 오이디푸스의 빠른 계산을 보여 주고 있다.

82　**파로도스** 역병을 물리쳐 달라고 신들에게 기도하고 탄원하는 노래
다. 코러스는 도시를 덮친 역병을 생생히 묘사하고 역병으로 인해 도
시가 멸망할지 모른다고 걱정한다. 아직도 크레온의 신탁에 대해서
전혀 알지 못하는 코러스는 역병의 위세를 두려워하고 신들에게 전
적으로 의지하는 모습을 보인다. 이러한 무기력은 프롤로고스에서

확신에 찬 오이디푸스의 자신감과 대조를 이룬다. 이처럼 파로도스는 사제와 시민들이 오이디푸스에게 도시의 구원을 탄원하는 제의적인 성격을 더욱 강화한다. 또 도시의 위기 상황을 강조하면서 신적인 힘이 인간 생활에 어떤 영향을 미치는지 잘 보여 준다.

퓌토 델포이.

델로스 섬의 치유자 아폴론 신.

83 **포이보스** 아폴론.

서쪽 해가 지는 서쪽은 저승 세계로 간주되었다.

84 **황금빛 딸** 아테나 여신.

아레스 전쟁의 신으로, 여기에선 격렬한 역병의 이미지가 된다.

암피트리테의 큰 침실 대서양을 말한다. 암피트리테는 바다의 여신으로, 포세이돈 신의 부인이다.

뤼키아 소아시아의 지명.

왕 아폴론 신.

85 **여신도들** 디오뉘소스 신을 추종하는 마이나데스를 말한다.

가장 명예 없는 저 신 격렬한 역병과 동일시된 아레스 신을 말한다.

나중에 나는 시민으로 이름을 올렸으니까 오이디푸스는 라이오스 왕 살해 사건 이후 테바이에 와서 그곳 시민이 되었다.

88 **나그네들** '나그네들'이란 말은 오이디푸스가 삼거리에서 라이오스를 죽였을 때 나그네였다는 사실을 떠올리게 한다.

94 **록시아스** 아폴론.

96 **제1스타시몬** 코러스는 앞 장면에서 일어난 사건에 반응하며 자신이 처한 딜레마 상황을 잘 보여 준다. 우선 라이오스의 살인자가 아폴론과 복수의 여신의 추격을 받으며 도망치는 모습을 상상력으로 생생하게 떠올린다. 다음으로 코러스는 테이레시아스의 폭로에 당혹감을 표출한다. 하지만 코러스는 테이레시아스의 예언을 의심하지 않고 아폴론 신탁을 신뢰한다. 반면 오이디푸스와 테이레시아스의 격렬한 논쟁에서 인간의 언어는 혼란스럽고 도전받을 수 있는 권위에 불과

하다. 한편 코러스는 오이디푸스 왕이 라이오스의 살인자리는 예언자의 주장을 신뢰하지 않는다. 이는 도시가 오이디푸스를 깊이 신뢰하여 그의 결백을 믿는다는 것이다. 요컨대 코러스는 라이오스 살인자의 정체에 대하여 당혹해하는데, 이러한 태도는 델포이 신탁이 진리라는 확신 때문이다.

98   날개 달린 계집 스핑크스.

104   . . . . 적어도 2행 정도가 소실된 것으로 추정한다.

108   649~696 아모이바이온콤모스.

소문 희랍어로 파티스(phatis)라고 하는데, '파티스'는 신탁이란 뜻도 있다.

115   제2스타시몬 제1스타시몬에서 코러스는 테이레시아스의 주장을 반박했지만, 제2스타시몬에서는 코러스의 확신이 마침내 흔들리고 만다. 이전 장면에서 오이디푸스는 크레온과의 대화에서 어느 정도 폭군적인 성향을 보였고, 이오카스테와의 대화에서 라이오스의 살인자로 거의 밝혀졌기 때문이다. 코러스는 이오카스테가 신탁에 대해 불경스럽게 말한 것을 듣고 걱정과 불안에 빠진다. 그래서 코러스는 신탁의 정당성이 회복되기를 희망한다. 표면적으로 이 노래는 경건과 정의를 위해 기도하고, 이 세계가 분명한 도덕에 기초하고 있음을 보여 준다. 그런데 신탁과 신적 질서를 회의하는 자를 비판하려는 의도가 있다. 이 노래에서는 신적 질서에 대한 믿음과, 이오카스테의 주장대로 삶이란 되는대로 사는 것이고 사건이 모두 우연적으로 일어난다는 생각 사이에 나타난 긴장을 엿볼 수 있다. 또 이 노래는 올림포스의 무시간적 율법과, 신적 질서를 파악하려는 인간의 노력들 사이의 괴리를 강조한다. 이러한 상황에서도 코러스는 시민적 관심과 일반적 도덕률의 대변자로서 종교, 신탁, 코러스의 춤과 같은 제의 형태로 신들을 경배하는 행위를 믿어 주기를 간절하게 바란다.

116   휘브리스 hybris. 오만·방자·불손한 말과 행동을 포괄적으로 이르는 개념이다.

발을 놀려두 아무 쇼용 없는 곳으고 근두벅질지고 반나네 코러스가
오이디푸스의 오만과 그로 인한 멸망을 지적하는 것인지는 분명하지
않다. 오이디푸스가 비록 이전 장면에서 크레온에게 격렬하게 분노
했지만, 이를 휘브리스라고 평가하긴 어렵다. 아마도 코러스는 그 당
시 폭군의 위험성을 경고하는 것처럼 보인다.

117 **춤을 춰야 하는가** 코러스의 춤과 노래는 디오뉘소스 신이나 아폴론
신의 제의와 밀접하게 관련되어 있다.

 대지의 신성한 배꼽 델포이 신전에 있는 반구 모양의 흰색 암석인
옴팔로스(omphalos)를 말한다.

 아바이 포키스 지방의 북서쪽에 위치한 언덕 부근의 지명.

118 **정화하는 해결** 이오카스테의 기도 후, 이 기도에 응답하듯 등장하는
사자는 정화하는 해결이 아니라, 테바이 왕가의 심각한 오염이 드러
나게 한다.

119 **이스티미아 땅** 코린토스.

121 **되는대로 아무렇게나 사는 게 최선이지요** 이오카스테의 말은 신적
인 질서가 세계에 존재하고 있음을 전면으로 부정한다기보다, 인간
이 그 질서의 운행을 이해할 수 없다는 뜻일 것이다.

 많은 사람들이 꿈속에서도 어머니 곁에 누웠으니까요 헤로도토스의
『역사』 제6권, 107절을 떠올리게 하다. 히피아스는 마라톤 전투 진날
어머니와 동침하는 꿈을 꾸었는데, 이 꿈을 아테나이를 다시 수복하
는 징조로 해석했다고 한다.

122 **내 아들이여** 늙은 노인네가 백성의 아버지를 아들로 부르고 있다.
그가 과거에 아기 오이디푸스를 받았으니 아버지가 될 뻔했다.

123 **지금 이름으로 불리게 된 거예요** 오이디푸스(Oedipus)는 부은 발
이라는 뜻이다.

126 **제3스타시몬** 이 노래는 소포클레스 특유의 극작술로 파국이 거의
임박했을 때 그 파국의 낙차 효과를 높이기 위한 극적 기능을 한다.
코러스는 불안과 걱정을 잊고, 오이디푸스의 영웅적인 확신에 고무

되고 그의 열정에 감염된 듯하나. 하지만 이 작품에서 보이는 기쁨의 순간은 너무 짧다. 코러스는 지금 키타이론이 오이디푸스의 조국이고 유모이며 어머니라고 찬양하지만, 출생의 진실이 드러나면 오이디푸스는 키타이론을 저주할 것이다. 이 노래는 제2스타시몬과 대조적인 관계에 있다. 이전 노래는 신과 인간 사이의 괴리와, 먼 곳에 있는 올림포스의 존재를 강조했다. 반면 이 노래는 거의 히스테리에 가까운 기쁨을 표출하며 인간을 신과 가까이 접근시키고 운명적 인간에게 반신(半神)과 같은 지위를 부여한다. 하지만 코러스는 무지 속에서 신들의 본성과 오이디푸스의 출생을 모두 신비화하여 두 가지 진실을 모두 왜곡하고 만다.

130 **그 아기를 구한 셈입니다** 오이디푸스의 운명에서 구원은 역설적으로 재앙이 되고 만다.

131 **제4스타시몬** 오이디푸스의 운명을 한탄하는 코러스의 노래는 낙천적인 분위기의 제3스타시몬과 대조적으로 염세적인 분위기를 담고 있다. 이 노래에서 오이디푸스는 모든 인간의 번영과 성취가 얼마나 덧없는 것인지를 보여 주는 전형으로 나타난다. 이 노래는 오이디푸스의 발견이 낳은 긴장을 완화하는 기능을 한다. 또 오이디푸스가 행동을 하기 위해 궁전에 입장한 후 경과한 시간을 메우는 기능도 한다. 오이디푸스가 어떤 신의 아들일 것이라 여겨 즐겁고 희망차게 노래하는 제3스타시몬과는 대조적으로 이 노래는 큰 명예와 명성에서 처참한 불행으로 추락한 오이디푸스의 비극을 인간 행복의 무상함이란 보다 더 큰 맥락으로 파악한다.

133 **이스트로스와 파시스** 이스트로스는 도나우 강 하류를 트라키아 식으로 부르는 이름이고, 파시스는 콜키스와 소아시아 사이를 지나 흑해로 유입되는 강이다.

139 **1313~1368** 아모이바이온콤모스.

142 **이러한 오염** 오이디푸스.

145 **메노이케오스의 아들** 크레온.

147 1024 1330 이런 편십사는, 코러스의 마지막 대사가 텍스트 전승 과정에서 첨가된 것이라고 주장한다. 하지만 짧막한 대사로 작품 전체를 요약하는 것은 소포클레스답다.

153 아주 무서운 여신들 복수의 여신들 에리뉘에스(Erinyes)를 말한다.
대지와 어둠의 딸 헤시오도스의 「신통기」에 따르면, 복수의 여신들은 어머니가 대지의 여신이고, 우라노스(Uranos)의 피로 임신되어 이들을 낳았다고 한다.
자비로운 여신들 복수의 여신들 에리뉘에스를 말한다.

154 티탄 Titan. 이 작품에서 프로메테우스는 아이스퀼로스의 「결박된 프로메테우스」에서와 마찬가지로 가이아(Gaia)의 아들인 티탄으로 나타난다. 하지만 헤시오도스에 따르면 프로메테우스는 티탄이 아니라, 티탄 이아페토스의 아들이다(「신통기」 510행).
콜로노스라 부르는 거요 콜로노스는 아티카 지방에 속한 데모스(demos)로, 언덕이란 뜻이다. 아테나이 시민의 이름에는 자신이 속한 데모스의 이름을 포함하고 있다.

155 포이보스 Phoebus. 빛나는 혹은 순수한 자란 뜻으로, 아폴론 신을 말한다.

156 포도주 마시지 않는 여러분 복수의 여신들, 즉 자비로운 여신들을 말한다. 그들에게 올리는 제주는 물과 우유와 꿀이 섞인 음료이다.

157 파로도스 이 노래는 서정시 형식의 발견 장면이다. 이 장면에서 오이디푸스의 정체가 드러나 하나의 절정을 이루게 된다. 콜로노스 장로들의 코러스는 격앙되어 미지의 위반자를 찾아내려고 다가온다. 코러스는 오이디푸스를 발견하고 성지를 떠날 것을 요구하지만, 그의 정체에 대해 호기심을 보인다. 오이디푸스가 마지못해 자신의 정체를 드러내면서 다시 추방당할 위기에 처하게 된다. 이에 안티고네는 설득력 있는 연설로 코러스의 마음을 안정시키고 긴장을 완화하는 역할을 한다. 이 장면에서 코러스는 온갖 감정들, 즉 분노, 경건, 호기심, 동정, 공포 등의 감정 사이에서 갈등하는 캐릭터로 잘 그려

져 있다. 이 작품에서처럼 코러스의 노래에서 배우와 코러스가 서정시의 운율로 서로 대화하는 것은 소포클레스 후기 작품에서 나타나는 현상이다.

157 **무시무시한 처녀들** 복수의 여신들.

160 **−∨∨−−** 오이디푸스의 대사 1행과 안티고네의 대사 2행, 다시 오이디푸스의 대사 1행이 소실되었다.

162 **랍다코스** 테바이의 시조 카드모스의 손자이고 라이오스의 부친이다.

164 **아테나이가……핍박받는 이방인을 구하고 도와주는 유일한 도시라고** 그리스 비극에서 도시 국가 아테나이는 정치적인 망명자를 보호하고 구원하는 도시 국가로 빈번하게 강조된다.

165 **고의로 날 죽이려 했소이다** 오이디푸스의 부모 라이오스와 이오카스테는 아폴론의 신탁을 듣고 신탁의 실현이 두려워 갓난아기 오이디푸스를 키타이론 산에 버리게 했다.

168 **이집트 관습을 따르고 있구나** 헤로도토스의 『역사』 제2권 35장에 따르면, "아이귑토스인들의 관습과 풍속도 거의 모든 점에서 다른 민족의 그것과 정반대다. 아이귑토스에서는 여자들이 시장에 나가 장사를 하고, 남자들은 집 안에서 베를 짠다."(천병희 옮김)

169 **장남 폴리네이케스** 이 작품에서는 폴뤼네이케스가 장남이지만 다른 작품, 이를테면 에우리피데스의 「페니키아의 여인들」에서는 에테오클레스가 장남으로 나타난다.

171 **아버지가 분노해서 그렇게 된대요** 테바이가 아테나이를 침공하는데, 오이디푸스의 분노로 인해 테바이가 패하게 된다는 것이다.

172 **난 뿌리째 뽑혀 쫓겨나 추방자로 공표되었지** 「오이디푸스 왕」 마지막 장면을 읽으면 오이디푸스의 추방은 결정되지 않았다. 오이디푸스는 자신을 추방하라고 크레온에게 요구하지만, 크레온은 그 요구를 들어주지 않는다.

174 **정화 의식을 올리시오** 이러한 정화 의식으로 오이디푸스는 복수의 여신들을 달래게 된다. 이 의식은 또한 신비롭고 종교적인 분위기를 낳

는다. 이제부터 오이디푸스는 점차적으로 변용(變容)으로 나아간다.

177 **아비의 누이들이오** 오이디푸스와 그의 두 딸 모두 이오카스테의 배 속에서 태어났기 때문이다.

내가 봉사한 대가로 특별한 선물을 받았소이다 오이디푸스는 스핑크 스의 수수께끼를 풀어 테바이를 구하고 그에 대한 상으로 이오카스 테와 결혼하게 되었다.

178 **510~548** 아모이바이온콤모스.

179 **나도 당신처럼 이방인으로 성장했고** 테세우스는 아테나이의 왕 아 이게우스의 아들이었지만, 아버지의 정체를 모르고 트로이젠에서 성 장했다. 그가 장성하자 그의 어머니는 아버지의 정체를 밝히고 아들 을 아테나이로 보낸다.

많은 위험에 대항해 목숨을 걸고 싸웠소 아테나이로 여행하는 도중 테세우스는 많은 괴물들과 강도들을 물리친다.

182 **말하기 시작한 곳에서** 오이디푸스 대사(576~578)를 말한다.

그대들 코러스.

184 **제1스타시몬** 이 노래는 목가적인 분위기가 주조를 이루며 아티카 지 방과 도시 아테나이의 영광을 찬양하는 단계로 발전한다. 오이디푸 스가 콜로노스의 거주민이 되자, 코러스는 콜로노스 지역을 찬양하 고, 아테나 여신의 선물 속에 상징적으로 표현된 도시 아테나이의 권 력, 올리브 나무. 그리고 말들과 배들을 찬양한다. 이와 함께 여러 신 화들을 매혹적인 분위기 속에 연상시킨다. 바로 오이디푸스가 이 장 소에 거주하여 도시를 지키는 영웅적인 구원자로 나타나는 순간이 다. 이 노래의 평정은 오이디푸스의 탄원을 받아들일지에 대한 회의 를 극복하고 나서 생겨난다. 이 노래의 고요한 평정과 시적인 숭고함 은 제2에페이소디온에서 전개될 세속적인 드라마. 즉 속임수와 쓰디 쓴 갈등과 투쟁이 난무하는 드라마와 강렬한 대조를 이룬다.

준마의 고장 포세이돈은 말을 창조하여 아테나이에 선물로 주었고 영웅 콜로노스는 기사였다.

184 **신들린 유모들** 디오뉘소스 신을 추종하는 여신노늘인 바이나네스클
말한다.

185 **하늘 이슬 먹는 여신들** 데메테르와 그녀의 딸 페르세포네 여신을 말
한다.

  케피소스 강 유량이 풍부하기로 유명한 아티카 지방의 강.

  황금 고삐를 쥔 아프로디테 여신 신화에서 아프로디테 여신은 참새
들이 끄는 수레를 운전한다.

  펠로폰네소스 탄탈로스의 아들 펠롭스의 섬이란 뜻이다.

186 **올리브 나무를 보호하는 제우스 신** 제우스 모리오스(Zeus Morios)
를 말한다. 올리브 나무는 도시 국가의 재산으로 간주되었고, 이런
올리브 나무를 베는 것은 심각한 범죄 행위였다.

  네레우스 강과 바다의 신으로, 모습을 자유자재로 변형하는 능력을
가지고 있다.

188 **심한 고통을 겪을 텐데** 오이디푸스가 아테나이에 보상하려는 시도가
좌절될 뿐만 아니라, 테바이 땅에도 매장되지도 않는다는 것이다.

192 **두 단장** 오이디푸스의 두 딸 안티고네와 이스메네를 말한다.

193 **소중한 눈** 안티고네.

194 **헬리오스** 태양신.

  833~885 아모이바이온콤모스.

195 **두 갈래 길이 만나는 곳** 테바이로 향한 길이 있는 교차로를 말한다.
그곳에서 테바이 군대가 크레온과 합류하기 위해 기다리고 있다.

196 **강제의 법** 크레온이 안티고네와 이스메네를 유괴했던 그런 법을 말
한다.

197 **아레스 언덕** 아크로폴리스 맞은편에 위치한 아레오파고스(Areophagus)
를 말한다. 이곳은 최고 법정이 열리는 자리이다.

200 1019 뒤에 1028~1033을 옮겨 놓았다.

202 **제2스타시몬** 다소 떠들썩하고 활기찬 노래이다. 이 노래는 테세우
스가 안티고네와 이스메네를 구출하기 위해 부하들을 파견하는 시점

에 시작한다. 코러스는 크레온의 시종들과 아테나이인들이 전투하는 현장을 보고 싶어 한다. 코러스는 머릿속으로 전투를 상상하며 테세우스가 승리하리라고 확신한다. 이 노래는 승리를 예견한다. 극적인 기능은 두 가지로 요약할 수 있다. 관객에게 극적 긴장을 유발하고, 전투가 벌어지는 장소는 물론 사건의 경과에 대해서도 서사한다. 이 노래의 분위기는 이전 장면에 나타난 고통스러운 투쟁과 대조를 이루고, 다음 장면에 이어지는 기쁨과 어울린다.

퓌토의 해안가 아폴론의 신전이 있었던 다프나이(Daphnae)를 말한다.

횃불로 환한 해안가 엘레우시스(Eleusis) 만(灣)에 위치한 절벽 근처 해안가.

에우몰포스의 아들 엘레우시스(Eleusis)에서 사제 직을 세습했던 아테나이 출신 가족을 말한다.

황금 자물쇠를 채워 놓았다네 비의에 입문하는 사람들은 제의 비밀을 결코 누설하지 않겠다고 맹세한다.

203 **오이아** Oia. 아티카 지방의 데모스(demos).

바위산 아마도 아이갈레오스(Aigaleos) 산을 말한다.

바다 신 포세이돈.

208 **이분께서** 테세우스.

210 **제3스타시몬** 아버지와 아들이 나눌 대화가 불길함을 암시하고, 이에 반응하며 코러스는 장수를 바라는 어리석음과 노령의 일반적인 비참에 대해 노래한다. 이 노래에서 코러스는 공격의 표적이 된 오이디푸스를, 바람과 폭풍으로 부서지는 격한 파도에 노출된, 북쪽을 향한 봉우리에 비유한다. 이러한 비유는 위험과 투쟁에 노출되지만 흔들리지 않는 오이디푸스의 의연함을 잘 묘사하고 있다. 이 노래는 극(劇) 행동과 직접 관련을 가지면서 작품 밖의 신화와도 연관을 맺는다. 오이디푸스와 테세우스의 대화(1156~1180)에서는 폴뤼네이케스의 등장이 오이디푸스의 안전을 위협함이 분명하다. 그의 등장은

그대은 이후 찾아온 위협이고, 오이디푸스를 덮치는 운명의 마지막 일격을 떠올리게 하며, 또 다른 갈등, 전투, 잔인한 죽음을 예견한다. 더 큰 맥락에서 이 노래는 노령에 대한 주석으로 볼 수 있는데, 예전에 왕이었던 오이디푸스를 동정하고 있다. 이는, 코러스가 오이디푸스의 성격, 즉 그의 열정적 기질, 무시무시한 완고함, 결백에 대한 확신, 암반과 같은 힘을 가진 인성을 제대로 파악한 결과다. 죽음에 대한 생각은 극의 맥락에서도 중요한 것으로, 오랜 고난의 인생을 마감하는 시간을 묘사하고 오이디푸스의 죽음을 알리면서 비지상적인 평정의 장면으로의 움직임을 암시한다. 이러한 죽음의 관점은 마지막 스타시몬에서 다시 울리는데, 그 핵심은 영원한 잠을 허락하는 신에게 올리는 기도다. 그럼에도 앞선 두 코러스 노래(제1스타시몬과 제2스타시몬)와는 대조적으로 이 노래가 노령의 괴로움을 불러일으키기 때문에 매우 비극적이다. 이러한 대조 속에 응축된 힘을 통해 코러스는 관객과 독자의 감정을 이끌어 가는 것이다.

214 **아드라스토스** Adrastos. 아르고스의 왕.

　　아피아 땅 펠로폰네소스 반도.

215 **아탈란테** 영웅 멜레아그로스와 함께 칼뤼돈의 멧돼지 사냥에 참여한 아르카디아 출신 여걸.

218 **타르타로스** Tartaros. 대지의 깊숙한 곳에 있는, 저승 세계의 어두운 공간.

　　가증스러운 어둠을 부르고 타르타로스의 어둠이 아들을 삼켜 버리기 때문에 폴뤼네이케스의 아버지로 불리게 되는 것이다.

221 **새로운 재앙들** 오이디푸스가 두 아들에게 내린 저주와 폴뤼네이케스의 비극적 퇴장을 의미한다.

223 **1447~1499** 아모이바이온콤모스.

224 **제우스의 천둥소리가 이어지고** 천둥소리가 오이디푸스의 죽음과 변용을 알린다.

225 **뿌려진 용 이빨에서 생겨난 사람들** 테바이 백성들. 테바이를 건국한

기드모스는 용의 이빨들을 땅에 뿌렸고, 그 땅에서 거인들이 생겨나 테바이의 선조가 되었다고 한다.

226 **제4스타시몬** 오이디푸스가 고통 없이 저승에 도착하도록 페르세포네에게 간청하는 노래다. 이 노래는 수많은 무의미한 곤경들에서 오이디푸스를 구해 달라고 정의로운 신에게 기도한다. 또 복수의 여신들과 케르베로스를 부르며 후자가 그의 길을 막지 않기를 기도한다. 마지막으로, 해방자 죽음의 신에게 기도한다. 이 노래는 제의적인 기도의 형식을 취하고 있다. 그래서 종교적인 엄숙함이 깔린 경배 행위라고 볼 수 있다. 구성의 단순함에도 불구하고 매우 인상적인 노래다. 그런데 관객에게는 오이디푸스의 죽음을 둘러싼 신비에 적합한, 경외의 분위기를 불러일으킨다.

어둠 속의 여신 페르세포네.

주인님 하데스.

스틱스 Styx. 저승에 흐르는 강.

227 **하계의 수호자** 저승의 대문을 지키는 개 케르베로스를 말한다.

타르타로스와 대지의 자식 죽음(thanatos).

228 **내리받이가 있는 입구** 동굴이나 틈에 지하 세계로 이어지는 길이 있다고 생각했다. 계단들이 청동인 까닭은 호메로스가 하데스의 입구를 그렇게 묘사했기 때문이다.

페리토스 테세우스의 친구로, 페르세포네를 납치하기 위해 하데스로 함께 내려가는 모험을 했다. 그런데 그가 테세우스가 구체적으로 어떤 맹약을 맺었는지에 대해선 알 수 없다.

234 2행의 이스메네 대사가 소실되었다.

235 1670~1750 아모이바이온콤모스.

236 **맹세의 신** 희랍어로 호르코스(Horkos)라고 하는데, 맹세가 제대로 지켜지는지 감시하는 신성이다.

그리스 비극의 구성 요소들

아리스토텔레스는 『시학』 제12장에서 비극의 양적인 부분들을 정의하는데, 그 부분들은 하나의 비극 작품을 나누는 기준이 되는 구성 요소들이다.

프롤로고스(prologos)

등장인물이 이암보스(v-) 3보격으로 대사를 말하면서 극이 시작되는데, 프롤로고스는 여기에서부터 코러스가 오케스트라에 등장하기 전 부분까지를 말한다. 등장인물은 대사에서 극이 전제하는 신화의 전사(前事)를 이야기하고, 등장인물을 소개하여 성격을 묘사하며, 극 행동의 시간과 장소를 알려 준다.

파로도스(parodos)

코러스가 오케스트라로 입장하면서 아니파에스토스(anapaestos, vv-)의 운율로 노래하는 부분이다. 파로도스도 극이 전제하는 신화의 전사를 이야기하는 경우가 많다.

에페이소디온(epeisodion)

두 개의 코러스 노래 사이에 끼어 들어간 부분으로 연극의 막(act)에 해당한다. 그러므로 짤막한 토막 이야기인 에피소드(episode) 같은 용어와 혼동하지 말아야 한다. 에페이소디온은 등장인물의 입장이나 퇴장으로 등장인물들 사이의 관계 설정(figure configuration)이 바뀌는 것을 기준으로 여러 부분으로 나뉘는데, 이 부분들이 장면(scene)에 해당한다.

스타시몬(stasimon)

파로도스를 제외한 모든 코러스의 노래들을 지칭하는 용어로, 코러스가 오케스트라에 자리를 잡고 춤을 추면서 부르는 노래를 말한다.

엑소도스(exodos)

좁은 의미로는 코러스가 오케스트라에서 퇴장하면서 부르는 노래다. 그런데 아리스토텔레스의 『시학』에 따르면 코러스의 노래가 더 이상 뒤따르지 않는, 극의 마지막 부분을 통칭해 부르는 용어이기도 하다.

아모이바이온콤모스(amoibaion-kommos)

코러스와 배우가, 또는 배우들이 서로 대사를 교환하는 부분으로 두 등장인물 모두 또는 적어도 한 등장인물이 서정시 운율로 노래한다. 콤모스(kommos)라고 줄여서 부르기도 하는데, 이 용어는 어원에 따르면 제의적 성격이 강한 비탄과 통곡의 노래를 말한다.

대부분의 비극 작품은 위와 같은 형식들로 다음과 같은 순서로 구성되어 있다.

프롤로고스 → 파로도스 → 제1에페이소디온 → 제1스타시몬 → 제2에페이소디온 → 제2스타시몬…… 제5에페이소디온 → 제5스타시몬 → 엑소도스

고리스의 노래는 대체로 스트로페(strophe)와 안티스트로페(antistrophe)와 에포데(epode)로 구성되어 있다. 각각 '돌리기'와 '반대 방향으로 돌리기'를 뜻하는 스트로페와 안티스트로페는 두 연이지만 하나의 짝을 이루며 같은 운율로 상응한다. 이러한 두 연을 뒤따르는 에포데는 하나의 연으로 코러스의 노래를 마무리한다. 본 번역에서는 천병희 교수의 제안대로 스트로페는 좌(左)로, 안티스트로페는 우(右)로, 에포데는 종가(從歌)로 옮겼다.

또 비극의 중요한 구성 요소로는 아곤(agōn)을 꼽을 수 있다. 아곤은 희랍어로 '경연'이나 '투쟁'을 뜻하는데, 비극이나 희극에서는 두 등장인물이 논쟁하는 부분을 말한다. 갑의 연설[레시스(rhēsis)]-코러스의 대사(2~3행)-을의 연설[레시스(rhēsis)]-코러스의 대사-갑과 을 사이의 스티코뮈티아(stichomythia)로 구성되는 것이 아곤의 기본 형식이다.

레시스(rhēsis)

배우의 연설을 말한다. 레시스는 '말한 것'을 뜻하는 레마(rhēma)와는 다르게 '말하는 행위'를 강조한다. 비극에서 연설의 극적 기능은 세 가지로 나뉜다. 사자(使者)가 무대 바깥에서 일어난 사건을 보고하여 정보를 제공하거나, 한 등장인물이 다른 등장인물을 설득하거나 명령하거나, 독백하면서 주로 자신이 처한 불행한 상황을 숙고하는 경우다.

스티코뮈티아(stichomythia)

비극이나 희극의 대사 부분으로 두 명의 대화자, 또는 드물게 세 명의 대화자가 규칙적으로 서로 번갈아 가면서 한 행 혹은 두 행의 대사로 대화하는 부분을 말한다. 스티코뮈티아의 한 행이, 대화자가 바뀌며 두 부분으로 나누어지는 경우가 있는데, 이를 안틸라베(antilabē)라고 부른다.

각극의 구성

안티고네

오이디푸스 왕

콜로노스의 오이디푸스

비극적 영웅의 창시자 소포클레스

김기영(서울대 강사)

1. 소포클레스의 생애와 작품 세계

기원전 497/496년 소포클레스는 아테나이 근교 콜로노스에서 소필로스의 아들로 태어났다. 그는 일생 동안 도시 국가 아테나이와 친밀한 관계를 유지한 것으로 널리 알려져 있다. 아이스퀼로스나 에우리피데스와는 다르게 다른 도시 국가의 초대를 받아서 오랫동안 그곳에 체류한 적이 없다. 소포클레스는 정치 활동에서도 많은 경력을 쌓았다. 그는 아테나이의 주요 공직들을 두루 거쳤는데, 442년에는 델로스 동맹의 조공을 관리하는 헬레노타미아스(Hellenotamias)를 지냈고, 441~440년에는 페리클레스와, 428년에는 투퀴디데스와 함께 장군 참모 직을 맡았다. 413년에는 시칠리아 원정 실패 이후, 국가의 재난에 대해 협의하는 위원직을 맡아서 중요한 의결을 이끌어냈다. 그런데 정작 소포클레스의 비극 작품들은 비교적 정치적 색채가 뚜렷하지 않은 편이다. 또 소

소포클레스는 낭내 유명 인사들과 폭넓게 교류했다. 이를테면 『역사』를 저술한 헤로도토스, 파르테논 신전을 설계한 피디아스, 철학자 아낙사고라스, 프로타고라스, 선배 극작가 아이스퀼로스, 후배 극작가 에우리피데스, 구희극 작가 아리스토파네스, 그리고 아테나이 정치가 페리클레스와 교류했다고 한다. 소포클레스는 일생 동안 도시 국가 아테나이가 성장하여 번영을 구가하고 쇠망의 길을 밟는 과정을 경험한 증인이었다. 펠로폰네소스 전쟁에서 아테나이가 항복하기 전, 406년에 사망했다.

소포클레스는 비극 123편에서 130편을 지었다고 전한다. 대략 120작품이라고 하면, 30편의 4부작을 썼다는 계산이다. 그런데 오늘날까지 남아 전해지는 작품들은 일곱 작품에 불과한데, 그 작품 제목들은 다음과 같다.

아이아스(Aias) — BC 450~440년?

트라키스의 여인들(Trachiniae) — 「아이아스」와 「안티고네」 사이에 상연?

안티고네(Antigone) — 442?

오이디푸스 왕(Oedipus Tyrannus) — 430~428

엘렉트라(Elektra) — 418?

필로크테테스(Philoktetes) — 409

콜로노스의 오이디푸스(Oedipus Coloneus) — 401

기원전 470년 소포클레스는 극작가로 데뷔했고, 469/8년 스물

여덟 살의 나이도 「트리프톨레모스(Triptolemos)」 3부작으로 처음 우승했는데, 전체적으로는 20번 정도 우승하고 한 번도 3등을 한 적이 없다. 460년에서 450년에 이르는 시기에는 비극 공연에 많은 변화가 있었고 그 변화의 중심에 소포클레스가 있었다. 다시 말해서, 세 번째 배우가 도입되고, 무대 미술의 중요성이 부각되고, 코러스의 수가 12명에서 15명으로 증가하고, 「오레스테이아」 3부작과 같은, 내용적으로 긴밀한 3부작은 더 이상 공연되지 않았다. 한편 소포클레스는 배우로 활동한 적도 있지만, 성대가 약해서 연기 생활을 접었다는 일화가 있다. 또 비극 이외에도 「엘레기아(elegia)」와 「파이안(paian)」을 지었고 코러스에 대한 산문을 저술했지만, 이들 모두는 전해지지 않는다.

소포클레스의 비극은 아이스퀼로스의 비극보다 훨씬 더 복잡한 플롯으로 구성되는데, 한 작품에서 반전이 빈번하게 일어나는 편이다. 플롯 구성에 기여하는 다른 요소들은 예언과 신탁의 실현, 죽은 자가 산 자를 죽이는 것 등을 들 수 있다. 또 사건들이 전개되면서 서로 대칭을 이루거나 일치하는 경우가 많다. 그런데 극 구성에서 가장 중요한 원리는 대조의 원리다. 주제와 분위기, 성격이 서로 다른 등장인물들, 가상과 실재가 서로 대조되는 경우가 많고, 사태가 급반전하면서 장면들이 대조되기도 한다.

소포클레스의 등장인물은 아이스퀼로스의 등장인물보다 더 심리적으로 자세히 묘사되고 그 성격도 분명하게 드러난다. 그렇다고 복잡한 인성을 가진 존재는 아니다. 소포클레스의 등장인물은 내적인 갈등을 경험하고, 복잡한 상황 속에서 결정을 내려 행위하는 존재다. 등장인물의 성격이 개연성 있게 묘사되지 않는 경우도 많지만, 상황의 변화로 성격의 다른 면이 나타나서 관객을 놀라게 하기도 한다.

소포클레스 비극에서 드러나는 신들의 계획은 이해하기 어려운 경우가 많다. 그런데 이러한 계획을 거스르는 인간은 파멸의 길을 갈 수밖에 없다. 이러한 상황 속에서도 신들의 계획은 어떤 거대한 논리에 따라서 통제되는 것처럼 보인다. 또 비극의 주인공은 무지로 인해 잘못을 범해 파멸하지만 그러한 파멸이 부당한 것만은 아니다. 이러한 파멸을 보면서 인생의 불확실함, 운명의 반전 가능성, 성공과 오만의 위험성에 대한 교훈을 얻을 수 있기 때문이다.

비극의 등장인물들이 무지 속에서 행동하기에 관객은 가상과 실재 사이의 괴리를 확인하고 극적 아이러니를 감지한다. 무엇보다도 신탁을 제대로 이해하지 못한 까닭에 그들의 착오 상태가 더욱 심화된다. 모든 진실이 드러나면서 공포심을 불러일으키지만 이러한 순간에 비극 주인공이 보여 주는 반응은 주목할 만하다. 비극 주인공은 드러난 진실을 받아들이고, 책임을 회피하지 않으면서 자신에게 벌을 가함으로써 위대한 인간으로 거듭나는 것이다.

이러한 비극 주인공은 주변 사람들과는 대조적으로 지나치게 강직한 성격의 소유자다. 그는 아무리 설득해도 설득되지 않고 반동자의 도전에도 굴복하지 않는다. 비극 주인공은 신처럼 탁월한 영웅이지만 어떤 상황에서는 통제력을 상실하고 무기력과 유한성을 드러내는 취약성을 보인다. 하지만 신의 계획과 자신의 행동

사이에서 생겨난 괴리를 무한한 고통 속에서 극복해 낸다.

테바이 3부작 「안티고네」(442), 「오이디푸스 왕」(430~428?), 「콜로노스의 오이디푸스」(401)는 모두 오이디푸스 가문 신화를 극화한 작품들이다.[1]

2. 「안티고네」

우선 「안티고네」는 기원전 442년경에 공연되었을 것으로 추정한다. 이 작품이 인기가 많았기에 소포클레스가 기원전 441년에 장군으로 임명되었다는 전거가 있기 때문이다.

「안티고네」의 이야기 줄거리는 다음과 같다.

테바이 궁전이 무대 배경이다. 안티고네는 크레온이 폴뤼네이케스의 매장을 금지하였다는 소식을 전하며 죽은 오빠의 시신을 함께 매상할 것을 이스메네에게 제안한다. 그러나 이스메네는 언니의 제안을 거절한다. 그녀는 도시의 법을 위반할 수도 없고, 여자의 본분도 지켜야 하기 때문이다. 이를 비웃으며 안티고네는 혼자서 죽은 오빠의 시신을 매장해 자신의 고귀함을 드러내겠다고 선언한다.

코러스가 테바이의 승리와 기쁨을 노래한 후 새로운 왕 크레온은 폴뤼네이케스의 매장을 금지하는 포고령을 시민들에게 공개적으로

---

1) 위 작품들의 순서는 대(大)디오뉘시아 제전에서 공연된 순서이지만, 신화의 시간적 순서를 따르면 「오이디푸스 왕」이 가장 먼저이고, 「안티고네」가 가장 나중 이야기이다.

알린다. 그런데 누군가가 배신자의 시신을 매장하려고 시도했다는
사실을 파수꾼이 전한다. 이에 분노한 크레온은 도시에서 음모를 꾸
미고 있는 자가 있다고 확신한다.

　파수꾼이 안티고네를 데리고 다시 등장한다. 그녀가 폴뤼네이케스
를 다시 매장하려다가 현장에서 붙잡혔다는 것이다. 심문도 받기 전
에 그녀는 도시의 법을 어기고 죽은 오빠를 매장하려고 했다는 사실
을 인정한다. 태고부터 전해지는 쓰인 적 없는 영원한 관습이 왕의
포고령보다도 훨씬 더 강력하기 때문이다. 사형을 집행하는 일만 남
은 상황에서 이스메네가 등장해 언니와 함께 죽음을 함께하겠다고
선언한다. 하지만 안티고네는 혼자서 혈족의 관습을 지켰음을 확인
하며 영웅적으로 뽐낸다.

　사형 소식이 전해지자 하이몬이 등장한다. 그는 아버지를 설득해
안티고네의 죽음을 막으려고 한다. 그러나 아버지는 아들에게, 자신
에게 복종하고 여자에게 마음을 빼앗겨선 안 된다고 강조한다. 안티
고네만이 도시의 법에 복종하지 않았으므로 그녀를 처벌하는 것은
당연하다. 이에 대해 아들은 인간 이성의 중요성을 강조하며 그릇된
의지를 포기하라고 아버지를 설득한다. 또 많은 시민들이 안티고네
의 행위를 어둠 속에서 높이 칭찬하고 있음을 강조하며 그녀의 사형
을 반대한다. 그러자 크레온은 하이몬을 여자의 노예라고 부르며 그
가 보는 앞에서 안티고네를 죽이겠다고 위협한다. 하이몬의 시도는
실패했다. 하이몬이 퇴장한 후 크레온은 사형 방법을 바꾼다. 그녀를
산 채로 동굴 안에 가두어 죽이기로 결정한 것이다.

　이제 안티고네는 마지막 길을 떠난다. 그녀는 더 이상 영웅적인 태

노들 보이지 않고 자신의 운명을 힌틴한다. 그녀가 오만함의 끝에 올랐다가 추락해 정의의 제단에 부딪혔고, 아버지의 죗값을 치르고 있는지도 모른다. 그녀의 행위엔 경건함이 있지만 권력은 존중되어야 한다. 그녀가 자신의 기질로 인해 파멸하였구나. 작별 연설을 하면서 안티고네는 만약 죽은 자가 오빠가 아니라 남편이나 자식이었다면 시민의 뜻을 거슬러 행동하지 않았을 것이라고 말한다. 하지만 퇴장 직전에 자신의 행동이 경건하였음을 확인한다.

예언자 테이레시아스는 크레온 왕에게 경고하면서 시체를 매장해 도시가 걸린 오염을 제거하라고 조언한다. 하지만 왕은 예언자의 말에 귀 기울이지 않고 오히려 불경스러운 말도 서슴지 않는다. 그러자 예언자는 왕이 아이의 죽음으로 보상해야 한다고 위협한다. 예언자의 말에 마음이 불안해진 크레온은 시신을 매장하고 안티고네를 풀어 주기 위해 서둘러 무대를 떠난다.

하지만 모든 게 늦었다. 폴뤼네이케스를 매장하고 동굴에 가 보니 안티고네는 목을 매 자살했고, 하이몬은 크레온을 보자 분노에 사로잡혀 그를 죽이려 한다. 하지만 헛치고 나서 그 자리에서 자살한다. 아들이 죽었다는 소식을 들은 에우뤼디케는 남편에게 저주를 퍼붓고 나서 칼로 자결한다. 크레온은 아들의 시신을 안고 두 눈으론 아내의 시신을 응시한다. 크레온은 자신의 어리석음을 한탄한다. 그의 가정은 텅 비어 버렸다. 지혜와 통찰이 부족해서 이러한 재앙이 생겨난 것이다.

「안티고네」도 「아이아스」와 「트라키스의 여인들」과 비슷하게 양분 구성의 구조를 가지고 있다. 전체 극 구성을 보면, 안티고네의 극 행동과 크레온의 극 행동이 서로 번갈아 가면서 전개되는데,[2] 이러한 극적 전개는 혈족의 관습(안티고네)과 국가의 법(크레온)을 대립시키고 두 관점의 갈등을 강조하며 두 주인공의 상호 파멸에 초점을 맞추고 있다.

「안티고네」의 플롯에도 착오—발견—자기 결정이란 소포클레스 비극의 전형적인 패턴이 엿보인다. 크레온의 경우에는 착오에서 발견으로의 변화가 두드러진다. 그는 포고령을 국가의 법으로 간주하는 휘브리스(hybris)를 범해서 종교·가정·국가의 영역을 오염시키는 잘못을 범하고 만다. 마침내 그는 혈족의 관습을 존중해야 한다는 것을 깨닫고 잘못을 고치려 하지만, 파국을 막지 못하고 자신의 가정을 파괴한다. 크레온은 파국이 자신의 어리석음에서 비롯되었다고 말하며 자신의 운명을 결정하는 고귀함을 보여 준다. 반면 안티고네의 경우에는 착오에서 발견으로 변화하는 과정이 없다. 그녀가 지킨 혈족의 관습은 옳은 관점이었기 때문이다. 하지만 그녀의 행동에는 성격적 결함이 나타난다. 그녀는 타협하지 못하고 무모한 일을 행하며, 상대방의 관점과 입장도 배려하지 않는다. 이러한 태도는 당시 사회 관습에서 바라보면 오만한 행동으로 보일 것이다. 하지만 그녀는 자의적으로 권력을 남용한 통치자의 희생양이라 하겠다. 그런데 안티고네는 혈족의 관습이 옳다는 것을 절망 속에서도 고수하며 그것을 다시 한 번 입증

---

2) 물론 제2에페이소디온에선 안티고네와 크레온이 무대 위에서 만나지만, 이 장면에서는 안티고네가 주도적인 극 행동을 이끌고 있는 등장인물이라고 볼 수 있다.

하기 위해서 자결하는 영웅적인 모습을 보여 준다.

크레온과 안티고네는 좋은 의도와 목적을 가지고 행동하지만 그것들은 정반대의 결과를 낳는다. 크레온은 내전이 끝난 상황에서 도시의 안전을 지키기 위해 배신자인 폴뤼네이케스의 매장을 금지하는 포고령을 내리지만, 그것으로 도시의 안전을 위협하고 자신의 가정을 파괴하는 결과를 낳는다. 한편 안티고네는 신들이 인정하는 혈족의 관습에 따라 오빠의 시신을 매장함으로써 존경받을 행동을 하지만, 명예 회복은커녕 신과 인간에게 버림받고 동굴 안에 갇혀 절망 속에서 혈족의 관습이 옳다는 것을 확인하며 자결하고 만다.

요컨대 크레온은 자신의 착오를 인식했음에도 가족을 모두 잃으면서 파멸하고, 안티고네는 자신의 행위를 정당화하기 위해 절망과 고립 가운데 영웅적 자결을 선택한다. 죽었지만 살아 있는 안티고네의 운명과 살았지만 죽어 있는 크레온의 운명이 서로 대조를 이루며 그들의 비극성이 빛나는 것이다.

3.「오이디푸스 왕」

「오이디푸스 왕」은 기원전 430년에서 428년 사이에 공연되었다고 추정한다. 작품에 등장하는 역병에 대한 생생한 묘사가 430년에 실제로 아테나이를 덮쳤던 역병을 떠올리기 때문이다. 429년에 역병으로 인해 사망한 페리클레스가 비극의 주인공 오이디푸스와 유사하다는 해석이 있다.

오이디푸스 신화는 이미 호메로스의 서사시에서 읽을 수 있다. 「일리아스」에서는 오이디푸스가 어느 전쟁에서 쓰러지고 나서 그의 장례식이 열린다(23권, 678~679)는 이야기가 나온다. 「오뒷세이아」에서 오이디푸스 신화는 보다 더 자세히 서사되는데(11권, 271~280), 오이디푸스의 어머니인 에피카스테(서사시에 나타난, 이오카스테의 이름)의 불행이 강조된다. 에피카스테는 아들 오이디푸스와 결혼한 것을 알고서 바로 목을 매 자살한다. 반면 오이디푸스는 많은 고통 속에서도 살아남아서 테바이를 통치한다. 비극 장르에서는 기원전 467년 아이스퀼로스가 오이디푸스 신화를 「라이오스」, 「오이디푸스」, 「테바이를 공격하는 일곱 장수」 3부작 형식으로 제작해 무대에 올렸다. 이 3부작은 라이오스 가문에 내린 저주를 통해 왕가의 멸망을 극화하면서도 왕가의 멸망을 도시 국가의 구원이란 긍정적인 결과와 결합하고 있다.

「오이디푸스 왕」의 이야기 줄거리는 다음과 같다.

테바이의 궁전 앞 제단 근처에 탄원자들이 앉아 있다. 역병이 테바이를 덮쳐서 도시를 구해 달라고 간청하러 온 것이다. 과거에 오이디푸스가 스핑크스를 물리쳐 도시를 구했기 때문이다. 이미 오이디푸스는 크레온을 델피에 보내 신탁을 구하게 했다. 크레온이 도착해 도시를 구하려면 라이오스의 살인자를 찾아내 벌해야 한다고 전한다. 목격자에 따르면, 라이오스는 도적 떼에 의해 살해되었다고 한다. 오이디푸스는 테바이 시민들을 소집해 그들 앞에서 라이오스의 살인자를 공개석으로 고발하고 저주를 퍼붓는다.

눈먼 예언자 테이레시아스가 등장한다. 그가 도시를 구하는 데 도움을 주길 거절하자 오이디푸스는 분노한 나머지 예언자가 라이오스 왕의 살해를 공모했다고 비난한다. 심지어 크레온의 사주를 받아 자신의 왕권을 노리고 있다고 믿는다. 이에 맞서 예언자는 오이디푸스가 바로 라이오스의 살인자라고 비난한다. 또 그의 근친상간은 물론 그의 미래까지도 수수께끼와 같은 언어 속에 암시한다. 하지만 오이디푸스는 그의 말을 이해하지 못한다. 크레온이 등장해 자신의 결백을 설득력 있게 변호한다. 그러나 오이디푸스는 그의 결백을 믿지 않는다.

논쟁이 격화되자 마침내 이오카스테가 등장해 중재에 나선다. 죄가 없는 크레온을 고소하지 말라는 것이다. 이오카스테는 남편의 마음을 안정시키기 위해 경험에 따른 구체적인 증거를 제시함으로써 신탁의 타당성에 의문을 제기한다. 과거 신탁에 따르면 라이오스는 자식의 손에 살해될 운명이었지만, 실제론 그가 삼거리에서 도적 떼에 의해 살해되었다는 것이다. '삼거리'란 말에 오이디푸스는 삼거리에서 어떤 자를 살해했음을 상기한다. 때, 장소, 라이오스의 모습과 그의 수행원 수를 확인하고 자신이 라이오스를 죽였음을 발견한다. 이와 함께 오이디푸스의 과거가 드러난다. 어느 날 가짜 아들이란 말을 듣고 델피로 가서 신탁을 구했는데, 어미와 살을 섞고 사람들이 보아선 안 되는 자식들을 보여 주며 아비도 죽일 놈이란 소리를 들었다. 두려움에 빠져 집으로 돌아가지 않고 별들을 관찰해 자신의 위치를 핀딘하면서 삼거리에 당도했다. 그곳에서 어떤 행차와 만나는데, 길잡이와 실랑이를 벌이고 한 통솔자에게 정수리를 얻어맞사 분노한 오이디푸스가 모든 사람을 죽였던 것이다. 그는 과거를 고백하고 나서 추방되길 원한다. 하지만 그가 라이오스의 살인자라는 것을 확증할 수 없다. 목격자가 라이오스가 도적 떼에게 살해되었다고 증언했기 때문이다. 그 목격자를 소환하라.

아폴론 상 앞에서 이오카스테는 정결한 해결이 오라고 기도한다. 코린토스에서 사자가 도착해 오이디푸스의 아버지 폴뤼보스가 죽었다는 소식을 전한다. 오이디푸스는 신탁이 빗나갔음에 기뻐한다. 하지만 여전히 신탁을 두려워한다. 어머니가 아직도 살아 있기 때문이다. 이때 코린토스의 사자가 오이디푸스의 공포를 해소하기 위해서, 폴뤼보스가 오이디푸스의 아버지가 아니라는 사실을 드러낸다. 자신이 키타이론 산의 목자였을 때 발목이 꿰어져 발이 부어 있던 아기를 라이오스가의 목자로부터 넘겨받아 자식 없는 폴뤼보스 왕에게 선물로 주었다는 것이다. 그 목자가 바로 소환 명령을 내렸던 목격자다. 이오카스테에게 그 사람에 대해 묻는다. 그러자 눈앞의 아들을 보면서 이오카스테는 더 이상 자신의 정체에 대해 알려고 하지 말라고 남편에게 거듭 간청한다. 그러나 오이디푸스는 자신의 의지를 굽히지 않는다. 이오카스테는 침묵 속에 황급히 무대를 떠난다. 오이디푸스는 자신을 행운의 자식이라 부르며 명예가 회복되리라 기대한다.

마침내 라이오스가의 목자가 등장하자 오이디푸스는 그를 심문한다. 좀처럼 진실을 드러내려 하지 않는 그를 오이디푸스는 집요하게 추궁한다. 마침내 진실이 드러난다. 그 버려진 아기의 어머니가 바로 이오카스테이고, 신탁이 두려워 아기를 버렸지만, 목자가 불쌍한 아기를 살렸다는 것이다. 오이디푸스가 궁전 안으로 딜려간다.

사자가 등장해 보고한다. 이오카스테가 목을 매 자살하고 오이디푸스는 제 두 눈을 찔러 멀게 했다. 눈에 피를 흘리며 오이디푸스가 등장해 제 운명을 한탄하지만, 제 손으로 두 눈을 찔렀다고 하며 자기 행위를 정당화한다. 오이디푸스는 자신을 추방하거나 죽이라고 명령한다. 두 딸이 눈물을 흘리며 등장하자, 오이디푸스는 두 딸과 작별 인사를 나눈다.

「오이디푸스 왕」은 가문의 멸망을 극화한 아이스퀼로스의 오이디푸스 3부작과는 다르게 오이디푸스의 개인적 운명에 집중한 작품으로 완결성이 높은 작품이다. 또 이 작품은 「아이아스」, 「트라키스의 여인들」, 「안티고네」 같은 작품들과는 다르게 두 주인공이 등장하는 드라마가 아니라, 주인공 오이디푸스에 극 행동이 집중되어 사건이 전개된다. 이 작품의 플롯은 착오 — 발견 — 자기 결정의 패턴으로 구성되어 있다. 요컨대 오이디푸스는 착오 상태에서 아버지를 살해하고 어머니와 결혼했다는 사실을 발견하자, 그에 대한 반응으로 두 눈을 찔러 자신의 운명을 결정한다.

또 이 작품 속 등장인물들은 어떤 의도와 목적을 가지고 행동하지만, 그것들이 서로 배반하면서 정반대의 결과를 낳게 된다. 이러한 사태를 비극적 변증법(tragic dialectic)이라고 한다. 이를테면 오이디푸스는 신탁이 정한 운명의 저주를 피하려고 노력했지만 결국 그 운명을 실현하기 때문이다. 이오카스테는 신탁의 무용성을 증명하려고 하지만, 신탁의 옳음이 드러나서 파멸을 맞이하게 된다.

착오 상태에 놓여 있는 오이디푸스를 보면서 관객이나 독자는 비극적 아이러니를 감지한다. 오이디푸스가 자신의 지력을 뽐내면서도 정작 자신의 정체에 대해서는 알지 못하기 때문이다. 눈을 뜨고 있지만 무지한 오이디푸스가 눈이 멀었지만 진실을 알고 있는 테이레시아스가 장님이라고 조롱할 때, 비극적 아이러니는 장경(場景)의 차원에까지 확장된다.

「오이디푸스 왕」은 지식의 진보와 확신이 어떻게 실패하는지 보여 줌으로써 인간 지식의 한계라는 주제를 천착한 작품이다. 하지만 오이디푸스는 새로운 영웅의 전형으로 탄생한다. 오이디푸스가 자신을 파멸시키는 진실을 끝까지 알아내려는 탐구 정신은 그리스 합리주의 정신을 구현한다. 아울러 고의가 아닌 착오로 저지른 행위에 대한 책임을 지기 위해서 두 눈을 찔러 스스로에게 처벌을 가하는 선택을 한다. 때문에 오이디푸스는 가혹한 운명의 희생자에서 벗어나, 자신의 운명을 스스로 결정하는 위대한 영웅으로 나타나는 것이다.

아리스토텔레스는 「시학」에서 「오이디푸스 왕」을 최고의 비극으로 간주하는 이유는 다음과 같다. (1) 소포클레스의 「오이디푸스 왕」은 이야기 줄거리는 듣기만 해도 연민과 공포의 감정이 생겨나게 된다(「시학」, 1453b 3~7). 연민은 오이디푸스가 의도하지 않은 행동의 결과로 인해 엄청난 고통을 겪을 때 생겨나고, 공포는 우리가 오이디푸스와 같은 운명에 빠질 수 있는 가능성 때문에 생겨난다. 연민과 공포는 비극의 목적인 카타르시스에 도달하기 위해 진세가 되는 삼성이다. (2) 급전/반전(peripeteia)이란 사태가 반대 방향으로 변하는데, 이 변화가 개연성의 인과 관계 속에서 이루어진다(「시학」, 1452a 22~24). 이를테면 이오카스테는 오이디푸스의 마음을 안정시키기 위해 과거에 라이오스에게 내렸던 신탁을 언급한다. 그러나 오이디푸스는 '삼거리'란 말에 자신이 라이오스의 살인자일 수 있다는 가능성으로 인해 더욱더 마음이 혼란스러워진다. (3) 발견(anagnorisis)이 사건의 자연스러운 진행에 의해 유발되며, 이러한 자연스러운 진행으로 의해 경악이 야기된다(「시학」, 1455a 16f. 2번의 예를 보라). (4) 급전/반전(peripeteia)과 발견(anagnorisis)이 결합되어 있다(「시학」, 1452a 33). 이오카스테가, 오이디푸스를 자신의 아들로 알게 되는 장면이 대표적인 예에 해당한다.

4.「콜로노스의 오이디푸스」

「콜로노스의 오이디푸스」는 소포클레스가 사망한 후 기원전 401년에 그의 손자가 무대에 올려 공연한 작품이다. 이때는 도시 국가 아테나이가 펠로폰네소스 전쟁에서 패한 후 절망적인 상황에 놓여 있던 시기였다. 작품의 이야기 줄거리를 살펴보면 다음과 같다.

무대는 아테나이 교외 콜로노스에 위치한 자비로운 여신들의 성스러운 숲 근처이나. 눈먼 오이디푸스는 안티고네와 함께 이곳에 노착한다. 콜로노스의 주민은 이 장소가 신성하기에 침범해서는 안 되는 곳이라고 설명하고 오이디푸스에게 이곳을 떠나라고 명령한다. 이에 오이디푸스는 이곳에 도착한 것이 운명이라고 말하며 떠나길 거부하지만, 코러스의 말을 듣고 성소에서 벗어난 장소로 물러난다. 그런데 코러스가 오이디푸스의 이름을 듣자 몸서리치며 이곳을 떠나라고 오이디푸스에게 명령한다. 하지만 그는 고의로 죄를 저지른 게 아니고 신이 정한 운명을 피할 수 없었다고 주장한다. 하지만 모든 결정은 아테나이의 왕 테세우스에게 맡겨진다. 뜻밖에도 이스메네가 등장해 두 가지 소식을 전한다. 두 아들 에테오클레스와 폴뤼네이케스가 테바이의 권력을 놓고 다투고 에테오클레스가 폴뤼네이케스를 테바이에서 추방했다는 것. 또 크레온이 오이디푸스를 테바이로 데려가기 위해 이곳으로 오고 있다는 것. 신탁에 따르면, 오이디푸스의 무덤을 테바이 근처에 두어야만 나중에 아테나이와의 전쟁에서 승리할 수 있다고 한다. 오이디푸스는 두 아들에게 저주를 내리고 아테나이의 이익을 약속하며 자신을 도와줄 것을 코러스에게 간청한다. 그런데 우선 오이디푸스는 자비로운 여신들에게 제사를 올려 여신들과 화해해야 한다. 이 제사를 위해 이스메네가 퇴장한다. 테세우스가 등장해 오이디푸스를 알아보고 그를 동정한다. 이에 오이디푸스는 테세우스의 고귀함을 칭찬하고 아테나이를 위한 커다란 이익을 암시한다. 테세우스는 오이디푸스의 호의를 받아들이고 그를 보호하겠다고 약속한다.

크레온이 시종들을 이끌고 등장한다. 그는 달콤한 말로 설득해 오이니푸스를 테바이로 데려가려고 한다. 하지만 오이디푸스가 이를 거절하자, 돌변한 크레온은 무력을 사용해 그와 함께 안티고네도 납치해 데려가려고 한다. 크레온과 오이디푸스 사이의 실랑이가 벌어지고 위기가 고조되는 상황에 때마침 테세우스가 등장한다. 크레온과 시종들을 물리친다. 오이디푸스와 두 딸이 다시 만난다. 오이디푸스는 테세우스에게 고마움을 표현하며 행복을 기원한다. 아테나이 시민들은 경건하고 정의로운 사람들이다. 그런데 새로운 소식이 있다. 누군가가 포세이돈 신의 제단에서 오이디푸스와 면담하게 해 달라고 간청하고 있다는 것이다. 그 사람은 오이디푸스의 아들 폴뤼네이케스다. 오이디푸스는 처음엔 아들을 만나려 하지 않지만, 주위의 설득으로 그와의 면담을 허락한다.

폴뤼네이케스가 등장한다. 그는 아버지의 처지를 동정하고 자신의 잘못을 뉘우치는 기색을 보인다. 그는 테바이를 공격하여 승리하기 위해서 아버지를 설득해 자기 편으로 만들려고 한다. 하지만 오이디푸스는 그의 요구를 단박에 거절하고 두 아들에게 저주를 내린다. 두 아들은 서로의 손에 죽임을 당할 것이다. 그러자 폴뤼네이케스는 자신의 불행한 운명을 기꺼이 받아들이고 나서 퇴장한다.

갑자기 격렬하게 천둥이 친다. 오이디푸스가 죽을 때가 되었다. 오이디푸스는 테세우스를 불러오게 한다. 아테나이를 이롭게 할 비밀을 전함으로써 은혜에 보답하고자 한다. 비록 그는 눈이 멀었지만 어떤 신의 안내를 받아 테세우스와 딸들을 이끌고 최후를 맞이할 장소로 향한다. 그는 몸을 깨끗이 하고 새로운 의복으로 갈아입고 나서 두 딸과 작별한다. 정적이 흐르는 가운데 신이 직접 오이디푸스를 부른다. 그러자 오이디푸스는 흔적도 없이 신비스럽게 사라진다. 테세우스가 두 손으로 얼굴을 가리고 있는 것이 보인다. 테세우스는 무릎을 꿇고 신들에게 기도를 올린다. 그러고 나서 오이디푸스가 무덤을 비밀로 부칠 것을 명령했다고 전하고 오이디푸스의 두 딸에게 그만 통곡하라고 말한다. 그들은 테바이로 돌아간다.

「일리아스」 23권에서는 오이디푸스의 최후를 읽을 수 있는데, 그는 테바이에서 전쟁을 하다가 전사한 것으로 보인다 (679~680). 여기에서 오이디푸스의 추방에 대해서는 아무것도 알 수 없다. 「오이디푸스 왕」의 마지막 장면에서 오이디푸스는 곧장 추방당하지 않고 두 딸과 함께 집 안으로 퇴장한다. 「콜로노스의 오이디푸스」에서 비로소 오이디푸스는 추방된 눈먼 거지로 나타난다. 이 작품은 물론 단일한 작품이긴 하지만 「오이디푸스 왕」의 속편에 해당한다.

이 작품은 비교적 규모가 크고, 긴 에페이소디온들로 구성되어 있다. 비극 시인의 전성기 때 작품들인 「오이디푸스 왕」, 「엘렉트라」, 「필로크테테스」가 보여 주는 조밀한 구성과는 다소 거리가 있다.

비록 극 구성이 느슨하지만, 극 행동의 중심에 있는 영웅 오이디푸스가 극의 통일성을 보장한다. 그가 콜로노스에 도착해 망명자로 탄원하고 나서 그곳을 신비스럽게 떠나는 이야기는, 무력한 눈먼 거지에서, 신의 뜻에 힘입어 저주의 힘을 소유하고 도시 국가 아테나이를 수호하는 영웅으로 고양되는 과정이다. 하지만 이러한 과정에서 오이디푸스는 두 가지 장애물을 극복해야 한다. 첫 번째 장애물은 테바이 왕 크레온이다. 그는 속임수를 써서 오이디푸스를 테바이로 데려가려고 설득하지만 자신의 계획이 실패하자, 무력을 행사한다. 하지만 아테나이 왕 테세우스의 개입으로 크레온의 기도는 실패로 끝나고 만다. 두 번째 장애물은 오이디푸스 아들 폴뤼네이케스이다. 그는 아버지를 설득해 자기편으로 만들어 에테오클레스와의 전쟁에서 승리하고자 한다. 하지만 오이디푸스는 자신을 부양하기를 거부했던 두 아들에게 저주를 내린다.

이처럼 오이디푸스는 고통의 암흑 속에서 장애물을 통과해 광명의 빛 가운데 신적인 존재로 변용된다. 온갖 역경을 극복하고 신들의 보상을 받아 초인적인 힘을 획득하여 무덤 속에서 아테나이를 지켜보며 적군을 막아 내는 수호신이 되는 것이다.

이 작품에서 코러스는 소포클레스의 출생지인 콜로노스와 도시 국가 아테나이를 찬양하는 노래를 부른다(668~719). 다른 비극 작품들과 마찬가지로 이 작품에서도 아테나이는 무질서와 혼란에 휩싸인 도시 국가 테바이와는 다른, 이상향의 모습을 보여 준다. 무엇보다도 아테나이는 사람들이 망명하여 피난처를 찾을 수 있는 장소로 그려지고 있다. 또 아테나이의 왕 테세우스도 정치적인 수완과 도덕적인 면모를 겸비한 이상적인 인물로 형상화된다.

이 작품은 증오와 헌신, 무기력과 신적 권능, 열성과 인내 등과 같은 극단들로 가득 차 있다. 이러한 양극단들 사이의 긴장 속에서 불화와 무질서는 화해와 질서로 바뀌어 간다. 신들과 오이디푸스의 오래된 불화가 마침내 숭고한 화해로 고양되는 것이다. 오이니푸스가 생의 마지막에 보여 주는 것은 겸손이나 복종과 같은 미덕이 아니라, 지혜의 힘과 신적인 권능이다. 이 작품을 집필하다가 생을 마감한 소포클레스는 오랜 전쟁 탓에 기력을 소진한 아테나이 시민들을 위하여 영웅 오이디푸스가 조국 땅을 수호하고 있다는 전망을 제시한 것이다.

원전의 행수는 페이지 여백에 밝혀 놓았다. 우리말 구조와의 차이 등으로 행수가 완전히 일치할 수는 없었음을 부기해 둔다.

판본 소개[1]

그리스 비극은 기원전 5세기 대(大)디오뉘시아 제전에서 단 한 번 공연할 목적으로 쓰인 것이다. 때문에 비극 작품의 전승에는 숱한 우여곡절이 있기 마련이다. 소포클레스가 약 120편 정도의 비극 작품을 썼다고 전하지만, 우리에게는 일곱 작품만 전해지고 있다.

소포클레스의 비극은 4세기 동안 재공연되면서 다시 빛을 보게 되었다. 하지만 비극 텍스트는 삽입되거나 생략되면서 개악을 당하는 경우가 많았다. 철학자 아리스토텔레스의 제자이자 친구인 웅변가 뤼쿠르고스가 기원전 338년에서 326년까지 도시 국가 아테나이의 재정을 관리했는데, 그가 3대 비극 시인들의 모든 작품의 국가본을 만들어 이것에 준해서 공연하는 법령을 제정했다고 한다. 그래서 비극 텍스트가 개악되는 추세가 어느 정도 억제되었

---

[1] Hugh Lloyd-Jones(ed. & trans.), Sophocles Ajax · Electra · Oedipus Tyrannus, Cambridge, Massachusetts, 1996, pp. 16~21을 번역해 정리한 것이다.

을 섯이다.

기원전 3세기 초 프톨레마이오스 1세는 알렉산드리아에 도서관을 설립했고 고전학자들이 주요 그리스 고전들을 수집·분류하고 편집하는 작업을 시작했다. 갈렌에 따르면, 프톨레마이오스 3세가 엄청난 거액인 은화 15탈란트를 맡기고 아테나이에서 이 국가본을 빌렸다고 한다. 하지만 그가 그것을 반납하지 않았다는 일화가 전해진다. 비잔티움의 아리스토파네스(기원전 257~180)가 3대 비극 시인들의 비판 정본(批判定本)을 만들 때 이 국가본을 중요한 기초 자료로 참조했음이 틀림없다.

아우구스투스 황제 시기에 디뒤무스(Didymus)가 다른 학자들이 작업한 자료들을 통합하여 방대한 규모의 집주 판본을 내놓았다. 그런데 이 판본을 단축하여 요약한 것이 바로 비잔틴 필사본들의 고대 주석이다. 디뒤무스의 시대가 지나고, 6세기 동안 소포클레스 비극들이 필사되고 새로운 주석들도 나왔다. 서기 3세기경에는 아이스퀼로스와 소포클레스 작품들 가운데 각각 일곱 작품을 선정한 선집이 만들어진 것으로 보인다.

7세기와 9세기 사이의 비잔티움 문화의 암흑 시기 동안에는 소수의 텍스트만 필사되고 소포클레스의 문헌도 거의 연구되지 않았다. 그런데 9세기에는 적어도 일곱 작품들의 하나의 필사본이 언셜(uncial) 자체에서 소문자체(minuscule)로 바뀌게 되었다. 약 2백 개의 중세 필사본들 중에서 거의 대다수가 「아이아스」, 「엘렉트라」, 「오이디푸스 왕」만을 포함하고 있다. 필사본들 중에서 오직 세 개의 필사본만이 비잔티움 학문의 첫 시기(9세기

~1204년)에서 유래한다. 그것들 중 하나가 저 유명한 라우렌티아누스(Laurentianus) 32.9로 피렌체의 라우렌티아 도서관에 소장되어 있다. 이 필사본은 L로 부른다. 이 필사본과 그것의 쌍둥이인, 레이던(Leiden)에 소장된 BPG 60A는 10세기 중반이 지나자 필사된 것으로 보인다. 라우렌티아누스(Laurentianus) 31.10(K)은 12세기 중 후반에 필사되었다. 다른 모든 소포클레스 비잔티움 사본들은 십자군의 정복 때보다 더 이후에 필사된 것이다. 그것들은 여러 군(群)으로 정리할 수 있다. 그중에서 가장 중요한 것은 로마의 가족(the Roman family)(r)과 파리의 가족(the Paris family)(a)이다.

소포클레스의 일곱 작품들의 온전한 텍스트들은 모두 중세의 필사본들에 근거하고 있다. 이들 작품과 관련해 17개의 파피루스 단편들이 있지만, 그것들이 중세의 필사본보다 더 나은 텍스트는 아니다.

소포클레스 비극 텍스트의 최초의 인쇄본은 1502년에 출판된 알디네 판(Aldine edition)이다. 주목할 만한 최초의 비판 정본은 1552~1553년에 파리에서 출판된 아드리아누스 투르네부스(Turnebus) 판이다.

19세기에 영국의 고전학자 젭(Jebb)은 1883년에서부터 소포클레스 비극에 대한 주석서들을 출판하기 시작했다. 그는 독일의 고전학자들에 비해 학식은 뒤졌지만 고전 희랍어에 대한 탁월한 감각을 지니고 우아한 영어를 구사했다. 피어슨(Pearson)은 단편들을 편집하여 젭의 판본을 완결 짓고, 1957년에 옥스퍼드 판 비판

징본을 냈다. 힌편 투륀(Turyn)은 이탈리아 학자 마르코(Marco)의 중요 저술을 토대로 필사본에 대한 연구 성과를 냈다. 이러한 성과는 도(Dawe)가 개선하여 토이브너(Teubner) 비판 정본에 반영했고, 이전에는 검증되지 않았던 많은 필사본들도 수집하는 성과를 올렸다. 1990년에 로이드존스(Lloyd-Jones)와 윌슨(Wilson)이 옥스퍼드 비판 정본을 냈고, 편집자가 독법을 선택한 이유를 제시하는 주석서도 출판했다.

을유세계문학전집판 소포클레스 비극은 로이드존스와 윌슨이 공동 편집한 옥스퍼드 비판 정본(Sophoclis Fabulae, Oxford, 1990)을 대본으로 삼아 번역했다. 또 로이드존스의 영어 번역본 소포클레스 1, 2(1994)와 볼프강 샤데발트의 독일어 번역(2002)도 참고했다. 번역 작업을 하면서 개별 작품들의 주석서들도 참조했다. 「안티고네」는 그리피스(Griffith)의 주석서(Cambridge, 1999), 「오이디푸스 왕」은 도(Dawe)의 주석서(Cambridge, 1982), 「콜로노스의 오이디푸스」는 카머벡(Kamerbeek)의 주석서(Leiden, 1984)를 사용했다.

소포클레스 연보

429	페리클레스가 사망함.
418	「엘렉트라(Elektra)」.
415	아테나이의 시칠리아 원정.
413	프로불로이(probouloi) 위원으로 활동.
409	「필로크테테스(Philoktetes)」.
407/6	에우리피데스가 사망함.
406/5	소포클레스가 사망함.
404	펠로폰네소스 전쟁에서 아테나이가 항복.
401	유작「콜로노스의 오이디푸스(Oedipus Coloneus)」공연.

새롭게 을유세계문학전집을 펴내며

을유문화사는 이미 지난 1959년부터 국내 최초로 세계문학전집을 출간한 바 있습니다. 이번에 을유세계문학전집을 완전히 새롭게 마련하게 된 것은 우리가 직면한 문화적 상황에 적극적으로 대응하기 위해서입니다. 새로운 을유세계문학전집은 세계문학의 역할이 그 어느 때보다 중요해졌다는 인식에서 출발했습니다. 오늘날 세계에서 타자에 대한 이해는 우리의 안전과 행복에 직결되고 있습니다. 세계문학은 지구상의 다양한 문화들이 평등하게 소통하고, 이질적인 구성원들이 평화롭게 공존할 수 있는 문화적인 힘을 길러 줍니다.

을유세계문학전집은 세계문학을 통해 우리가 이런 힘을 길러 나가야 한다는 믿음으로 만들어졌습니다. 지난 5년간 이를 준비하기 위해 많은 노력을 기울였습니다. 세계 각국의 다양한 삶의 방식과 문화적 성취가 살아 있는 작품들, 새로운 번역이 필요한 고전들과 새롭게 소개해야 할 우리 시대의 작품들을 선정했습니다. 우리나라 최고의 역자들이 이들 작품 속 한 문장 한 문장의 숨결을 생생히 전하기 위해 심혈을 기울였습니다. 또한 역자들은 단순히 번역만 한 것이 아니라 다른 작품의 번역을 꼼꼼히 검토해 주었습니다. 을유세계문학전집은 번역된 작품 하나하나가 정본(定本)으로 인정받고 대우받을 수 있도록 최선을 다 했습니다. 세계문학이 여러 경계를 넘어 우리 사회 안에서 주어진 소임을 하게 되기를 바라며 을유세계문학전집을 내놓습니다.

을유세계문학전집 편집위원단(가나다 순)
김월회(서울대 중문과 교수)
박종소(서울대 노문과 교수)
손영주(서울대 영문과 교수)
신정환(한국외대 스페인어통번역학과 교수)
징지용(성균관대 프랑스어문학과 교수)
최윤영(서울대 독문과 교수)

을유세계문학전집

을유세계문학전집은 계속 출간됩니다.